神火の戦場
SAS部隊ナイジェリア対細菌作戦
〔上〕

クリス・ライアン
石田享 訳

竹書房文庫

神火の戦場　ＳＡＳ部隊ナイジェリア対細菌作戦〔上〕

目次

密殺部隊
マーダーチーム

主な登場人物

ダニー・ブラック……………………イギリス陸軍特殊空挺部隊（ＳＡＳ）パトロール隊員。

スパッド・グローヴァー……………ＳＡＳ連隊員。ダニーの相棒。

ジョン・トリッグス…………………傭兵《ようへい》。元ＳＡＳ連隊員。

ギラッド・フリーマン………………傭兵。イスラエル特殊部隊〈サイエレット・マトカル〉元隊員。

レイ・ハモンド………………………ＳＡＳ連隊作戦担当将校。

アブ・バクル・アル・イラキ………イスラム過激派の大物テロリスト。

この戒《いまし》めをしかと肝に銘《めい》じておくがよい――ひとたび大地を朱に染めれば流血はとどまるところを知らぬ

――アイスキュロス

第1章

アフリカの無法地帯でガンマンを雇いたかったらどうする？　そんなノウハウを教えてくれるガイドブックはない。どこへ電話すればいいか教えてくれる案内人はおらず、ネットを調べても情報を得ることはできない。そうした連中にコネがあるかどうかだ。なければどうしようもない。

　ダニー・ブラックにはツテがあった。

　ヘリフォードの第22ＳＡＳ連隊で年季を積めば、その手の知識は自然に身につく。元ＳＡＳ連隊《レジメント》の誰それが持ち前の技能を活《い》かして国外の僻地《へきち》で稼いでいるといった話が――たいてい誇張されて――嫌でも耳に入ってくるからだ。誰でもいつかはレジメントを去らなくてはならない。英空軍《ＲＡＦ》クリデンヒル基地に別れを告げるときが来たら、どうしても出口戦略が必要になる。たいていはボディガードに転職する。富裕層の可《か》愛《わい》らしい子どもの護衛をしたり、カネの亡者みたいな醜悪なビジネスマンの警護に当たる。なかには世界の果ての危険地帯で命を張る連中もいる。国が表立ってできない任務をこなして傭兵《ようへい》としてキャリアを積むのだ。もっと簡単なのは――犯罪に手を染めることだ。どの道を進むにしても、わずかな震動を察知する蛇《へび》のごとく、たえず神経をとぎすましておく必要があった。そうしないと生き残れないからだ。

ダニーが求めていたのはそんなタイプの男だった。

東アフリカ時間一三〇七時。ダニーはエリトリアのマッサワ国際空港のターミナルビルに足を踏み入れた。その男を見つけ出すのに数秒とかからなかった。ヒースローからの航空便を出迎える四〇人ほどの地元民のグループから一人だけ離れて五十代前半の男が立っていたからだ。男は雨漏りの跡だらけのコンクリートの支柱にさりげなくもたれていた。角張った顔はすっかり日焼けして、数日ひげを剃《そ》っておらず、目の色は着ているデニムのシャツと同じ青色で、レイバンのサングラスを首からコードでぶら下げている。白人なのに地元民のように見えた。すっかり地元に溶け込んでいることが、そのたたずまいから見て取れた。

ダニーは足早にコンコースを横切り、男のところへ向かった。その途中、黄色い歯をした地元の若者三人組が一日一〇ドルでガイドをしてやると持ちかけてきたが、相手にしなかったので罵声《ばせい》を浴びせられた。ダニーの物腰は軍人そのもので、それは本人も自覚していた。レジメントに五年もいて軍人らしい仕草が身につかない方が問題だろう。そうした物腰を隠そうとした時期もあったが、ここではそれがプラスに働いた。身分証明書の代わりになるからだ。

一〇メートルの距離まで近づくと、デニムシャツの男の目が水っぽい感じであることに気づいた。鼻と頬にも赤味がさしている。祖国から遠く離れたこの男はどうやら酒瓶で孤独を癒《いや》しているらしい。

「ジョン・トリッグス？」ダニーは横に並んだ男に尋ねた。

「ブラックか？」喉がつぶれたようなしゃがれ声が返ってきた。

トリッグスはいわゆる老兵の一人だ。兵役を離れて数十年になるが、いまもレジメント魂が息づいている。この男について聞かされたことが本当なら、抜け目のない相手だった。

「車はどこだ？」

「荷物は？」トリッグスの声にはかすかに西部地方のなまりがあった。

「必要な物は現地で調達する。車はどこだ？」

「えらく急いでいるんだな、若いの？」

「そうだ」ダニーは言い返した。「質問はそれくらいにして、さっさと車のところへ案内しろ」

その車は黒のランドクルーザーだった。車体は土ぼこりにまみれ、ホイールキャップに跳ね上げた泥がこびりついている。駐車場はターミナルビルから一〇〇メートルほど離れた場所にあった。もっとも駐車場といっても土を踏み固めた空き地に過ぎないが。ほかにも数台の車が並び、陽射《ひざ》しに照りつけられた車体から陽炎《かげろう》が立ち昇っている。一六歳くらいの地元の若者がトランクに腰掛けていた。あきらかに車の見張り番だが、アフロビートにあわせて頭をせわしなく上下させている。若者はイヤホンをはめているにもかかわらず、ビートの利いた音楽が数メートル離れたダニーにも聞こえた。ようやく近づいてくる二人に気づいた若者は地面に飛び降りると、耳からイヤホンを引き抜き、トリッグスに油断なく目を向けた。そのトリッグスから差し出された数枚の紙幣を鷲摑《わしづか》みにした若者は、喉の奥から奇妙な音を響かせると、そのまま立ち去った。

「おれが運転する」トリッグスはそう言いながら運転席側に回りこんだ。「事情を聞かせろ」

助手席に腰掛けたダニーはシャツの胸ポケットからサングラスを引っ張り出したが、すでに汗で濡《ぬ》れていた。一方、トリッグスはグローブボックスから携帯用の酒瓶《ヒップフラスク》を取り出すと、一口グイッと飲んだ。そしてダニーにも勧めた。強烈なアルコール臭が鼻を突いた。ダニーはヒップフラスクを受け取ると、サイドウインドーを開けて、正体不明の酒を残らず路上に捨てた。「一杯やるには早すぎる」そう言いながら、空《から》になったヒップフラスクをトリッグスに返した。

トリッグスはそんなダニーを油断なく見つめた。文句を言おうかどうか決めかねているらしい。結局、無言のまま空のヒップフラスクをポケットに突っ込んだ。ダニーは車内の装備をチェックした。ダッシュボードにイリジウム製の衛星電話が接続されているし、外の物音が不自然なほど聞こえない。これは分厚い強化ガラスがはめ込まれている証拠だ。このランドクルーザーはある種の仕事にうってつけの車だった。

「じつは友達を捜している」ダニーは告げた。

「なんだと！」トリッグスは駐車場から車を出しながら耳障りな大声を上げると、横目でダニーを睨《にら》みつけた。「こんなところまでやって来て〝友達を捜している〟とは恐れ入るぜ。その友人とやらはジャングルの中で死体にする野郎のことか。おれの力を借りたいのなら、本当のことを聞かせろ。密殺《マーダー》の手伝いをやらせるつもりなら、正直にそう言え」

「人を殺すつもりはない」ダニーは答えた。「おれの邪魔さえしなければ」

「そんな説明で納得できると思ってんのか？」トリッグスはしゃがれ声で言い返した。

ダニーは相手の反発を無視した。「友達の名はスパッド。一週間前、ここに置き去りにした。銃撃戦で重傷を負っていたから。応急手当をしたうえで、空港にやって来た赤十字の医者に世話を頼んだ。どうやって捜し出せばいいかわからないが、あいつが見つかるまでエリトリアを離れるつもりはない」

「泣かせる話だな」トリッグスはつぶやくような声で答えた。

「それに手伝ってくれなきゃ」ダニーは言い添えた。「あんただって一文も手にできないぞ」

　トリッグスはしばらく黙り込んだ。車は交通量の多い幹線道路に出た。午後の強烈な陽射しを照り返しながら行き交う車。遠くの方で舗装路面からゆらゆらと陽炎が立ち昇っているのが見えた。

「それはレジメントの任務だったのか？」トリッグスはようやく口を開いた。

「ああ」

「どんな任務だったのか、もっと詳しく説明しろ」

「敵地潜入強襲作戦《ハンター・キラー・ミッション》だ」

　トリッグスはわかったというふうにうなずいた。「ところで、若いの、そのスパッドっていう友達はいやしくもレジメントの一員だろう。それがなんでまた独りぼっちで取り残されることに？　どうして本格的な捜索隊を派遣しないんだ？　おれの現役時代じゃ考えられないぜ。ヘリフォードもすっかり様変わりしちまったのか？」

　ダニーはしばらく考え込んだ。第22ＳＡＳ連隊は様変わりしたのだろうか？　ダニーには何とも言えなかった。ただ、一つだけはっきりしていることがある。それは二人の任務が極秘だったことだ。関係者一同がそろって口をつぐみ、どうしても世間に知られたくない作戦だったことは間違いない。それにスパッドは見るからにひどい有様だった。歩くことはおろか、息をすることもままならない状態だったのだ。あんな無力な相手を永遠に眠らせようと思ったら、いともたやすいことだろう。とりわけ、こんな辺境の地では。

「連隊本部を信用してないのか？」トリッグスは尋ねた。

「おれは誰も信用していない」ダニーは答えた。とくにあんたはな、と胸のうちで付け加えた。

「おまえさんがここに来ていることを知っている者は？　誰かに話したのか？」

「誰も知らない。完璧な隠密行動だ」

トリッグスは首を傾《かし》げた。それはおまえさんがそう思っているだけだろう、と言いたげに。

「赤十字って言ったな？」

ダニーはうなずいた。

「アスマラ（エリトリアの首都）に赤十字の病院がある。言われるまでもなく、もう調べたんだろ？」

「そこにはいなかった」

「それで読めてきたぜ」トリッグスは言った。「ここのＮＧＯはエリトリア政府の干渉を心底嫌っている。英国の負傷兵を当局にこっそり引き渡すなんてことは、まずありえない。いつも腐敗役人どもにたかられて仕事の邪魔ばかりされているからな。おまえさんの友達はちゃんとした病院にはいねえよ」

「いないところの話なんか聞かされてもしょうがない」

「まあ、そうカリカリするなって。正直言って、この仕事は気が進まねえ」トリッグスは別のポケットから別のヒップフラスクを引っ張り出すと一口グイッと飲んだ。

「その赤十字の医者はいい連中だな。間違っても怪《け》我《が》人《にん》を置き去りにするようなタイプじゃねえ。上層部から何と言われようともな。まだ友達が生きているとすれば、その医者たちにかくまわれているよ。当局の手が届かない隠れ家《が》にな」

「それをどうやって見つけ出す？」

「街の東側に火葬場がある。まず、そこから始めたらどうだ」

ダニーに睨みつけられるとトリッグスは肩をすくめた。「ちょいと思いついたことを口にしたまでだ。で、報酬は？」

ダニーは財布を取り出すとドル紙幣の束を抜き出した。「三千ドル。半分は前金。残りはスパッドを救い出してから手渡す」

「その残り半分はロンドンにいる娘に渡してくれ。後で住所を教える。おれのカネだと言ったら受け取らないから注意しろよ」トリッグスは鼻を鳴らした。「いろいろと込み入った事情があってな」そして札束を顎先で示した。「そいつをグローブボックスにしまってくれ。代わりにささやかなプレゼントを進呈するよ」

言われたとおりグローブボックスを開けると銃器が置いてあった。革ホルスターに差し込まれたブローニング・ハイパワーである。札束をグローブボックスに入れると、ホルスターから銃を引き抜いた。銃を手にすると気持ちが落ち着いた。

「銃弾は？」ダニーは尋ねた。

「装塡《そうてん》されてない銃を渡しても仕方ないだろ」トリッグスは答えた。「もっとも弾倉と薬室の弾は使わないのが一番だが」

「手始めにどうする？　スパッドをどうやって見つけ出す？」

「そいつは胸の下からプラスチックのチューブが突き出てるんだろ？　それじゃ隠しようがねえ。誰かに見られているはずだ。このあたりはみんな口が軽くてな。珍しいものを目にしたら必ず誰かにしゃべる。その目撃者を捜し出せば、いろいろとわかるだろう」トリッグスは携帯衛星電話に目をやった。「これからあちこちに電話してみるよ」

「頼む」ダニーは答えた。トリッグスはブルートゥース接続のイヤホンを耳に差し込むと片手でダイヤルした。もう一方の手はハンドルを軽く押さえている。ダニーは窓の外に目をやった。車はアフリカの典型的な幹線道路を走っていた。首都の街並みが二キロほど先に見える。行き交う車は古ぼけたベンツ、車体が錆《さび》ついたピックアップトラック、乗り合いタクシーとして使われているオンボロの白いバンといったものばかりで、いずれも定員オーバーの乗客を詰め込み、ルーフには荷物を高々と積み上げていた。車がせわしなく往来する道路のかたわらには歩行者の姿も見えた。排気ガスを浴びながら屋台を出している商人もおり、果物や安物の装飾品を売っている。

ダニーは思わず顔をしかめた。相棒を見つけ出すことはとうてい無理だという小さな声が頭の中で聞こえたのだ。もちろん無視した。トリッグスは自信ありげだ。ダニーとしては、それを当てにするしかなかった。

いったいスパッドはどこだ？　このどうしようもない国のどこにいるのだろう？

第2章

東アフリカ時間一七〇〇時

スパッドは息をするのがやっとで、とても口をきけるような状態ではなかった。それでも二人の医師――ジャックとエド――はスパッドに話しかけるのをやめなかった。それが習慣になっているらしい。その理由もスパッドには理解できた。患者に話しかけることで気分を前向きにさせようとしているのだ。気持ちが前向きになると回復も早まる。そう、傷のことをくよくよ考えているよりもずっと。スパッドは時間をかけて医師たちの素性を推定した。北欧系の連中だろう。おそらくノルウェー人か。二人ともちゃんとした英語を話した。どこの出身であれ、有能な救急隊員であることは間違いない。たぶん赤十字だろう。どれくらい世話になっているのかはっきりしなかったが――おそらく数日か――意識を取り戻すと必ず、どちらか一方に話しかけられたし、二人そろって声をかけてくることもあった。

「かなりよくなったみたいだね」ジャックが言った。

ああ、そうかい、とスパッドは胸のうちでつぶやいた。棒切れを振り回して敵と戦っているようなもんだがな。

「明日には点滴をやめるつもりだよ。感染の心配がなくなったからね」

スパッドはベッドの左側に目をやった。そこに点滴用バッグをぶら下げたスタンドがあった。そこから伸びてきたチューブが左手の甲のカニューレに差し込まれている。下半身は薄いシートで覆われていたが、臍《へそ》から上は高温多湿の空気にじかにさらされていた。胸骨の中央に長さ一三センチにわたって縫合された生傷があった。前回その縫合個所を見たときには、傷の周囲がパンパンに腫《は》れ上がっていた。かなりマシになったみたいだが、それでも見ていて気持ちのいいものではない。

スパッドは室内を見回した。ここは病院ではない。バラックに毛が生えたような建物だ。コンクリートブロックがむき出しになった壁。窓は一つ。窓枠のペンキは剝《は》がれて、窓ガラスには四角く切り抜いた古新聞が貼《は》ってあった。外から覗き見されるのを防ぐためだろう。天井から吊《つ》るされた裸電球は、屋外の自家発電機の調子が悪くなるたびに消えた。

「もうすぐ歩けるようになるから」エドは告げた。「そうなったらすぐにカテーテルをはずしてあげよう」スパッドはベッド横にぶらさげられた透明のビニール袋に目を向けた。黄色い尿でほぼ満杯になっている。

「これだけは断言してもいいけど」ジャックは言った。「屋外で放尿するときの気分は最高だよ」

スパッドは思わず顔をほころばせた。じつに気のいい連中である。彼の命を救ってくれただけでなく、人間としての尊厳も尊重してくれた——汗まみれの身体《からだ》を拭い、消化吸収しやすい食事を与えてくれ、横にして糞便《ふんべん》の世話まで見てくれているのだ。何よりも助かったのは質問攻めにされなかったことだ。その機会がなかったわけではない。この数日、医師たちの方にも迷いがあったようだ。スパッドが眠り込んでいると思ったのか、ささやくように話し合っている声が聞こえてきた。

これ以上ここにかくまうのは無理だろう……。

彼は英軍兵士だぞ——民兵にとって格好のターゲットじゃないか……。

もし見つかったら……。

彼の世話をしていることをいろんな人たちに話してしまったからなあ……。

その中の誰かがうっかり漏らせば……。

胸の痛みから気をそらすためにスパッドはそうした会話から現況を推定した。おれはまだダニー・ブラックに置き去りにされたエリトリアにいるらしい。この二人の医師は現地に家族がいるが、おれのことは秘密にしている。そして今後も知らせるつもりはないようだ。

歩けるようになったときのことを考えたが、そのとたん顔をしかめた。医師たちはその思いを読み取ったかのように声をかけてきた。「心配しなくていいよ」ジャックは言った。「ゆっくり時間をかけて歩けるようにするから」

スパッドは感謝を込めた笑みを浮かべた。他人に頼りきっている状態は忌々《いまいま》しかったが、恩義も感じていた。目を閉じると、そのまますぐに寝入ってしまった。

スパッドは車の音で目を覚ました。最初は夢かと思ったが、その音がしだいに大きくなると、眠気を振り払った。間違いなく車がこちらに接近してくる。方角の見当をつけようとした。窓のある方へ近づきつつあるようだ。だとすれば東ということになる。あの窓は毎朝、日の出とともに明るくなるからだ。

ぼんやりした頭で考えてみる。近づいてくる車がどうしてそんなに気にかかるのか。たかが車ではないか。しかし数秒経《た》って気がついた。ここに寝かされているあいだ、車の音を聞いたことは一度もなかった。よく考えてみると、何の物音もしなかった。人の話し声も動物の鳴き声も聞こえなかったのだ。一度も。

そんなところに思い出したように近づいてくるのは、いったい何者だ？

ジャックとエドも同じような疑問を抱いたらしく、不安げに顔を見合わせた。

「電灯を消せ」ジャックが言った。「こんな掘っ立て小屋に住人がいるなんて思わないだろう……」

よせ！　スパッドは胸のうちで叫んだ。昼間なら電灯がついているかどうかわからないかもしれないが……ずっと見張られていたとすれば、消灯したとたん、こちらの存在を教えることになるからだ。

しかしスパッドの口から漏れたのは小さなうなり声だけだった。

「心配しなくていい」エドはわざと明るく言った。「何でもないから」

エドは電灯を消すと、つまみを回してドアに施錠した。

スパッドは汗をかきだした。脚を動かそうとしたとたん、上半身に激痛が走り、マットレスにうずくまった。

外は静かだった。車はすでに停止していた。スパッドは距離を測ろうとした。簡単ではなかったが、だいたい二〇メートルくらいと見当をつけた。心臓の鼓動が一気に高まった。外の様子を探るべく耳を澄ませる。

車のドアがバタンと閉まった。ジャックとエドは窓を挟んでその両側に背中を押し当てた。

四〇秒経過。スパッドのところから、窓を横切る人影がチラッと見えた。

二〇メートルの距離に四〇秒かけている。計算が合わない。そんなにゆっくり歩くやつはいない。つまり、相手は建物のまわりを一周しているのだ。スパッドは胸のうちで金切り声を上げていた。出入り口の数を確認してやがる……。

しかしジャックとエドは窓際に張り付いたままで、窓を横切った人影にも気づかなかった。

スパッドは左右に目を走らせた——武器になりそうなものを探して。窓の左側に金属製のラックが置いてあり、医療品の詰まった茶色のダンボール箱が積んであった。あの中に注射器が入っているはずだ。とても銃の代わりにはならないが、何もないよりマシだろう。渾身《こんしん》の力を振り絞って「注射器」と声を出した。

しかしその声はほとんど聞き取れなかった。

スパッドは無駄と知りながら、なおも胸の中で叫んでいた。注射器を手にして……ドアの片側に立ち……押し入ってきたやつらが武装していたら……一番手に注射器を突き立てて、そいつの銃を奪い取れ……。

しかし二人の医師は何もしなかった。じっと息を殺して待ち構えているだけだ。そんなところに突っ立ってんじゃねえ！　馬鹿みたいに……。

一〇秒経過。

二〇秒経過。

ふいにドアを蹴りあける音が響きわたった。その衝撃で建て付けの悪いバラック全体がグラグラ揺れた。黄昏《たそがれ》の西日が差し込んできた。男が——さっきから建物の周囲を調べていたやつだろう——戸口に立っていた。短く刈り込んだ髪に、よく手入れされた顎ひげ。日焼けした肌。カーキ色の狩猟用ジャケットを着込み、同じ色の帽子をかぶっていた。そして減音器《サプレッサー》をはめ込んだ銃を手にしている。ちょうどスパッドの目の高さに構えているので、銃の種類まではわからなかった。片手でグリップを握り、引き金に軽く指を当て、もう一方の手でその持ち手をしっかり包み込んでいる。こいつはプロだ。

アフリカ人でもなければ中東人でもない。スパッドの胸は高鳴った。ようやく助けがやって来たのだ……。

しかしどこか変だった。どうして一人なのだ？　レジメントなら最低でも四人一組のパトロール隊を送り込んでくるはずなのに。

異変は五秒もしないうちに起きた。

その男が室内を一瞥《いちべつ》すると同時に、スパッドは力を振り絞って動こうとした。その結果、点滴用バッグから手の甲へ伸びているビニール管を引っ張る格好になった。たちまち点滴用スタンドが倒れて、カニューレに挿入されているビニール管がねじれた。ジャックは――半ば反射的に――飛び出し、倒れたスタンドを引き起こそうとした。不用意な動きは死を招く。男が発砲すると木製の扉をノックするような音が聞こえた。左側頭部に撃ち込まれた銃弾はスパッドの寝台とブロック壁に血しぶきを撒《ま》き散らした。至近距離から銃撃された医師は一メートル近く吹き飛ばされてから床に転がった。

男が室内に踏み込んでくるとエドが叫び声を上げた。しかし容赦《ようしゃ》なく銃撃されると、その声は途絶えた。エドは壁にもたれたまま、ずるずると床に倒れ込んだ。頭部の凄《せい》惨《さん》な銃創《じゅうそう》から血が噴き出し、壁に赤い筋を残した。

スパッドはもう一度動こうとした。そして片脚を寝台の縁から垂らすところまでいったが、そこまでだった。目を閉じてじっと待った。二人の医師が懸命に救ってくれた命に終止符を打つ銃弾を。

しかし弾は飛んでこなかった。

目を開けると、すぐそばに男が立っていた。男は銃を持った手を伸ばすと——まだ温《ぬく》もりの残る銃身で——胸の縫合個所をなぞった。スパッドが目当ての人物かどうか確かめるかのように。

そして、いきなり点滴用のビニール管をつかむと力まかせにカニューレから引き抜いた。スパッドは顔をしかめた。手の甲から血が流れ出した。男は下半身を覆っていたシーツも引き剝がした。スパッドは全裸で、尿道と排尿バッグをつなぐカテーテルを身につけているだけだった。男はカテーテルをつかむと、こともなげに引き抜いた。スパッドは激痛に襲われて息を詰まらせたが、男はさっさと背を向けると医療品の詰まった茶色のダンボール箱を掻《か》き回しはじめた。

スパッドはもう一度動こうとした。今度は右脚を数センチ移動させることができた。

その音を耳にしたとたん、男がくるりと振り返った。男は何かを手にしていた。注射器と茶色のアンプルだ。たしか液状モルヒネのアンプルである。スパッドは思わず顔をしかめた。ここ数日は痛み止めをもらうためなら何でもしただろう。だが、いまは痛みを実感したかった。なぜなら痛みは生きている証しだから……。

男はアルミホイルの蓋《ふた》に注射針を突き刺すと無色透明な液体を吸い上げた。空になったアンプルを無造作に捨てた男がスパッドに歩み寄ってきた。そして無言のまま注射針を左腕に突き立てると液状モルヒネを注射した。用済みになった注射器を捨てた男は、後ろへ下がると、小首を傾げて興味深そうな表情を浮かべた。

数秒もしないうちにモルヒネが効いてきた。スパッドは不思議なけだるさを覚えた。カニューレとカテーテルを引き抜かれた個所はヒリヒリしていたし、胸の傷も相変わらず痛んだ。頭から血を流している医師の死体も目の前にあった。もちろん、すぐそばに立って無表情な顔をこちらに向けている男の存在も認識していた。しかし、もはやどうでもよかった。

スパッドは目を閉じた。その直後、男に上体を引き起こされた。どこからか衣類が現れた――そのパジャマを男が着せてくれた。そして無理やり立たされた。歩くのは拷問《ごうもん》に近かったが、モルヒネが激痛を和らげてくれた。ふたたび目を開けたスパッドは、無言の男の手を借りて、開けっ放しになった戸口へよろよろと歩み寄った。

外へ出ると、血の色をした夕日が荒涼たる大地の彼方《かなた》に沈もうとしていた。見渡すかぎり、小石まじりの砂に覆われた荒地で、ところどころに藪《やぶ》が茂っている。スパッドの左脚は右脚より強かった。その結果、片脚を引きずるような足跡を砂地に残すことになった。この数日スパッドのねぐらとなっていたちっぽけな小屋から東へ二〇メートル行ったところに、薄い灰色のランドローバーが停めてあった。その車に近づいてゆくと、車体がほこりだらけにもかかわらず、ホイールキャップだけはピカピカだった。そのホイールキャップに夕日と一緒に、よろよろと歩み寄る二人の男も湾曲した姿で映し出された。

どこへ行くつもりだ？　スパッドはそう言いたかったが、口から漏れたのはぜいぜいというあえぎ声だけだった。車へたどり着くと、スパッドは後部座席に座らされた。そして、ぐったりした身体が倒れないように安全ベルトで固定された。男は運転席に腰掛けるとすぐさまエンジンをかけて急発進した。秘密の診療所となっていた小屋は見る見るうちに遠ざかっていった。

第3章

東アフリカ時間一八三〇時

日がとっぷり暮れてあたりは暗かった。ただ、上空は真っ暗だが、地平線付近はまだ群青色で、ときおり目につくアカシアのねじまがった木がシルエットになってくっきりと浮かび上がって見えた。トリッグスの黒のランドクルーザーは小石まじりの大地をゴトゴトと進んだ。アスマラから南西方向へ二時間走ったものの、目ぼしい収穫はなかった。十数キロにわたって建物はおろか人影も見かけなかった。いまや藪が生い茂った荒涼たる大地が広がるばかりで、集落らしきものは影もかたちもなかった。トリッグスが聞き出した情報を頼りにここまでやって来たのだ。これ以上走っても無駄な気がしたが、ダニーに選択の余地はなかった。

「ガセネタじゃないのか？」ダニーがそう問いかけていると、ランドクルーザーが路上の突起物に乗り上げて車体が激しく揺れた。

「役に立たなきゃ、カネは渡さねえよ」

「後払いでよかったな」ダニーは憮然《ぶぜん》たる面持ちで言った。

　無言のままさらに数分進んだ。

「あれだ！」トリッグスはふいに声を上げると、顎先で前方を示した。

　ダニーは地平線方向に目を凝らした。トリッグスに遅れを取ったことが忌々しかった。小さな建物らしい四角い輪郭が黒々と浮かび上がって見えた。この薄明かりで距離を測定するのは難しかったが、およそ一キロ半くらい先と見当をつけた。

「ストップ」ダニーが命じると、トリッグスはブレーキを踏んだ。「明かりを消せ」言われるまでもなくヘッドライトはすでに消えていた。「ゆっくり近づけ。一速で。エンジンの音をできるだけおさえろ」

　トリッグスは這うような速度で車を進めた。ダニーはホルスターからブローニングを引き抜くと、すばやく点検した。自分で選んだ銃ではないが、あるもので間に合わせるしかない。給弾《コック》してから安全装置をロックすると、ウインドーを下げた。

「明かりがついている」九〇〇メートルの距離まで近づいたとき、ダニーはささやくような声で言った。建物の周囲がほのかに明るかった。どこか遠くの方から光が漏れているような感じだ。

　数秒後、その明かりがふっと消えた。

「おれたちに気づいたのかな？」トリッグスは尋ねた。

ダニーは目を細めた。「たぶん。そのまま進め」ウインドー越しに目を走らせて、不穏な動きがないかどうか注意深く観察する。そんな気配はなかった。

建物の二〇メートル手前で停車し、トリッグスはエンジンを切った。

あたりは急に静まり返った。

トリッグスも自分の銃を抜いた。「死体が出たら、穴を掘ってもらうぜ」ささやくような声で告げる。「後始末はちゃんとしないとな」

ダニーは返事をしなかった。助手席のドアを開けて安全装置を解除すると、銃を両手で構えながら建物に近づいた。足音はほとんど立てない。トリッグスも同じように足音を忍ばせながら、数メートルの距離を置いて後に続いた。建物まで五メートルの距離に達すると、ダニーは右方向に手を突き出した。トリッグスに右へ行けという指示である。ダニー自身は左に向かった。

さらに近づくと、コンクリートブロック造りの小屋だということがわかった。奥行き一〇メートルほどだ。建物の左端に回り込むと、古ぼけた自家発電機があった。燃料の臭いがしたが、稼働音は聞こえない。触れてみると温かかった。おそらく発電機が故障して電灯が消えたのだろう。あるいは誰かがスイッチを切ったか。それとも電球自体が切れたか。

用心深く建物の角をまがると、窓があった。ダニーは身をかがめてその下を通り過ぎたが、窓ガラスに内側から新聞紙が貼り付けてあった。

トリッグスが建物の右端で待っていた。銃を構えて、ドアから七メートルほど離れたところに立っている。ドアは開けっぱなしのままだ。

ダニーはドアのかたわらに立った。壁を背にしてゆっくり呼吸をくりかえす。そしてトリッグスにうなずくと、銃を構えて振り返り、室内を覗き込んだ。

暗がりの中でまず目に留まったのは、窓の反対側に置かれた寝台である。そして金属製ラック。

さらに死体が二つ。

胃を鷲摑みにされたような気がした。室内に踏み込むとすぐに四隅をチェック。脅《きょう》威《い》になるようなものはなかった。「問題《ク》なし《リア》！」ダニーは大声で告げた。すぐにトリッグスが入ってきてポケットから小型懐中電灯を取り出した。死体の顔を照らしだす。

「白人だな」トリッグスがそっけなく告げた。「どっちか友達か？」

ダニーは首を振った。胃のむかつきも自然に収まった。「そいつを貸せ」ダニーはトリッグスから懐中電灯を受け取った。室内を照らす。点滴用スタンドが横倒しになっており、病院用寝台のマットレスには誰かが寝ていた痕跡があった。

ベッドの足元にプラスチック製の衣装ケースが置いてあった。蓋を開けてみるとカーキ色のTシャツが出てきた。ちょうど胸の下のところが破れて血痕が付着している。スパッドの衣類に間違いなかった。

「相棒はここにいた」

トリッグスは死体に顔を近づけた。「殺されて間もないな。せいぜい二、三時間前だ」

ダニーは早くも動き出していた。床にしゃがんで、あたりを照らしだす。五分もしないうち目当ての物を見つけ出した。空薬莢《からやっきょう》である。口径は九ミリ。

「ちょいと見せてみろ」トリッグスは言った。

ダニーは空薬莢を手渡すと懐中電灯で照らした。トリッグスはすばやく調べた。

「ほら、ここ」薬莢の底に刻み込まれた文字を指先でなぞった。〈BOF〉と記されている。それが何であるかダニーは知っていた。薬莢の製造元を示す刻印である。

「それに特別な意味でもあるのか？」ダニーは尋ねた。

「大ありよ。BOFは〈バングラディシュ軍需工場〉の略称だ」

ダニーは相手に疑わしげな目を向けた。「なんで弾《たま》の製造工場なんかにこだわる？」

「別にこだわっているわけじゃねえ。ただ、この刻印には特別な意味があるんでな。おれの知るかぎり、このあたりでこの弾を使っているやつは二人しかいない」

ダニーの目つきが鋭くなった。「確かなのか？」

トリッグスは立ち上がると肩をすくめた。「その一人はおれだ。もう一人はおれの友達だよ」そして言い訳がましく付け加えた。「その理由も聞きたいか？　まさかヘリフォードの武器庫に行って弾をわけてもらうわけもいかんだろ。自営業者にとって必需品は安いほど助かる。どこへでも送ってくれる格安業者がいるんだよ……」ふいに背を向けて外へ出ると肩越しに声をかけた。「懐中電灯を持って来い。足跡とタイヤの跡を調べるから」

ダニーも外へ出ると懐中電灯を地面に向けた。乾ききってカチカチになった地面に――足跡や轍《わだち》を見つけるには最悪の条件だったが――うっすらと砂をかぶった個所があり、そこに足跡が残っている可能性があった。ダニーは三〇秒ほどでそれを見つけた。ブーツの足跡である。その横に裸足《はだし》の足跡もあったが、はっきりそれとわかるのは左足だけで、右側に何かを引きずったような跡が残っていた。

その跡を一五メートルばかりたどってゆくと、四輪の跡がくっきり残っていた。車は東に向かっている。

「あんたの友達だが」ダニーはトリッグスを振り返って尋ねた。「車は何だ？」

「ランドローバー」すぐに声が返ってきた。

ダニーはうなずいた。「スパッドはここにいた。あの二人を殺したやつに助けられて車に乗せられたらしい。スパッドは歩行が困難で、右脚をずっと引きずっていたようだ」

「助けられたんじゃなくて」トリッグスは答えた。「無理やり押し込まれたんだろ？」

「そうかもな。友達はどんなタイプだ？」

「間違っても人助けするようなタイプじゃねえな。報酬をたっぷりはずまないかぎり、こんなところまで来る野郎じゃない。そのスパッドってのは無一文なんだろ？」

ダニーはうなずいた。

「なら、誘拐しに来たんだろ。殺されたあの二人は巻き添えを食ったんだ。英軍の負傷兵はこのあたりの連中にとって、お値打ち品だからな」

どんな連中だ？　ダニーはそう問い返そうとしたが、思わぬ邪魔が入った。建物の裏側からベル音が聞こえてきたのだ。二人は顔を見合わせた。銃を構え直して、建物の裏側へそっと回り込む。そのベル音はトリッグスのランドクルーザーから聞こえた。車内に明かりが見えた。携帯衛星電話の画面が点灯しているのだ。

トリッグスは車に駆け寄った。ダニーは用心しながらその後に続いた。トリッグスは見るからに狼狽《ろうばい》していた。それが気になった。

ダニーは一〇メートル離れたところから、車に乗り込んで電話を手に取るトリッグスを見守った。ベル音はやんだ。トリッグスは一五秒ほど携帯衛星電話を耳に当てていた。そしてダッシュボードに電話をそっと戻すと、車の外に出てきた。顔をしかめている。ありありと疑念の色を浮かべながら。

「おまえさんに電話だ」トリッグスはそう告げた。

第4章

「おれに電話？　どういう意味だ？」

「心当たりがないのか？」トリッグスの表情が暗くなった。「おまえさんがここにいることは誰も知らないはずだろ」

「そのとおりだ」ダニーは答えながら、果たしてそうだろうかと思い返した。「相手は誰だ？」頭にカッと血が上ったダニーはトリッグスにつかつかと歩み寄ると、その胸を手で突いた。

　年上の男はずっと冷静だった。「まあ、落ち着けよ」そして、半ばつぶれた声で続けた。「おれがおまえさんなら、この国で唯一味方になってくれそうな相手を敵に回すようなマネはしないぜ。とにかく電話に出ろよ」

　ダニーは小声で悪態をついた。そしてトリッグスから離れると、フロントシートの縁《へり》に腰掛けて電話を取った。「何者だ？」

　三秒ほど間があって、女の声が聞こえた。「ただいまヘリフォードにおつなぎしますので、しばらくお待ちください……」

　ヘリフォードだと？　まさか……。

一〇秒もしないうちに、別人の声が聞こえた。男の声だ。「この回線は暗号化されておらん。そのつもりで話せ」声の主はすぐにわかった。作戦担当将校のレイ・ハモンド少佐である。

「わたしがここにいることをどうして？」ダニーは言った。

「英国情報部《ファーム》が追跡を続けていた。おまえが国を出たときからずっとな。それにその電話の持ち主だが」ハモンドは個人名を口にすることを慎重に避けた。「その地域に居住している元軍人はその男だけではないぞ。ファームはこうした連中の動向も絶えず注視している」

ダニーは空港で目が合った白人男のことを思い出した。もっと慎重に振る舞うべきだった。

「わたしは帰りません」ダニーは言った。「まだやり残したことが……」

「黙ってよく聞け。おまえが誰を捜しているか知っている。われわれも見つけたいと考えておる」

「たとえあいつに何があっても、わたしは……」

「最後まで黙って話を聞け。ドーナツの友人たちが一時間前にエリトリアのテロリストの通信を傍受《ぼうじゅ》した」ドーナツとはチェルトナムにあるＧＣＨＱ（世界中の軍事情報を収集・分析している英国政府の情報本部）ビルのことだ。ダニーはその情報収集能力の高さにあらためて驚かされた。「あるイスラム過激派グループがネット上に告知を出している。英軍の負傷兵を捕獲したので、競売にかけるという内容だ」

気まずい間があった。ダニーは救援隊を派遣しなかった連隊本部を責めるつもりはなかった。政府の許可がなければ、そのような行動は許されないからだ。ようやく今頃になってファームがスパッドのことを行方不明者として公式に認めてくれたわけだ。しかし状況は急変した。スパッドが競売にかけられたら、その結果は目に見えている。近いうちに、オレンジ色のジャンプスーツを着せられて画質のよくないビデオ画面に登場することになる。そのすぐ横には覆面姿の処刑人《マチエーテ》が山刀を構えて立っているという構図だ。西欧世界にとって悪夢以外の何物でもない。政府がにわかにスパッド救出に熱心になったとしても不思議はなかった。

心温まる急展開ではないか。

「まだ見つかっておらんのだろう？」

ダニーは死体の転がっている建物に目を向けた。「ええ。ですが手がかりを見つけました」

「わかった。すぐに増援部隊を派遣する。ただし、現地到着まで数時間を要する。それまで、おまえだけが頼りだ」

「彼を捕獲したグループについて情報は？」

「ほとんどない。東アフリカの情報筋は連中をゴロツキ集団と見なしている。小悪党の寄せ集めだとな。しかし、そんな小物ではない。もっと大規模な集団だ。情報筋の判断は間違っているようだ。その証拠に、エリトリアで活動中のソマリアのアル・シャバーブの分派ステート・オブ・ジハードと関わりがある。この連中は捕虜交換を画策している。エリトリア政府はソマリアの過激派に便宜をはかった前科がある。わが軍の兵士がソマリア側に渡ったら、まず助からん。この捕虜交換はなんとしても阻止する必要がある」

　ここで見つけたことをヘリフォードに報告すべきだろうか。ダニーは少し考えてから、黙っていることに決めた。暗号化されていない回線で、そのような報告をするのは危険すぎる。敵に聞かれたら、たちまち現在地を割り出されてしまう恐れがあった。

「敵の所在地は？」

「不明だ」

「了解。知っているかもしれない人間に心当たりがあります」ダニーはトリッグスに目を向けた。年上の男は腕組みをして電話でのやり取りをじっと見守っていた。

「衛星電話の側を離れるな。その電波をモニターしておまえの動きを追跡する」

「増援の到着予定時刻は？」

「二二〇〇時」ふたたび間があった。「何としても見つけ出せ。救出が無理なら、よく考えろ。残忍なケダモノどもの手に渡すより、一思いにケリをつけた方がいい場合だってあるんだからな」

ダニーは思わず顔をしかめた。そんな思案はクソ食らえだ。スパッドを連れ帰るためにここまで来たのだ。その意思に変わりはなかった。

「それでは失礼します」ダニーはそう告げて交信を終えた。そして携帯衛星電話を充電用ケースに戻すと、トリッグスのところへ引き返した。

「それで？」トリッグスは尋ねた。

「バングラディシュ製の弾を使ってるあんたの友達だが、そいつの名は？」

トリッグスは鼻を鳴らした。「そこまで教える義理はねえだろう」

ダニーは相手の胸ぐらをつかんだ。「ジハード野郎がスパッドを競売にかけてる。こうやってしゃべっているあいだに増援部隊がやって来るぞ。あいつを見つけられなかったら、あんたが協力を拒んだと仲間に伝えるが、それでもいいか」

トリッグスのひたいに大粒の汗が浮かんだ。暑さのせいだけではなさそうだ。

「そいつの名はギラッド・フリードマン。イスラエルの特殊部隊サイェレット・マトカル（一九七六年にウガンダのエンテベ空港を急襲してテロリストの人質になっていた自国民を救い出し、一躍世界に勇名をとどろかせた）の元隊員だ。もっとも本人はカナダ人だと自称しているし、地元の住人もそう信じているようだ。まさかイスラエル人がよりによってこんな場所にやって来るとは思いもしないだろう。事実、イスラエルとは何の関係もない。ここ何年もな。いまじゃカネになることなら何でも請負う傭兵だ」

ダニーは相手の胸ぐらから手を放した。「どこかで聞いたような話だ」

トリッグスは肩をすくめた。「食うためには仕方ないだろ」

「スパッドを売りに出したのは、ステート・オブ・ジハードというグループらしい。知ってるか？」

「名前は聞いたことがある。ソマリア人のグループだ。アル・シャバーブの分派だろ。そいつらの仲間がエリトリア中に散らばっているよ。どいつもこいつもクソ野郎だ」

「フリードマンって男は、その分派と関係あるエリトリア人のゴロツキとも仕事をするのか？」

「値段さえ折り合えば相手は選ばない」

「連絡は取れるのか？」

トリッグスはわずかに顔をゆがめた。「必要があれば」

「あんたは信用されてるのか？」

トリッグスは凄《すご》みのある笑みを浮かべた。「もちろん」

「えらく自信があるんだな？」

「ほら、よく言うだろ。友達は近くに置け。敵はもっと近くに置けって」トリッグスはあたりを見回した。「この近辺をうろついている西洋人は二人しかいない。あいつとおれだ。あいつはライバル、つまり商売敵《がたき》だ。だからあいつの動静には絶えず気をつけている。同時に飲み友達でもある。おれはあいつより飲み助だが、銃の腕前はあいつの方がずっと上だ。ギラッド・フリードマンにはくれぐれも気をつけろよ。このあたりであいつの右に出る者はいないからな」

ダニーは頭をフル回転させた。トリッグスは信用できないが、一秒でも無駄にすれば、それだけスパッドの身が危うくなる。選《え》り好みをしている場合ではなかった。この元レジメントの古狸《ふるだぬき》を使うしかないのだ。さもないと砂漠のど真ん中で時間だけが無駄に過ぎてゆくことになる。

ダニーは腹を決めると、トリッグスにうなずいてみせた。「そいつに連絡しろ。理由は適当にでっちあげろ。じかに会う手はずをつけるんだ」

「まず応じないだろう。請負った仕事の最中だからな」

ダニーは殺意のこもった目で相手を睨みつけた。「なら、説得しろよ。何としても会う必要がある。それも今夜中に」

第5章

スパッドは気を確かに持とうとしたが、モルヒネの影響でままならなかった。意識朦朧《もうろう》となり、たびたび気を失った。ランドローバーの窓から見える風景はくるくると変化した。あの仮設診療所から誘拐されてしばらくは荒涼たる砂漠が続いた。日が暮れる頃には、アフリカ独特の喧騒《けんそう》をきわめる集落にたどり着いた。屋台が並ぶメインストリートは車が数珠《じゅず》つなぎに連なり、色とりどりの衣装をまとった女たちや手足のひょろりと長い若者たちが声高にしゃべっていた。そこにアフリカ伝統の太鼓《ジャンベ》の響きが加わり、にぎやかなことこの上なかった。そのリズミカルな音がいつまでもスパッドの耳について離れなかった。コンクリートむき出しの建物の外につながれたラクダやロバは、あばら骨が浮き出るほど痩《や》せ細っていた。それから幹線道路に出た。夕日はスパッドの左側に沈んだ。つまり、車は北へ向かっていた。

そしていま、ふたたび意識を取り戻すと、ランドローバーは悪路をゴトゴトと走っていた。ヘッドライトに照らされて、前方に丘のてっぺんが見えてきた。

車が停まり、運転していた男が肩越しにスパッドを振り返った。

「生きてるか？」男は声をかけてきた。敵意も親しみもなく、ただ事実を確認する、そんな口調だった。しかもアメリカ英語のアクセントである。

スパッドは反射的に運転席のシートベルトに目を向けた。こういう状況だと武器として使えるからだ——ベルトを首に巻きつけて絞め殺すのだ。しかし、その手は封じられていた。男は身体の前面でプラグをはめ込み、背中でベルトの残りの部分をすっぽり覆い隠していた。これではつけこむ隙はない。男はそんなスパッドの視線に気づくと、面白がっているような表情を浮かべた。「いくらなんでも、そんな体力はあるまい」

スパッドはふいに顔をゆがめた。モルヒネの効力が切れて胸の傷がひどく痛みだしたのだ。スパッドはふたたび口を開いた。今度は何とか声が出た。「お……おれを誰かと間違えてるんじゃねえのか」

男は笑みを浮かべた。「見上げた根性だな。せいぜい嘘《うそ》八百並べるがいい」そう言うと丘の頂上に目を向けた。「あと数分でお別れだ。おまえさんをゴロツキどもに引き渡す。連中は本当のことを聞き出すまで容赦しないぞ。もちろん、おまえさん次第だがね。特訓で叩き込まれた尋問対処法をさっさと忘れることだな。そして連中の知りたいことを教えてやれば、それ以上小突きまわされることもない。とにかく、しばらくのあいだ、おまえさんは貴重な商品だ。なにせイスラム国《ISIS》のお陰で斬首《ざんしゅ》ビデオの宣伝効果が実証されたからな。マーケットは大いに盛り上がっているに違いない。さぞかし高値がつくだろうよ」

スパッドは相手を睨みつけた。「ふざけんな」ささやくような声で悪態をついた。一方、胸のうちではこうつぶやいていた。こいつの英語にはアメリカなまりがあるが、アメリカ人じゃねえ。だとするとイスラエル人か？

男はふたたび笑みを浮かべた。「チンポコの具合はどうだ？　嘘は言わん。おまえさんはたっぷり痛めつけられるだろうよ。とにかく、おまえさんを引き渡したら、おれの仕事は終了する」男はハンドルに向き直ると、頂上に向けて車を進めた。

スパッドは気持ちを落ち着かせようと努力した。尋問対処法なんて用語は聞きたくもなかった。レジメントの隊員なら誰でもそうだ。もっとも、隊員選抜の過程で三六時間にわたる過酷な特訓を受けたことは間違いない。そのあいだ、ホワイトノイズにさらされて一睡もできない。しかも、こちらの心をへし折ろうと係官はありとあらゆる罵声を浴びせてくる。とことん非人間的な扱いを受けるわけだが、しょせんは訓練の一環に過ぎない。本番は別物だ。

どんな連中に引き渡されるのか知らないが、ろくに抵抗もせずに早々《はやばや》と屈服したら、一巻の終わりだ。生き残るためには気持ちを強く持つ必要があった。

ランドローバーは丘を越えた。半月に照らされて、下り坂が見えた。その坂を下りきると、また上り坂になり、二番目の丘の頂《いただき》に通じていた。二つの丘のあいだの距離はおよそ五〇〇メートル。二番目の丘は一番目より二〇メートルほど高かった。ランドローバーはふたたび上り坂に入った。頂上が近づくと男はヘッドライトを消した。そのまま稜線《りょうせん》を越えると、一キロほど離れた丘のふもとに明かりが点々と見えた。集落らしい。あそこが目的地か？　どうやらそうらしい……。

スパッドは自分を拉致した男のことを考えていた。こいつは何者だ？　誘拐の目的は？　二人の医師をあっさりと片付けた手並みは見事と言うほかなかった。正真正銘のプロフェッショナルである。モルヒネの使用法もわきまえていたし、尋問対処法に関する知識も持っていた。稜線を越える前にヘッドライトを消すことも知っている。スパッドと同じように特殊部隊の出身なら驚くにあたらないが……。

「イスラエル国防軍？　それともモサドか？」スパッドは後部座席からささやくような声で尋ねた。

男はバックミラー越しに目を向けた。「詮索好きな男だな」男は答えた。「いままではフリーの便利屋だよ」

それなら誘拐するんじゃなくて、助けてくれてもいいだろう。「お……おれは、あんたらと働いたことがある。英軍のＳＡＳ所属だ。こ……ここから連れ出してくれねえか……」

スパッドの訴えはまったく効果がなかった。男は無言のまま、路面に目を戻した。

それから二分ほどで集落に到着した。スパッドはすぐに悟った。ここは間違っても長居したくなるような場所ではない。まず気づいたのは悪臭である。エアコンで車内に送り込まれてくる外気には腐敗臭がこもっていた。それに便所の臭気と無煙火薬《コルダイト》のかすかな臭い。こんな悪臭紛々《ふんぷん》たる場所はろくでもないところに決まっている。停車した地点から一〇メートルほど行ったところに穴が掘られ、炎が燃え盛っていた。その焚《た》き火から右へ五メートル離れたところに木の杭《くい》が打ち込んであり、そこに雑種犬がつないであった。頑丈そうな金属製の首輪をしたその犬は、身をよじらせながら鋭い牙《きば》をあらわにした。獰猛《どうもう》そうな目が月明かりを浴びてぎらついている。その犬のすぐ横に武装した男が立っていた。頭を剃り上げた黒人である。よれよれの迷彩服を着て、カラシニコフを胸にぶら下げていた。その男の背後に平屋の建物がいくつか見えたが、まだ頭がぼんやりしているので、戸数と位置を見極めることはできなかった。ただ、内側から明かりが漏れているので、居住者がいることは間違いなかった。いちばん手前の建物に目を凝らすと、黒地に白い三日月をあしらった旗が垂れ下がっているのが見えた。どうやらイスラム過激派の拠点に連れ込まれたらしい。さらに奥の建物へ目を向けると、空に向けて通信アンテナが突き立っていた。

スパッドは男に向かって鼻を鳴らした。「こんなクズどもとつるんでるのか？」

「メシを食うためだ。さあ降りてもらおうか」

スパッドは抵抗したが、現在の体力では男にかなうはずもなかった。数秒後には、ランドローバーの車体にもたれて息を切らしていた。裸足でざらついた砂を踏みしめながら。建物の方から民兵が続々と姿を現わした。六名まで数えたが、後方の暗がりにはもっといるに違いない。民兵たちはスパッドに目を向けるとそろって笑顔になった――パジャマ姿のせいだろう。民兵たちは焚き火のそばにいる男と同じ格好をしており、スパッドにはほとんど見分けがつかなかった。やがてその中から男が一人、こちらへ向かってきた。ひたいに白黒のバンダナを巻きつけた男で、いかにもリーダーらしい尊大な物腰の持ち主だった。

「こいつが目当ての男だという保証は？」バンダナ男は尋ねた。ちゃんとした英語だが、アフリカ人独特のなまりがあった。

「おまえたちが求めていた男に間違いない」イスラエル人はさりげなく帽子のつばを引き下げた。「手違いがあったとしたら、そちらの責任だ。いますぐ料金を支払ってもらおうか」

バンダナ男は不気味な笑みを浮かべると、すかさず動いた。胸にぶら下げていたカラシニコフをイスラエル人に向けると同時に、右手の人差し指を引き金に添えた。銃口は相手の腹部から一五センチ足らずのところにあった。

あたりは静まり返った。聞こえるのは、パチパチという焚き火の音だけだ。

イスラエル人の動きも素早かった。目にも留まらぬ早さでつかんだ銃身を水平方向へ九〇度ひねると同時に、もう一方の手で銃の本体をグイッと押し上げた。金属製のボディが持ち主の下顎にぶつかり、骨の折れるような音が響いた。イスラエル人は相手の股間を蹴り上げた。バンダナ男がうめきながら身体を二つ折りにすると、その頰に左肘を叩き込んだ。そして倒れ込んだ相手の頭部に、ブローニング・ハイパワーを向けた。

「よし、ボス野郎」イスラエル人は命じた。「手下に現金を持ってこさせろ」

バンダナ男はあえぎながらも何とか声を絞り出し、アフリカの方言で部下に指示した。二人の民兵が姿を消した。およそ二〇秒後、その二人がプラスチック製のキャリーバッグを持って引き返してきた。満杯ではないが、半分ぐらい現金が詰まっている感じだ。スパッドにはそう見えた。

イスラエル人はキャリーバッグを手にしたバンダナ男に笑いかけた。「そいつをバックシートに入れろ。いますぐ」

バンダナ男は顔をしかめながら後部座席にキャリーバッグを放り込んだ。

「お役に立てて幸いだよ」イスラエル人は告げた。「その英国人はおまえさんたちのものだ。だが帰り際におれを狙い撃ちしたら、引き返してきてその男を殺す。死んでしまったら値打ちがグンと下がるぞ。拷問するときは、くれぐれもその点に留意することだ」

二人の民兵がスパッドを車体から引き離しているあいだに、イスラエル人は車に乗った。そしてエンジンをかけるとバックのまま急発進した。すぐさま方向転換した車は加速しながら丘の頂へ向かった。

バンダナ男はようやく立ち上がった。汗まみれの顔が屈辱と怒りでこわばっている。自分がその鬱憤《うっぷん》の矢面に立たされることをスパッドは本能的に察知した。バンダナ男がふたたび大声で指示すると、スパッドは二人の民兵に引きずられるようにして焚き火のわきを通り抜け、建物が立ち並ぶ区画へと連れて行かれた。

近づくにつれて、建物の形状がはっきりしてきた。直径一〇メートルから一五メートルくらいの円形の平屋に円錐形の草葺《くさぶき》屋根をかぶせた構造である。いまにも倒れそうな緑色の木の扉を通り抜けると、家屋のちょうど中央に炉が切ってあり、煙が立ち昇っていた。その煙が円錐形の屋根の頂点にぽっかりあいた穴から外へ吸い出されてゆく。炉で燃え盛る炎が内部を照らし出していた。床は乾いた土がむき出しになった土間で、家具類は一つもなかった。ただ、突き当りの壁に金属製の環《わ》が見えた。高さ二メートルくらいのところに据え付けてあるのだ。

「さっさと奥へ行け！」民兵の一人が命じた。

炉の方へ突き飛ばされたとたん、胸の傷から激痛が走り、スパッドはその場にくずおれた。しかしすぐさま引き起こされると、金属製の環が取り付けられた壁のところまで連れて行かれた。

予想はついていたので、ジャラジャラと鉄鎖《てつさ》の音が聞こえても驚かなかった。抵抗するだけ無駄である。そもそも二人の民兵を相手にするような体力はなかった。それよりも今後の苦難に備えてエネルギーを温存しておく必要があった。鉄鎖のついた頑丈な手かせを左右の手首にはめられた。民兵は鉄鎖を金属の環に通すと、グイッと引っ張った。手かせをはめた両手を頭上に持ち上げる格好になり、スパッドは激痛を覚えて息を詰まらせた。民兵たちは環に通した鉄鎖を引き絞って南京錠で固定すると、手かせ本体にも小さな鍵で錠をかけた。その小さな鍵は、頭がすっぽり入りそうなリング状のキーホルダーに取り付けてあった。

スパッドは気持ちを落ち着かせようと深呼吸した。炎をあげる炉越しに戸口に目をやると人影が見えた。炎の明かりに照らし出されたのは、白黒のバンダナを頭に巻きつけた民兵のボスだった。悪意のこもった目でスパッドを睨みつけている。黄ばんだ白目に太い眉。その眉間《みけん》にしわをよせていた。一方の手でリードをつかんでいる。そのリードには、外の焚き火のそばにいた猛犬がつないであった。犬はしきりに身をよじらせて、喉の奥から恐ろしげなうなり声を発した。もう一方の手にはバッグをぶら下げていた。

犬を連れてボスが近づいてくると、手下の民兵たちはわきへ退いた。スパッドが鉄鎖で拘束された場所から三メートルほど離れたところに、もう一つ鉄の環が取り付けられていたが、ずっと低い位置にあった。バンダナ男はそこまで犬を連れてゆくと、鉄の環にリードをくくりつけてから、犬の腹を蹴りつけた。犬はキャンキャンと哀れな鳴き声を漏らしたが、すぐまたリードを力一杯引っ張り、スパッドの方に鼻面を近づけると、威嚇するようなうなり声を上げはじめた。

バンダナ男が指を鳴らした。民兵の一人が弾かれたように前に出ると、スパッドの手かせの鍵を手渡した。リング状のキーホルダーを首にかけたバンダナ男はスパッドに歩み寄った。そして数センチと離れていないところまで顔を近づけた。文字どおり顔を突き合わせる格好になった。長いあいだ身体を洗っていないらしく、バンダナ男は悪臭を放っていた。しかし嫌な臭いはそれだけではなかった。吐き気を催すような腐臭が男のそばから漂ってくるのだ。どうやらその腐臭の発生源は、男がぶら下げているバッグに入っているようだが、それが何であるか見当もつかなかった。

「おまえの名前は？」バンダナ男は尋ねた。よく響く声で、ゆっくり問いかけてきた。

スパッドは相手の目を見つめながら表情を変えずに答えた。「ジミー・デイル」レジメントの隊員は万一の場合に備えて偽の身分姓名を頭に刻み込んでいる。

「職業は？」

「国際機関の救援スタッフ」

バンダナ男はうなずいた。「おれはモルヒネを持っている。本当のことを言えば、最期まで苦しまずに過ごせる。大半の捕虜はそうした扱いを好む」男は冷ややかな声であざけった。「だが、おまえは嘘つきだ。このおれに嘘をつくと後悔することになるぞ。おまえの名前は？」

「ジミー・デイル」スパッドはささやくような声で答えた。

バンダナ男は一〇秒あまりスパッドを無言で睨みつけた。「よし、ジミー・デイル。三〇分後も、その嘘をつきとおせるか試してみよう」そう言うと手にしたバッグを持ち上げた。「こいつの中身が知りたいだろう？」

そのバッグを顔に近づけられるとスパッドは吐き気をこらえきれなくなったが、胃は空っぽで、嘔吐《おうと》しようにも嘔吐するものがなかった。

男はバッグに手を入れると、中身をゆっくり引っ張り出した。

最初、それが何であるか見極めがつかなかった。全体的に灰色で、ところどころ白っぽい個所や黒ずんだ個所があった。ただ、上の方はこげ茶色で、何やら白い物体が割れた状態で突き出ていた。

それは人間の足だった。

「捕虜のものだ」バンダナ男は犬の方に向き直ると、その足を投げ与えた。よほど腹をへらしていたのか、犬はもらった餌《えさ》にむしゃぶりついた。そして腐肉を器用に引き剝がして、ガツガツとむさぼりだした。

スパッドは目をそらすと、炉の炎を見据えた。犬の不快な咀嚼音《そしやくおん》はできるだけ聞かないようにした。

「三〇分したら戻ってくる」バンダナ男は告げた。「それまでにどうするかよく考えておけ」

男は背を向けると、手下を引き連れて小屋を後にした。

第6章

　トリッグスは運転席に座ったまま電話をかけた。携帯衛星電話のキーパッドが暗い車内で点灯した。呼び出し音が五回鳴ると、カチッという音がして、それっきり静かになった。

「仕事の最中なら出ないぜ」トリッグスは言った。

「もう一度かけろ」

「だから、時間の無駄だって」そう言いながら再度ダイヤルした。今度は七回鳴ってから、応答する声が聞こえた。

「だれだ？」

「おれだ」トリッグスは答えた。

「マズいときにかけてきたな」応答する声が聞こえた。アメリカなまりの英語だが、イスラエル人もよくこういうしゃべり方をする。やや緊張した声だ。「いまちょいと取り込み中でな。明日か明後日に折り返し電話するよ」

「待った！」トリッグスは横目でダニーを見た。「仕事の話がある」

　間があった。

「いまその仕事中だ」

「そんな仕事じゃねえ。マッサワでデカいヤマがあってな、人手を必要としてるんだ。おれも信用できる助っ人が欲しい。一万五千ドル《フィフティーン・ラージ》出すぜ。ただ、今夜のうちに現地入りしなくちゃならねえ」

いいぞ、とダニーは思った。トリッグスのでまかせには説得力があった。

ふたたび間があった。

「こっちへ来れるか」

「どこにでも行くぜ」

「グリッド表示で北一五、三八、四〇、東三九、二〇、二一」イスラエル人は合流地点を指示した。

トリッグスはすぐさまGPSナビにその数字を入力した。一〇秒後、平地を走るルートが映し出された。付近には集落もなければ、これといった目印もなかった。砂漠を横切る田舎道に過ぎない。画面の下に「所要時間：一時間四七分」と表示が出ていた。

「最大二時間もあれば行けるよ」

ふいに雑音が入った。

「与太話に付き合うような気分じゃないからな、トリッグス。おかしなマネしやがると、いきなりぶっぱなすかもしれないぞ」

それっきり通信が途絶えた。

「疑り深い男だな」ダニーは言った。

トリッグスは鼻を鳴らすとエンジンをかけた。「もちろん疑り深いさ。だからこそ合流《RV》に応じたんだ」そしてハンドルを切って車をUターンさせた。

「どういう意味だ？」ダニーは尋ねた。

トリッグスはまた横目でチラッとダニーを見た。「おれはあいつを近くに置きたい。むこうもそう思っている。商売敵はそうしたもんさ。しかし同時に、あいつは欲深い男でもある。ギラッド・フリードマンが一万五千ドルの儲《もう》け話を無下《むげ》にするわけがねえ。まずは、こちらの腹を探るつもりだろう。おまえさんはまだまだ青いな。もっと経験を積むことだ」

ダニーは相手の嫌みを聞き流した。トリッグスは加速した。二人の医師が死体となって横たわる仮設診療所は見る見るうちに遠ざかった。

最初は無言のまま走りつづけた。トリッグスは前方の路面に異常がないかどうか目を凝らしていた。ダニーはウインドー越しに周囲を見回した。石ころの転がる大地がヘッドライトの明かりに浮かび上がっては消えてゆく。まるで白黒フィルムを見ているかのようだ。闇にすっぽり包まれた荒地がどこまでも広がっていた。ときおり、地平線に沿って移動する光が見えた。

「あれは何だ？」初めて気づいたときトリッグスに尋ねた。

トリッグスは肩をすくめた。「ラシャイダだろう」

「何者だ？」

「ラシャイダは砂漠の遊動民だ。まあ、ベドウィンみたいなもんだが、ずっと凶暴だな。ラクダを売買して大儲けしているが、近代的なテクノロジーは寄せ付けない」

「自動車は例外か」

「そうらしいな。あいつらだって人それぞれだろう。車を持っている連中もいるし、たいてい夜移動する。ラシャイダでないとすれば、ラシャイダを追いかけているエリトリア軍か警察だな」

「その理由は？」

トリッグスはまた肩をすくめた。「この国は海を挟んで対岸はイエメンとサウジアラビア、南はエチオピア、東南はジブチとソマリアと接しているんだ。あらためて説明するまでもないが、こうした国々はイスラム過激派の巣窟《そうくつ》だ。エリトリア当局はこうした連中を取り締まろうとしない。だからエリトリアは武器や人員の輸送路になっているのさ。このルートを使えばアフリカ全土はおろかヨーロッパまで行けるからな。パリのシャルリ・エブド（イスラム教徒を過激に風刺していた漫画週刊誌）を襲撃した連中もこのルートを経由したと噂《うわさ》されている。とにかく、ラシャイダは敬虔《けいけん》なスンニ派だ。ベールで顔を隠し、子どもを結婚させる。娘は嫁として高値で売り飛ばせるから、女は値打ち品さ。その一方、テロリスト――とりわけソマリア人テロリスト――の移動や武器の運搬を手伝っている。政治的な主張に共鳴したとかほざいているが、タワゴトもいいところだ。わずかな銭が欲しくて、てめえのバアさんまで売り払おうって連中だぜ」

「相手が軍だと厄介だな」

「その心配はねえ。軍や警察なら買収できる。ラシャイダは予測不能だ。すぐに銃をぶっぱなすしな」

　ふたりはまた黙り込み、気まずい沈黙が続いた。ダニーは地平線に光が見えるたびに目を凝らした。暗視ゴーグルがあればいいのだが。そうすればヘッドライトを消して運転できる。いまみたいに点灯していると、数キロ先から丸見えだ。

　一時間ばかり走るとトリッグスが口を開いた。「むこうへ着いたら、おまえさんは姿を隠してくれ。ギラッドは神経質な野郎だ。連れがいると知ったら、何をしでかすかわからねえ」

　ダニーは不本意だった。このトリッグスとやらは信頼に足る人物だろうか？　そうは思えなかった。正直言って、このところ、ダニー・ブラックは誰も信用できなかった。

トリッグスは咳払《せきばら》いをした。「おれはかつて北アイルランド《プロヴィンス》にいたことがある。ずっと昔だがな。あるとき、ＩＲＡテロリスト《プロヴォ》の監視任務についた。そいつはアントリムの隠れ家に身を潜めていた。その隠れ家に突入して身柄を確保しろという命令が出た。おれは突入の合図をした。ところが近くの屋上にプロヴォの狙撃手がいることを見落としていた。おれの昔からの相棒がそいつに撃たれて即死した」トリッグスはダニーに意味ありげな視線を向けた。「この稼業のことなら裏の裏まで知り尽くしているよ。おれだってヘリフォードで年季を積んできたんだ。任務中に仲間を失うとどんな気分になるか、嫌というほど知ってる」そう言うと、前方に視線を戻した。「いいか、おまえさんの相棒は死体になっちまったら一文の値打ちもねえんだ。だから、しばらくは生かされてるよ」

また間があった。トリッグスが小声で悪態をついた。ダニーはフロントガラス越しに前方を注視した。ヘッドライトが見えた。距離、およそ二〇〇メートル。

「お客さんだ」トリッグスがつぶやいた。

「軍？」ダニーは緊張した声で尋ねた。「それともラシャイダか？」

相手が何者であれ、ダニーとトリッグスは見つかったのだ。まわりは見渡すかぎりの平地で、逃げ隠れできる場所はどこにもなかった。

トリッグスは徐々に速度を落とした。

「そいつを確かめてみようぜ」

第7章

ダニーは銃に手を伸ばした。すでに給弾《コック》して安全装置をロックしてあった。

「行け」ダニーは言った。

車は這うような速度で前進を続けた。二〇秒後には、一〇〇メートルほどの距離まで近づいた。人影が見えた。男が三人、ヘッドライトの真ん前に立っている。背後からまぶしいライトに照らされているので姿かたちは確認できないが、各人がアサルトライフルを携帯していることは見て取れた。

「むこうの方が多い」トリッグスはつぶやくように言ったが、車は停めなかった。

相手の車——旧式のピックアップトラックらしい——から二〇メートルの距離まで来るとようやく停車した。トラックの後ろに人影がもう一つ見えた。カラフルな衣装を身にまとった女である。顔の下半分をベールで隠していたが、目とくしゃくしゃの髪はむき出しのままだ。

「女連《バード》れなら問題ねえだろう」トリッグスは言った。「旅の途中で、わざわざケンカを吹っかけてくることもあるまい」

ダニーにはそれほど確信はなかった。ライフルを所持した男三人がランドクルーザーに近づいてきた。肩で風を切るような尊大な歩き方である。しかし、すでに初歩的なミスを犯していた。ライフルを首からぶら下げたままなのだ。あれでは、いざというときに間に合わない。

「連中、英語はしゃべれるのか？」

「話せるやつもいる」

ダニーはブローニングをポケットにしまった。「外に出よう。こんなところに座り込んでいたら、戦えない」

二人の男は左右のドアを開けて降り立った。

ラシャイダの男たちの身なりは質素だった——何の飾りもない白色の長衣にカフィエ。銃はカラシニコフである。それも旧式の。部品の色が異なっているのは、複数の銃器からパーツを寄せ集めて組み立てたことを物語っている。だからといって甘く見るのは禁物だ。相手の表情を入念にチェックする。三人のうち二人がトリッグスの方に向かい、残る一人がダニーに近づいてきた。その視線をしきりに車に向けた。どうやらこのランドクルーザーに関心があるらしい。

ダニーに近づいてきた男は二メートル手前で立ち止まった。トリッグスに向かった二人組はもっと近く、一メートルしか離れていなかった。

「キー」男の一人はそう言うと、手のひらを差し出した。

トリッグスはさも愉快そうに笑い出した。ラシャイダたちは一瞬戸惑った。ダニーはそのチャンスを見逃さなかった。一気に間合いを詰めて、首からぶら下げたカラシニコフをつかむと、相手をグイッと引き寄せてから、くるりと後ろ向きにさせてその首にたくましい腕を巻きつけた。首を絞められて男がうめき声を漏らした。ダニーはもう一方の手ですかさずブローニングを引き抜くと、安全装置を解除してから、男の頭に銃口を押し付けた。ほとんど同時にトリッグスも銃を引き抜き、手前のラシャイダの頭に狙いをつけた。

「よし、おまえら」ダニーはランドクルーザーのボンネット越しに大声で命じた。「そのライフルを捨てろ」

トリッグスのそばにいる二人は不安げに顔を見合わせた。さきほどまでの傲慢《ごうまん》な物腰は影もかたちもなかった。男たちはライフルのスリングをゆっくり首からはずした。トリッグスは拳銃の引き金に指を軽くのせていた。ふいに反撃してきたらいつでも発砲できる構えである。しかしそんな動きはなかった。ラシャイダの二人組は指示どおりライフルを地面に置くと、ふたたび立ち上がった。ダニーは女の位置を確認したが、すでに女の姿はなかった。おそらくトラックの中に身を隠したのだろう。

あのトラックにはおそらく武器が隠されているはずだ——したがって近づかせてはならない。ラシャイダをトラックから遠ざければ、それだけリスクは軽減される。

「あっちへ行け」ダニーは西の方角へ顎をしゃくった。

二人組はふたたび顔を見合わせた。そしてトリッグスの前から三歩後ずさった。一人はそのまま西へ向かったが、もう一人はいきなり長衣に手を突っ込むと、短銃身のピストルを引き抜いた。

その動きは速かったが、トリッグスほどではなかった。短銃身の銃が見えたとたん、ダニーの連れは発砲した。銃声が荒地にこだまし、銃弾は首に命中した。動脈が切断されたらしく男は鮮血を撒き散らしながら倒れ込んだ。

また銃声が聞こえた。トリッグスがもう一人の男を射殺したのだ。最初出血はなかったが、地面に倒れると胸の銃創から流れ出した血が身体のまわりに広がった。

ダニーが押さえつけていた男が震えだし、トラックの奥から悲鳴が聞こえた。女の声だが、別々に聞こえた。女がもう一人乗っているらしい。男を前に向かせてライフルを奪い取ったダニーはそのまま男を解放した。

「失《う》せろ！」ダニーは吐き捨てるように言った。よろよろと後ずさった男が戸惑いの色を浮かべると、繰り返し命じた。「失せろ！」

男は背を向けると駆け出した。

「あいつを仕留めろ！」トリッグスが叫んだ。

ダニーは首を振った。「放っておけ」そう言いながらラシャイダの車に向かった。

銃は構えたままだ。ヘッドライトのそばを通り過ぎて暗闇に目が慣れると、後部座席に女が二人うずくまっているのが見えた。ダニーはそのまま大股に近づき、二メートルほど離れたところから車内を覗き込んだ。女たちは恐怖に顔をこわばらせていた。ダニーと銃を交互に見やる。一人は首を振り、もう一人は泣き出した。

ダニーは女たちに銃を向けた。

しかしすぐに銃口を下げると、左側の後輪に一発撃ち込んだ。女たちがビクッと身を震わせると同時に、パンクしたタイヤから空気が勢いよく漏れ出すシューという音が聞こえた。さらに右側の後輪も撃ちぬいたダニーは、左右の前輪もパンクさせた。

「おい、何やってんだ。正気か、おまえ？」トリッグスは言った。

「女は貴重品なんだろ」ダニーは答えた。「だとすれば、逃げた野郎はいずれ引き返してくる」

「そして仲間におれたちのことを話すぞ。そうなるとラシャイダどもに追いかけられることになる」

ダニーは暗い顔を振り向けた。「このとおり車は使えない。タイヤを取り替えないかぎり、どこにも行けない。修理にはかなり時間を要するだろう。それまでにこの辺からおさらばすればいいだけの話だ」

トリッグスは反論したそうだったが、ダニーの顔色を見て断念した。「車へ戻れ。

急がないと」

「了解」ダニーは女たちの泣き声を意識から遮断するとランドクルーザーに乗り込んだ。トリッグスはエンジンをかけると急発進した。そのとき死体の一方を踏みつけたので車体が揺れた。ダニーは左に目を向けた。女たちがおびえた表情で、走り出したランドクルーザーを見送っている。

ダニーは時間をチェックした。二〇一五時。

「あと四五分しかない」

トリッグスがアクセルを踏みつけると、追いはぎを返り討ちにした現場は瞬《またた》く間に遠ざかった。

第8章

小屋の扉が勢いよく開いた。

それまで一〇分ほど、スパッドは頭《こうべ》を垂れて夢うつつの状態にあった。腐肉にかじりついていた犬の存在もほとんど忘れていた。その腐肉もすっかりしゃぶりつくされて、いまや残っているのは白い骨と軟骨だけだった。ときおり記憶が飛んで、自分がどこにいるのかわからなくなった。犬の気配は子どものとき飼っていた黒のラブラドルを思い起こさせ、まるで故郷にいるかのような幸福な錯覚を抱かせてくれた。

しかし扉が開いたとたん、いやおうなく醜悪な現実に引き戻された。スパッドは思い切り息を吸い込むと、顔を上げて、戸口に立つ人影に目を向けた。

その人影が近づいてきた。さっき自分を尋問した白黒のバンダナ男である。恐怖で縮み上がりそうになったが、何とかその恐怖心を抑え込んだ。頭の中で理性の声が聞こえた。ここが最終目的地かどうかわからないが、こちらの正体が判明しないかぎり殺されることはあるまい。利用価値があると思われているあいだ——つまり斬首ビデオの作成、あるいはそうしたビデオの撮影者に売り飛ばすまでは——生かしておくはずだ。正体を知られたとたん首を切られるか、もっと凶悪な連中に譲り渡されることになる。

バンダナ男はすぐそばまでやって来た。ナイフを手にしている。スパッドは目をつむると、刃《やいば》の一撃にそなえた。

顔に熱い吐息を吹きかけられた。その吐息はひどく臭った。男はスパッドのすぐ前に立っていた。左目の下にひんやりとした切っ先を感じた。スパッドは深呼吸して気持ちを落ち着かせようとしたが、なす術《すべ》もなく顔を切り裂かれるかもしれないという恐怖感を振り払うことはできなかった。

「おまえは勇敢な男だな」バンダナ男はしゃがれ声で言った。「驚くほど肝がすわっている」

ナイフの切っ先が顔から離れたことにスパッドは気づいた。目を開けると、数センチ離れたところに男の顔があった。男の目はぎらついていた。「おれがこのままあきらめると思うか？」男は尋ねた。「もう一度よく考えろ」

スパッドは無表情のまま返事もしなかった。

「おまえの名を教えろ」バンダナ男はささやくように言った。

「ジミー・デイル」スパッドの声はつぶれていた。

バンダナ男は笑みを浮かべると、肩越しに振り返って、スパッドには理解できない言語で何事か命じた。さきほどスパッドに手かせをはめた民兵の二人組がまた現れた。

今回は二人だけではなく、もう一人連れがいた。一二歳くらいの少年である。少年はしきりに身をよじっていたが、両側から上腕をつかまれているので、逃げようがなかった。そして叫び声を上げたくても、口にぼろ切れを押し込まれているので、うめき声を漏らすのがやっとだった。ぼろぼろのズボンをはいていたが、シャツは着ておらず、肋骨《ろっこつ》の浮き出た痩せ細った上半身が丸見えだ。民兵たちに炉の方へ引きずられた少年は、壁につながれた犬に目が釘付《くぎづ》けになった。犬の方はしゃぶりつくした骨からチラッと顔を上げただけだ。少年はさらに激しく身を振りほどこうとしたが、無駄な努力だった。

「このガキの名を知りたいか?」

そんなもの、知りたいわけがない。スパッドは嫌な予感がした。この子の名を知ったら、もっとひどいことになりそうだ。だから返事をせず、無表情のままバンダナ男を見つめた。

「こいつの名はビニアム。〝運のいい子〟という意味だ。だが、ちっともよくはない。両親は死んだ。こいつもすぐに後を追うことになる。おまえが本名を明かさなければな」

スパッドとバンダナ男は睨み合った。理性の声は感情を面《おもて》に出すなと言っていたが、数秒もしないうちに無理だとわかった。スパッドの目に憤怒《ふんぬ》の色が浮かぶと、バンダナ男は満面の笑みを浮かべた。男は手下に目をやった。

「そいつを切れ」男は命じた。

最初スパッドは刃が自分に向かってくるものと思った。しかし違った。少年を押さえている民兵の一人が、よく切れそうな短剣を引き抜いた。そしてためらうことなく、少年の頬を切り裂いた。少年は激痛のあまり鼻から激しく息を吸い込んだ。そして胸元に血が滴り落ちると悲鳴を上げようとしたが、むろん声は出ない。前にも増して身をよじったが、両側から容赦なく押さえ込まれた。

「また嘘をついたら」バンダナ男は告げた。「反対側の頬を切り裂く。その次は喉だ」

「名前ならもう教えたろ」スパッドはささやくような声で答えた。「嘘は言わん。おれの名は……」

「切れ」バンダナ男は命じた。

今度も躊躇《ちゅうちょ》なく刃がきらめき、反対側の頬を切りつけた。少年はその場に倒れそうになったが、民兵たちはそうした動きを完全に封じた。反対側の頬からも血が滴り落ちると、少年のうめき声はいちだんと切迫したものになった。短剣の刀身にも赤いしずくが伝って落ちた。民兵はその刃を少年の喉元に当てた。少年の動きがぴたっと止まった。室内は静まり返り、犬も骨をしゃぶるのを中断した。

「もう一度尋ねるぞ」バンダナ男は言った。「今度も嘘をついたら、あいつの喉を切り裂く。そして二人目のガキを連れてくる。男のガキで埒が明かないようなら、その次は女のガキだ。おまえの姓名は？」

スパッドは顎を突き出した。両者は睨み合った。スパッドはその目をそらすと、少年を見つめた。顔はひどい有様だが、傷痕はそんなに残らないだろう。成長すれば目立たなくなるはずだ。いまにも泣き出しそうな顔つきだが、その涙を必死にこらえている。我慢強い子だ。いま涙を流したら、塩気のある水分が切り傷に流れ込み、恐ろしく痛い思いをすることになる。全身をぶるぶる震わせて、助けを求めるような視線をスパッドに向けてきた。

スパッドは目をそらした。情に流されるわけにはいかない。

「あと五秒待ってやる」バンダナ男が告げた。

あの子かおれか。スパッドは悩んだ。あの子を助けたら、自分の死刑執行にゴーサインを出すことになる……。

「四秒」

いつまでもこんなところにくくりつけておくわけにもいくまい。いずれ逃げ出すチャンスが……。

「三秒」

死の刃を手にした民兵はボスをじっと見つめていた。殺害指令を待ちながら。

めてのことだ。

「二秒」

スパッドはもう一度少年に目を向けた。こんなにおびえている子どもを見るのは初めてのことだ。

「一秒」

「やめろ」スパッドは言った。

あたりは静まり返った。少年もうめき声を漏らすのをやめた。

「おまえの姓名」バンダナ男は繰り返し尋ねた。

スパッドはふたたび相手を睨みつけた。「スパッド・グローヴァー、英軍ＳＡＳ」

声を出すのはつらかったが、どうしても言っておきたいことがあった。「おい、クズ野郎、おれをちゃんと縛っておけよ。両手が自由になったら、すぐにでもその目をえぐり出してやるからな。覚悟しておけ」

バンダナ男は満面に笑みを浮かべた。半死半生のスパッドに凄まれたことが愉快でたまらないらしい。男は背を向けると外の誰かに大声で指示した。「狙いどおりの獲物を確保したと連中に知らせろ」そして扉に向かったが、炉の手前で立ち止まると、振り返った。そしてスパッドを睨みつけると、少年を押さえている手下に目を向けた。すかさず喉を搔《か》き切る仕草をしてみせる。

短剣を手にした民兵はその指示を了解した。少年の喉に刃を当てると、一気に横に引いた。

「よせ!」スパッドはつぶれた声を絞り出したが、すでに手遅れだった。頸部《けいぶ》から血が噴き出した。民兵たちはようやく手を放した。少年は物音を立てることもなく、その場にくずおれた。両手で血の噴出する首をつかんでいたが、すでに白目を剝いていた。

民兵たちが小屋を後にすると、断末魔の痙攣《けいれん》を起こした少年に近づこうと犬がリードを力いっぱい引っ張った。

全身の血が煮えたぎるような憤怒を覚えたのは、スパッドにとってひさしぶりのことだった。

第9章

東アフリカ時間二〇五七時

満天の星と月が明るく輝いていた。ダッシュボードの計器に目をやると、気温が劇的に低下していることがわかった。GPSナビの画面は目的地まで一キロ足らずであることを示している。トリッグスはブレーキを踏んでエンジンを切り、ライトを消した。闇に目が慣れるとダニーは周囲の地形を確認した。

二人はちょうど低い丘のふもとにいた。丘の稜線は東西方向に数キロにわたって続いている。ずっと走ってきた悪路がそのまま丘の頂に直結しており——現在地から五〇〇メートルほどか——稜線を踏み越える格好で消えていた。さきほど停車した場所より草むらが多かった。高さ一メートルくらいの草があちこちに生えており、稜線沿いにも草むらがあった。

「ここで降りるのがベストだ」トリッグスはしゃがれ声で言った。「さっき伝えてきたGPSの座標どおりだとすると、ギラッドはあの稜線を越えた地点にいるはずだ。

おまえさんは徒歩で接近して、監視場所を確保しろ。それ用の装備ならトランクに積んである」

二人は車から降りると車の後部に回り込んだ。トランクには頑丈だが傷だらけのフライトケースが積んであった。三桁のコンビネーションロックが二個所に取り付けられている。ケースを開けると弾薬の空き缶ばかり目についたが、トリッグスはガラクタを掻き分けて二種類の機器を見つけ出した。まず取り出したのは標的観測用スコープ《スポッティング》だった。「残念ながら、暗視《NV》ゴーグルはねえ」トリッグスは言った。「だが、これだけ月明かりがあれば、充分役に立つはずだ」続いて取り出したのは、革ケースに収納されたイヤホン型無線機二個。送受信用イヤホンとループ状アンテナ、それに超小型無線機の本体がそれぞれセットになっている。その無線機本体は、ごくふつうの携帯電話にしか見えない。「デカい無線機を持ち込むわけにもいかんだろ」トリッグスは説明した。「ギラッドに見つかったら、たちまち取り上げられちまう。だが、これなら、あいつに知られることなく交信できる。数キロの距離なら送受信可能だ。これで連絡を取り合おうぜ」

「ボディチェックされたら？」

「そのときは一巻の終わりだ。だが、こっちから身体検査するよう申し出たら、まずしねえだろう」

「自信たっぷりだが、その根拠は？」

「おいおい、山勘に決まってるだろ。それともこのまま引き上げるか？」

革ケースの一方を手渡されたダニーはすぐさま耳にイヤホンをはめ込んだ。トリッグスが同じようにイヤホンをはめたとたん、ザーザーと雑音が聞こえてきた。二人はシャツの前をはだけると、ループ状アンテナを首に掛けてから、無線機本体をポケットにしまった。トリッグスが口を開くと、その声がじかに聞こえると同時にイヤホンからも聞こえた。

「フリードマンと合流したら、向こうにしゃべらせるつもりだ。おまえさんの相棒の居所を口にするよう仕向ける。ただ、あいつと一緒のあいだは身動きが取れねえ。勝手に離れようとしたら、たちまち怪《あや》しまれるからな。だから、おまえさんは単独で動いてくれ」

ダニーはうなずくと手を差し出した。トリッグスはその手を握った。そしてそそくさと運転席に引き返すと、エンジンをかけて車を発進させ、坂道を上りだした。

ダニーはすぐさま地面に伏せた。トリッグスの車が近づくのを丘の稜線付近で見張っているかもしれず、ダニーもできるだけ目立たないようにする必要があった。車は二分ほどで稜線を越えて姿を消した。イヤホンから車のエンジン音が聞こえた。つまり、フリードマンは頂上付近にはいなかったわけだ。それなら助かる。さらに二分ほど待ってから立ち上がると、ダニーはトリッグスの車が通り過ぎたばかりの坂道を駆け上がった。

体調は万全だったし、今回は重たい装備も背負っていない。四分後に頂上の手前まで来たが、汗一つかかなかった。また地面に伏せると、頂上までの残り一〇メートルは匍匐《ほふく》前進した。立ったままだと標的にされる恐れがあった。

エンジン音が聞こえなくなった。トゲだらけの藪の背後に身を隠していると車のドアの開閉音が聞こえた。

聞き覚えのある声がした。数時間前、トリッグスが電話をかけたときに耳にした声である。「ちょうど二時間か。おれが疑り深いタイプなら、ずっと監視されていたと思うかもな」

「おまえは自意識過剰なんだよ、ギラッド。その調子だと、ボディチェックさせせろと言いかねないな」

しばらく間があった。ダニーは思わず奥歯を嚙《か》みしめた。

「旧友にそんな無礼なマネはしないよ」フリードマンは答えた。どこか虚《うつ》ろな声だった。

ダニーはスポッティング・スコープを取り出した。四つん這いになって藪の隙間からスコープを突き出すと、前方の地形を見渡した。丘の頂を越えた道はそのまま五〇〇メートルほど下ると、また上り坂となり、次の丘の頂へと続いていた。二番目の丘は二〇メートルほど高かった。この丘もあちこちに藪が生い茂っていた。ダニーはスコープをやや下げた。数秒もしないうちに目当ての物を視界に捉《とら》えた。黒々とした輪郭だけしか見えないが、間違いなくトリッグスの車である。道路わきに停まり、ヘッドライトは消えている。そこから左へ一〇メートルほど離れたオフロードの場所に、同じサイズの車がもう一台停まっていた。そこからさらに五メートルほど下ったところに人影が見えた。二人の男が向き合っている。

「夜はこれからだ」トリッグスは言った。その声にはひどく説得力があった。「この夜が明ける頃にはひと財産こしらえることになるぜ。ところで、もう仕事は終わったのか？」

「もうじき終了する」フリードマンは曖昧《あいまい》に答えた。

「ほう」間があった。「おまえみたいなナイスガイがこんなところで何をしてるんだ？」

「国の仕事だ」

トリッグスが小馬鹿にしたように鼻を鳴らした。「なんだって？　どこの国のことだ？」

「おれの国だよ」

ダニーはせわしなく瞬《まばた》きした。おれの聞き間違いか？　しかしトリッグスも同じように驚きをあらわにした。「どういう意味だ？　モサドとは縁を切ったはずだろ、何年も前に」

「そんなときもあったたな。たまには、お国のためにひと働きして報酬をもらうのも悪くない」

ダニーは当惑した。こいつは正気か？　スパッドの誘拐にイスラエル政府が一枚嚙んでいるというのか？　そんな馬鹿な。

「そいつの狙いは？」ダニーはささやくような声で尋ねたが、その声はトリッグスのイヤホンに間違いなく届いているはずだ。「本人にしゃべらせろ」

「で……何をたくらんでる？」

ダニーは顔をしかめた。トリッグスからクールな物腰が消え失せて、警戒心が剝き出しになっていたからだ。

「いささか込み入った事情があってな」

「込み入った話なら、おれの女関係に優るものはないぞ」

フリードマンは虚ろな笑い声を響かせた。そして数秒ほど間を置いてから、話を続けた。「ここに英軍の特殊部隊の兵士が一人いる。重傷だ。死にかけていると言っていい。そこでモサドはこいつを利用することにした。ここから北へ一キロほど行ったところにねぐらをかまえているエリトリア人のゴロツキに売り飛ばすことにしたのさ。おれがその英軍兵士をそいつらのところに連れて行った。そのときついでに知恵をつけてやった。英軍兵士を競売にかけろとな。テルアビブの役人どもは、悪党どもを巣穴からおびき出す格好の餌になると踏んだのさ。落札した獲物を引き取るために、のこのこやって来た悪党どもをまとめて始末するという作戦だ。名案だろ。アブ・バクル・アル・イラキの名を聞いたことは？」

「そいつの名前なら知ってるよ」

「当然だろう。欧米各国の政府から首を狙われている大物だからな。いまソマリアのアル・シャバーブの分派が捕虜交換のためにこちらへ向かっている。アブ・バクル一味はその車列に紛れ込んでいるとテルアビブは見ている」

「おまえの言うとおりだ」トリッグスは小声で応じた。「たしかに込み入っているな。つまり、イスラム過激派の大物を仕留めるために英軍兵士を犠牲にするわけだが、イスラエル政府は本気なのか？」

「おまえ、釣りをしたことないのか？　大物を釣り上げるためには小物をダシに使うものなんだ。最初は気まずい思いをするかもしれないが、デカいのを仕留めたら小物のことなんか忘れてしまう。それに生餌《いきえ》ほど魅力的なものはないからな」

ダニーはゆっくり息を吸い込んだ。気持ちを落ち着かせようとしたのだが、困惑は深まるばかりだった。こいつの言うとおりだとすれば、これからダニーが相手にするのはエリトリア人のゴロツキとステート・オブ・ジハードだけでない。イスラエル軍も勘定に入れる必要があった。

ダニーはスコープの視界に二人の男を捉えていた。トリッグスはフリードマンに背を向けると、自分の車の方へゆっくり歩き出した。「なるほど」その声がイヤホンから聞こえた。「稼ぎになる仕事は選り好みせずに淡々とこなす。これが、おれたちみたいなフリーの流儀だもんな？」

「そのとおり」フリードマンは答えた。「当然、これから釣りをしようというときに、川岸で騒ぎを起こされたら迷惑だろ。魚がみんな逃げてしまい、収穫ゼロってことになりかねないからな」

ダニーは目の周囲の筋肉がこわばるのを感じた。嫌な予感がした。

「大物を釣り上げたいと思ったら、川岸には余人を近づけず、静かなままにしておく必要があるんだよ」

フリードマンのシルエットがふいに腕を持ち上げた。

「伏せろ！」ダニーはすぐさま指示した。「銃を持ち出した！」

トリッグスはあわてて振り向いたが、手遅れだった。

「クソッたれ！」ダニーは語気を荒げた。

銃口からほのかな閃光《せんこう》が走ると同時に銃声が聞こえた。それも二度。一度目はイヤホンから。二度目は数分の一秒遅れで、生の音がダニーの耳元まで届いたのだ。トリッグスのシルエットが地面に倒れ込んだ。うめき声や苦悶《くもん》のあえぎ声は聞こえなかった。トリッグスは声もなく突然の最期を迎えたのだ。あたりはふいに静まり返った。

トリッグスの死体に歩み寄ったフリードマンは、腰をかがめて死に顔を覗き込んだ。しばらくすると、ささやくような声がイヤホンから聞こえた。「マッサワでデカいヤマだと。人をなめやがって」

第10章

ダニーは身動きせず、じっとしていた。

そしてトリッグスのイヤホンが拾う音に耳を澄ませた。フリードマンが無線機の本体をポケットから引っ張り出す、かすかな音が聞こえた。

それっきり物音は途絶えた。まあ、当然だろう。フリードマンのシルエットが立ち上がった。幅の広い肩の線がはっきり見て取れた。顎ひげをいじりながら考え事をしているようだ。

トリッグスの死を悼《いた》んでいる時間はなかった。死んでしまったものは仕方がない。これからの行動プランを修正する必要があった。まずはスパッドを救い出すことだ。その結果を踏まえて、つぎの動きを決めることになる。いままでに知り得た情報を整理してみると、アブ・バクルという大物テロリストがスパッドを引き取るためにこの近くの集落に向かっている途中だという。トリッグスを射殺したあのイスラエル人が仕掛けた罠《わな》に、そのテロリストがのこのこ入ってきたら、あとは仕留めるだけだ。

しかし、どこか釈然としなかった。フリードマンはすでに役目を終えているのだ。スパッドを拉致して、罠を仕掛けた段階で。それなのにどうしてまだ近くにいるのか？　ダニーがフリードマンの立場なら、自分の任務を果たしたらただちに退去するだろう。しかしフリードマンはいまも現場に踏みとどまっている。なぜだ？

まだ任務が終了していないのか？

となると、この作戦全体をもう一度見直す必要がある。

ダニーは遠くから観察を続けた。フリードマンはトリッグスの死体から離れると、二番目の丘めざして坂道を足早に上りだした。そして頂上の手前まで達すると地面に伏せた。さきほどのダニーと同じように。いまや月明かりでその姿を見定めるのは難しかったが、かすかな動き自体は目で追うことができた。イスラエル人は稜線にじわじわと近づきつつあった。そう、パトロール隊の監視要員みたいに。あの稜線を越えたところにその監視対象があった。ダニーは、さきほどのフリードマンとトリッグスとの会話から、その場所のことを知っていた。スパッドを監禁しているゴロツキどもの集落があるのだ。

あのイスラエル人にすぐさま追いつく必要があった——それもできるだけ素早く。

ダニーはスコープと銃をしまった。四つん這いのままカムフラージュに使っていた藪から離れる。そして稜線を越えると、斜面を這うようにして数メートル下った。やがて身を起こしたが、姿勢は低くしたままだ。左手の道路まで五メートル。点在する藪に身を隠しながら、大きく迂回する。

道路に出ると一気に駆け出した。

油断なく動きながら所要時間を推計する。谷底まで二分。そこからまた上り斜面を駆け上がるのに三分。三〇秒ごとに立ち止まり、スコープで周囲の状況をチェック――見張られていないかどうか可能なかぎり確認した。谷底に達するとブローニングに給弾してロック。それから急坂を登りだした。

ダニーは音もなく動いた。足音をほとんど立てずに小走りに移動する。標的までの距離は一五〇メートル。幸いなことに向かい風だった。イスラエル人が身を伏せている稜線から微風が吹いてくるのだ。つまり、少々物音を立てても風に掻き消されて、標的には聞こえない。

あと三〇メートルの距離まで来たところで足を止めた。いまや月明かりに照らされたフリードマンの姿が肉眼で確認できた。相変わらず腹這いになったまま稜線の向こう側を覗き込んでいる。その二〇メートル後方、つまりダニーから見て二時の方角に、車が二台見えた。ランドクルーザーのかたわらに転がるトリッグスの死体も。

ダニーは銃を持ち上げた。グリップを握った右手を左手でしっかり支える。そしてイスラエル人の後頭部に狙いをつけると、ひそやかに歩を進めた。

一五メートル進んだところで立ち止まった。フリードマンは身動きひとつしない。まだ気づいていないのか、気づいていないふりをしているのか。

ダニーはふたたび歩き出した。五メートルほど進んだ。これで両者の距離は一〇メートルを切った。

ダニーはゆっくり息を吸い込むと声をかけた。

「おれの銃がおまえの後頭部を狙っている。弾はたっぷりある」

ダニーはこのイスラエル人に敬意を覚えた。たいていのやつは泡を食って不用意な動きをするものだ。しかしこの男は落ち着きはらって、ぴくりともしない。

その代わり、返事を寄越《よこ》した。

「トリッグスの間抜けが柄にもなく人を引っ掛けようとしたんで、どこのどいつに知恵をつけられたんだろうと、ずっと考えていたんだが……」

「両手をゆっくりと頭の後ろへ回せ」ダニーは相手の発言をさえぎった。「忠告しておくが、おかしなマネはするなよ。おまえはおれの相棒を殺した。こちらも容赦するつもりはない」

イスラエル人は充分わきまえていた。両手をゆっくり動かすと、そのまま頭にのせた。

「民兵の数は？」

「正確な数はわからん。一五から二〇名といったところかな。いずれにせよ、手に余るぞ。単身で乗り込むつもりなら……」

その声は無線機独特のガリガリという受信音にさえぎられた。このイスラエル人は無線機を装着している。そして相手の声が聞こえた。

「デルタ・スリー、こちらアルファ。標的のマークは完了したか」

無言。

「おまえさんが何者か知らんが」フリードマンはゆっくりしゃべった。「おれの邪魔をしたら、大物の悪党を逃がすことになるぞ」

「あそこに友達がいる」ダニーはこわばった声で答えた。

「なるほど」フリードマンは答えた。「あの英軍兵士を救出に来たのか。残念ながら、どちらに転んでも助からんぞ。爆撃を加えれば即死だし、たとえ爆撃を中止したところで、もっとたちの悪い過激派グループに売り渡されて首を刎《は》ねられるだけだ。おれとしては、間違ってもそんなマネはさせたくないがね」

「おれの言うとおりにしないと脳天に鉛弾《なまりだま》をぶち込む。無線に応答しろ。ただし、一字も変えるな。少しでも変化させたら、救難信号を発したものと見なして射殺する。こう言うんだ――了解。あと三分で《イン・フィギュアズ・スリー》標的のマークを完了――さあ、伝えろ」

「それなら手を動かしてもいいかね」

「ゆっくりとな。不用意な動きをしたらどうなるか、言うまでもないだろう」

イスラエル人は両手を下ろした。無線機を起動させるところはダニーには見えなかった。

「了解」イスラエル人は言った。「あと三分で標的のマークを完了」

五秒ほど間があった。それからまたガリガリと音がして「了解」という声が返ってきた。

沈黙。

「無人機《ドローン》？　それともジェット爆撃機《ファスト・エアー》か？」

「ドローンだ」イスラエル人は答えた。「しかし待機しているのはそれだけじゃない。いいかね、おれの助けがないかぎり、ここから脱出することはできんのだよ」

「もう一度手を頭に置け。ゆっくりとな」

フリードマンはすぐには動かず、微妙な間があった。しかしひとたび動き出すと、電光石火の早業を見せつけた。いきなりあお向けになったのだ。そのときにはすでに銃を抜いており、引き金に人差し指がかかっていた。

ダニーもすかさず反応した。

銃声が二つの丘に挟まれた谷間にこだました。しかしその銃声はイスラエル人の銃から発したものではなかった。ダニーの銃弾が先に相手の左側頭部に命中し、反撃の暇を与えなかったのだ。イスラエル人の身体から力が抜けて地面にぐったり横たわった。銃がその手から落ちて、すぐわきに転がった。

強敵を打ち負かしたからといってホッとしている時間はなかった。スパッドはほんの一キロ先にいるのに、まるで地球の裏側にいるかのように思えた。フリードマンが現場に留まっていた理由が明らかになったからだ。彼の任務は標的をマークすることだった——それも間違いなくレーザー目標指示装置《LTD》を使って——そうすれば、ドローンによるピンポイント攻撃が可能になり、標的のテロリストを確実に仕留められる。

ダニーには二つの選択肢があった。第一、イスラエル軍の空爆を中止させる。

第二、この空爆をうまく利用する。

第一の場合、スパッドが別のテロリストの手に渡る恐れがあった。

第二の場合、チャンスが生まれる。ほんのわずかだが、ゼロよりましである。

これで腹は決まった。

三分後には、待機中のイスラエル軍に標的の位置座標を伝達しなくてはならない。

もし伝えそこねたら、どうなるだろう。ダニーは相手の動きを予測してみた。おそらく座標指示要員が死亡したと見なして攻撃してくるだろう。その場合はピンポイントではなく、このあたり一帯が火の海になる。皆殺しにすれば標的を逃がす心配もなくなるからだ。

地獄の業火に巻き込まれたくなければ、あと三分足らずで何とかしなくてはならない。

第11章

ダニーはふたたび地面に伏せると、フリードマンの死体のかたわらを通り抜けて、稜線まで這い上がった。てっぺんから顔を覗かせる。傾斜一〇度ほどの斜面を一キロほど下った先に集落があった。薄明かりが見えたが、電灯とは思えない。おそらく焚き火の明かりだろう。問題は、集落の彼方にもっと強い光が見えたことだ。あれは車のヘッドライトだ。五台の車が暗闇を照らしながら集落に近づきつつあった。

ダニーは押し殺した声で悪態をついた。ソマリア人民兵に紛れてアブ・バクルがスパッドを引き取りに来たのだ。

あと二分三〇秒。ダニーは稜線に目を走らせた。フリードマンが設置したはずの電子機器を捜し求めて。

見つけるのに二〇秒かかった。ダニーの位置から七メートルほど離れたところに藪があった。幅二メートル、高さ〇・五メートルほどの灌木《かんぼく》だ。その中央部分の枝葉が切り払われているように見える。ダニーは腹這いのまま近づいた。思ったとおり、枝葉が刈り込まれた個所に高さ三〇センチくらいの小ぶりな三脚が据えてあった。その上に灰色のボックスが取り付けられている。サイズは縦三〇センチ、横二五センチ、高さ一〇センチほどで、円形のレンズが集落に向けられていた。手前にファインダーのレンズが突き出ている。これが、イスラエル人が使おうとしていたＬＴＤである。目に見えないレーザー光線を集落に向けて照射する装置だ。爆撃地点に到着したドローンはそのレーザー光線をキャッチすると、標的めがけてまっしぐらに飛んでゆく。

ダニーはファインダーを覗き込んだ。すでにスイッチが入っていた。赤い十字線で仕切られた視界に集落の中央部がくっきり浮かび上がって見える。肉眼より視野は狭いが、拡大された画像は鮮明だった。円錐形の屋根を持った小屋の前を横切る人影が複数確認できた。その奥にも平屋らしい建造物の輪郭がいくつか見えたが、はっきりとした形状まではわからない。直径一五〇メートルほどの敷地にほぼ円形状に広がる集落だった。敷地を取り巻くようにして、二〇メートルおきに焚き火が設けられ、炎をゆらめかせていた。中世の村落と見まがうばかりの異様なたたずまいである。それなのに敷地中央には無線アンテナが林立していた。山賊同様のゴロツキどもがあんな近代的な装備をどこから入手したのだろう。ふと疑問に思ったダニーだったが、答えが頭に浮かぶと暗然たる気分になった。モサドだ。

小屋の扉が開き、二個の人影が並んで出てきた。断言はできないが、二人とも笑っているように見える。これ以上集落を眺めている時間はなかった。ダニーは三脚に取り付けたボックスを上向きにした。視界が一瞬ぼやけたが、すぐに暗い砂漠が目に飛び込んできた。

集落と接近中の車列の中間にレンズを向け、ひょろりと立っている一本の樹木に十字線を合わせた。ファインダーから顔を上げると、集落から新たな標的までの距離を肉眼で確認した。そしておよそ七五〇メートルから一〇〇〇メートル。これなら集落で死人は出ないし、イスラエル軍に怪しまれることもないだろう。車列は四、五キロ離れた地点を移動中だった。ただ、動きがひどくのろい。あれだと時速二〇キロくらいか。つまり、標的に設定した地点まで、ざっと一五分はかかる計算だ。

うまくゆけば、車列がドローンの直撃を食らい、集落の民兵どもはその爆発音に気を取られることになる。まさに一石二鳥。

LTD上部のスイッチを入れる。ランプが点灯した。

身体中から汗が噴き出した。ダニーは腹這いのまま、LTDからそっと離れた。ちょうどそのとき、フリードマンの無線機からガリガリと音が聞こえた。

「デルタ・スリー、こちらアルファ。当方は標的を捕捉。繰り返す、標的を捕捉。そちらの状況を報告せよ。以上」

ダニーは五メートルほど離れたところに横たわる死体を凝然《ぎょうぜん》と見つめた。応答しなくてはならないが、フリードマンになりすますのはリスクが高すぎる。高性能な音声認証システムが導入されている可能性があるからだ。かといって、黙ったままでいれば、これまた怪しまれることになる。

　ダニーは少しためらってから、素早く死体に這いよった。フリードマンの頭部は見る影もなかった。頭の三分の一が吹き飛び、残存部分も血まみれの肉塊と化していた。カーキ色のシャツを引き裂くと、内側に着込んでいる備品収納ベストがあらわになった。そのポケットの一つから小型無線機がはみ出ていた。すかさず引っ張り出す。プレッセルが二個ついている。一方は音声交信用、もう一方は信号発信用だ。

　ダニーは第二言語のごとくモールス信号を打つことができる。フリードマンもイスラエルの特殊部隊に所属していたのだから同じようなスキルを身につけているはずだ。ダニーの指が目にも留まらぬ速さで動き出し、メッセージの打電をはじめた。

「デルタ・スリーからアルファへ。近辺に武装要員。音声交信は不可。目標地点への標的到着は一五分後――」ダニーは腕時計をチェックした。「二一四五時ジャストに爆撃されたし。以上」

　返事はなかった。音声による交信は危険だと通知したのだから当然だろう。ダニーは斜面を下り、停めてある二台の車のところへ引き返すと、ためらうことなくフリードマンのランドローバーに直行した。この車にスパッドを乗せて、あの集落まで行ったはずだ。見覚えのある車なら、いくらゴロツキでもいきなり撃ってくることはあるまい。

しかし顔が見分けられる地点まで近づいたら、ありったけの火器を総動員する必要があった。すぐさま車の後部に回ってドアを開けた。車内を覗き込んだとたん、ダニーの顔にチラッと笑みが浮かんだ。

ギラッド・フリードマンが手ぶらで来るはずがない。ランドローバーの後部は武器庫になっていた。といっても、黒い毛布にくるまれたアサルトライフルが寝かせてあるだけだが。その毛布を引き剝がすと、使い込まれたディマコ社製のC7ライフル（カナダで製造されたM16A2アサルトライフルのこと。ディマコは二〇〇五年にコルト・ディフェンスに買収され、コルト・カナダ・コーポレーションに社名を変更）が現れた。スコープと丈夫なタクティカル・スリングも取り付けてあった。ライフルを持ち上げて弾倉を引き抜く。弾はフル装塡されていた。この五・五六ミリ弾にも〈バングラディシュ軍需工場〉の刻印があるのだろうか。ふとそんな思いが頭をよぎったが、もちろん確かめている暇などなかった。

それと箱詰めされた破砕性手榴弾《しゅりゅうだん》一個。ヘリフォードの武器庫に行けば、手榴弾など山ほどあるが、フリードマンのような一匹狼《いっぴきおおかみ》にとっては、とびっきり貴重な軍需品なのだろう。現在のダニーほどでないにしても。ふたたびフリードマンの死体のところまで引き返すと、血まみれのシャツをさらに引き裂いて、備品収納ベストを回収した。血でべとついていたが、かまわずシャツを脱いで、その収納ベストを着込んだ。

そしてランドローバーに駆け戻り、手榴弾やハンドガンやスポッティング・スコープを片っ端から収納ポケットに詰め込んでゆく。C7ライフルを構えて片目をつむると、スコープを覗き込んだ。弾道癖を補正する照準の設定が必要だったが、そんな時間はなかった。それでもブローニング一丁よりは格段に戦力がアップした。

時間をチェックする。二一四〇時。ドローン爆撃まであと五分。ランドローバーのキーはイグニッションに挿し込まれたままだった。ふたたび稜線まで駆け上がり、腹這いになって集落までの距離を計測する。時速五〇キロで下れば、三分ほどで到達するだろう。

再度時間をチェック。二一四一時。ランドローバーへ駆け戻ったダニーは、C7ライフルを運転席と助手席の間に立てかけた。シートにカーキ色の帽子が置いてあった。フリードマンのものだろうか？　ダニーはその帽子をかぶると、エンジンをかけてヘッドライトを点灯した。あの集落にこっそり近づくことは不可能だ。相手の敵意を掻き立てないよう慎重に接近するしかない。つまり、ライトをつけて、ゆっくり進むしかない。

落下傘連隊にいた頃、古参の曹長から聞かされた言葉が脳裏によみがえった。戦いの勝者になるのは簡単さ。兵力、火力、戦術で相手より上回ればいいだけだ。あとは自然に勝利が転がり込んでくる。

ダニーの場合は著しく劣勢。武器はアサルトライフル一丁にハンドガン一丁に手榴弾一個だけ。で、戦術はというと、自分がベストだと祈るしかない。

ダニーは車をスタートさせた。そして、二一四二時ジャストに稜線を越えた。

これから騒がしくなるぞ。

第12章

ランドローバーは、でこぼこの山道をゴトゴトと下った。燃料と死人の汗の臭いが鼻を突く。ダニーは前方の標的から目を離さなかった。スパッドが間違いなくあの集落にいることを心から祈った。さもないと、ゴロツキどもを相手に無益な戦いを繰り広げることになる。

集落に接近中の車両はランドローバーだけではない。ダニーは高い位置にいたので、反対方向から近づく車列の動きを見張ることができた。ヘッドライトを点灯した五台の車はかなり近くまで来ていた。集落までの距離はおよそ五〇〇メートルといったところか。彼らと同時にダニーも到着するつもりだった。

残り二分。あと一〇メートルで丘のふもとに達する。もはや反対方向から近づく車列は見えなかった。集落まで四〇〇メートルほど平地が続く。スパッドを監禁している連中は、すでにこのランドローバーに気づいているはずだ。ビジネスの相手であるイスラエル人が引き返してきたと思ってくれたら、ことさら警戒されることもないはずだ。ダニーは帽子に手を触れた。シルエットだけでもフリードマンに似せようと思ったのだ。

頼むぜ、おい。緊張が高まり、額から汗が滴り落ちた。

あと一分半。距離は二〇〇メートル。手前の建物の前に人が集まっている。一〇人くらいか？　その数はしだいに増えつつあったが、人数を見定めるのは難しかった。そろって武装している。腕を振り上げて何やら言い争っているように見える。よくない兆候だ。

残り一分。距離一〇〇メートル。集落の様子がしだいに明らかになってきた。敷地を取り囲むように複数の焚き火が設けられている。このまま進めば、そのうちの二個の中間地点にたどり着くことになる。焚き火は二〇メートル間隔で連なり、敷地の境界線をなしていた。その境界線から二〇メートルほど奥に入ったところに掘っ立て小屋らしき建造物が四棟見えた。平屋根で――おそらくトタン葺きだろう――正面の壁はなく、中は丸見えである。まるでキリスト降誕の馬屋みたいだ。それも朽ち果てる寸前の。その四棟の小屋に取り囲まれるようにして、円形の小屋が建っていた。円錐形の屋根に緑色の扉。そのわきに武装要員が三名。警備兵の存在は、あの緑色の扉の向こうに貴重品があることを物語っている。スパッドはあそこか？　確証はないが、その可能性は濃厚だった。

円形の小屋の向こうにも目をやったが、何も見えない。しょせん直径一五〇メートルほどの敷地だ。これ以上目ぼしい建物があるとは思えない。

あと三〇秒。距離五〇メートル。

人影がはっきり見えるようになった。あらためて人数をカウントしてみる——一二名から一五名といったところか。まぎれもなく武装していた。「クソッ！」そのうちの一人がライフルを構えたのだ。しかも運転席に向けて。ダニーは急ブレーキを踏んだ。車はきしみながら横滑りした。停車すると同時に、ダニーは横ざまに身を伏せた。

まさに間一髪だった。

銃声がとどろいたとたん、ピシッと鋭い音がしてフロントガラスに穴があいた。ダニーは顔を上げた。銃弾は運転席に命中していた。フロントガラスには、貫通口を起点に蜘蛛《くも》の巣状にひびが走っている。

どうやらとんだ勘違いをしていたらしい。フリードマンは招かれざる客なのだ。

ダニーは時間をチェックした。あと二〇秒。応戦すべきか。それともドローン爆撃を待つべきか。

一斉射撃が始まった。その銃弾が車台《シャーシ》に当たって跳ね返り、耳障りな音を響かせた。おまけに衝撃で車体が揺さぶられて肝の冷える思いを味わった。これだけ集中的に連射を浴びせられたら、応戦など論外だ。ドローンが爆弾を落としてくれるのを待つしかない。

あと一五秒。声が聞こえた。それも怒鳴り声である。その声がしだいに大きくなった。敵がランドローバーに近づいてきたのだ。C7ライフルは足元に倒れており、持ち上げるスペースはなかった。そこでブローニングを引き抜き、運転席側のサイドウインドーに狙いをつけた。

あと一〇秒。また連射音。前よりずっと大きく、しかも近くから聞こえた。敵との距離は二〇メートルほどか。狙いも正確になってきた。フロントガラスが粉々に砕け散り、ガラス片がダニーに降り注いだ。瞬間的に目をつむったので眼球の損傷は何とか免《まぬが》れたが、顔面に無数の針を突き立てられたような痛みが走った。おそらく顔中血まみれだろう。

あと五秒。声はぐんと近くなった。数メートルほどの距離だろう。

ダニーは爆撃の震動と衝撃波の到来にそなえて身構えた。

爆撃時刻になった。

しかし爆撃はなかった。

どういうことだ……。

石ころでも飲み込んだような気分になった。ダニーの作戦は失敗したのだ。

その直後、車の横に人影が現れた。サイドウインドー越しに民兵の頭が見えた。

ダニーはためらうことなく二発立て続けに撃ち込んだ。一発目がガラスを打ち砕き、二発目が頭部に命中した。民兵は血を撒き散らしながら、地面に倒れ込んだ。

ドローン爆撃はいったいどうなったんだ？

外からわめき散らす声が聞こえた。こんなところにいつまでもいるわけにはいかない。応戦する必要があったが、そのためには車の外に出なくてはならない。

ダニーは大きく息を吸い込み、腕を伸ばした。そして銃を持つ手を直角にまげると、ガラス片しか残っていないフロントガラスごしに二度発砲した。わめき声がピタッと止んだ。ダニーは勢いよく身を起こしてドアを押し開けると、C7ライフルをつかんだ。そしてライフルを構えながら外へ飛び出すと、開けっぱなしのドアを盾《たて》にした。戦闘態勢を取りながら素早く状況を確認する。敵の数は六、七名。距離は一〇メートル。二メートル間隔で横並びに散開、全員片膝をついて銃撃体勢を取っている。これでは一度の連射で片付けることはできない。それどころか必要以上に身をさらしたら、ダニーの方が返り討ちにあってしまう。

あたりは不気味に静まり返った。ダニーの息遣いは乱れ、全身から汗が噴き出した。イスラエル軍をだまして攻撃目標をずらそうとした、おのれの浅知恵を呪うしかなかった。相手に見抜かれたのは間違いない。何らかのセキュリティ・コードの送信が必要だったのかもしれない。それとも予期した位置と異なっていることに不審を抱かれたのか。

とにかく理由が何であれ、万事休す。

　ダニーは手榴弾に手を伸ばした。収納ポケットから引っ張り出すと、起爆レバーを握りしめてからピンを抜いた。そして素早く腕を振って、敵の方に投げ込んだ。民兵たちが警戒の声を上げると、ダニーは前かがみになって爆発にそなえた。

　しかし爆発音は聞こえなかった。あの手榴弾は不発だったのだ。

　ダニーは小声で悪態をついた。民兵たちはわめき続けていたが、手榴弾が役立たずであることに気づいていた。ダニーの頭上を銃弾がかすめた。もはやこれまでか。ダニーはC7ライフルを握りしめると、応戦に転じようと身構えた。

　しかし思いとどまった。

　音が聞こえたのだ。集落の彼方から、突風が吹きぬけるような、かん高い音が聞こえてきたのである。あれは排気音だ。ほんの数秒の出来事だったが、ダニーはすぐさま身構えた。イスラエル軍のドローンがようやく到着したのだ。

　大地を揺るがす爆撃が始まった。骨身にこたえる震動に揺さぶられてランドローバーが十数センチ移動した。耳を聾《ろう》するような轟音《ごうおん》があたりに響きわたった。ダニーは一瞬、爆撃地点の指定を間違えたのではないかと不安になった。集落に近づけすぎたのかもしれない。オレンジ色の炎が暗闇を照らし出し、夜空が真昼のように明るくなった。その炎が数秒でおさまっても、熱のこもった砂塵《さじん》があたり一面に立ち込めていた。

ダニーはこのチャンスを逃さなかった。立ち上がると、銃床をしっかり肩に押し当ててアサルトライフルをかまえた。民兵たちはそろって混乱状態にあった。七人のうち四人は地面に倒れていた。残りの三人は不安そうに集落を振り返っていたが、どこから攻撃されたのかもわかっていない様子である。まずこの三名から片付けることにした。セレクターをセミオートに切り替えて、立て続けに三度発砲した。人体の中でいちばん大きな的《まと》である背中に、一発ずつ命中した。その三人が倒れきらないうちに、今度は残る四人に向き直った。同じように一発ずつ撃ち込み、四人を始末。

荒地の集落は様相を一変させていた。土ぼこりが分厚い雲のように垂れ込めている。爆撃で巻き上げられた砂塵が空高く舞い上がり、それが雨粒のように降りそそぐ。ランドローバーの車体にその砂粒がバラバラと落ちてきて、ホワイトノイズのような耳障りな音を立てた。集落からわめき声が聞こえたが――ほとんど悲鳴に近かった。

よし、いいぞ。結局、イスラエル軍には気づかれずに済み、またとない掩護《えんご》までしてもらえたわけだ。あの車列を仕留めたかどうかは別問題である。爆撃が遅れた分だけ車列は移動を続けていたはずだ。したがって、アブ・バクル一味は命拾いした可能性が高い。

スパッドもそうであって欲しかった。ダニーはシートに降り注いだガラス片を片手で払い落とすと、運転席に飛び乗った。砂塵まじりの風が汗まみれの顔に吹きつける中、ダニーは目標めざしてアクセルを踏み込んだ。

第13章

スパッドの足元が大きく揺れた。近くにつながれた犬がキャンキャンと情けない鳴き声を上げたが、すぐに遠吠《とおぼ》えを始めた。惨殺された少年の死体が地面の揺れに合わせて動いた。手かせが手首に食い込み、痛くてたまらない。手首のあたりがぬるぬるしている。おそらくこすれて出血しているのだろう。両腕をずっと吊り上げた状態にしているので、筋肉が悲鳴を上げていた。

それにしても凄まじい爆発だった。その直後、焦げくさい臭気が鼻を突き、大声でわめき散らす声が外から聞こえた。泡を食って指示を飛ばしている。しかし小屋の中に一人残されたスパッドだけは希望を抱きはじめていた。あの爆発がどういう性質のものか、発生場所がどこか、誰の仕業か、そんなことは知らない。ただ、スパッドを監禁している民兵たちの手に余ることだけは確かである。この場所を突き止めた者がいるのだ。エリトリア政府か？　あるいは国外からの奇襲か？　それともＳＡＳ中隊がやって来てくれたのだろうか？

そんな希望はすぐに捨てた。レジメントなら民兵たちに気づかれないうちにケリをつけてしまう。こんな騒ぎを起こすことはあり得ない。それでも一つだけ確かなことがあった。民兵どもは物の見事に不意打ちを食らったのだ。誰の仕業か知らないが、最後にもう一度だけサイコロを振るチャンスがスパッドに与えられたわけだ。

遠くから銃声が聞こえた。くぐもった音なので正確な距離は判定できなかったが、立て続けに三回聞こえた。使用されたアサルトライフルは一丁だけだ。レジメントの仲間でないとすれば、いったい何者だろう？

少し間を置いて、今度は四回聞こえた。

スパッドは乾いてカサカサになった唇をなめると、最後の力を振り絞った。これから体力がもっと必要になりそうだ。

外のわめき声はますます大きくなった。円錐形の屋根にバラバラと砂塵が降りそそぐ音がその声に重なって聞こえた。同時に車のエンジン音も聞こえた。それも思い切り吹かした音だ。車が近づいてくる。スパッドは状況を頭に思い描いた。その車は小屋から二〇メートルほど離れたところで停止したようだ——音だけで判断するのは難しかった。エンジン音がまったく聞こえなくなったのだ。その直後に、凄まじい銃声。アサルトライフルをフルオートで連射している。一回の連射は短く、狙いを定めて弾を撃ち込んでいる。ああいう撃ち方ができるのは本物のプロだけだ。

怒鳴り声に悲鳴が交じりはじめた。銃撃を食らって死傷する者が続出しているらしい。ふと銃声が途切れた瞬間、スパッドは息を凝らして、アサルトライフルの持ち主の身を案じた。しかし数秒もしないうちに、また銃声が聞こえはじめた。それも近い距離から。

　銃撃の主はこちらに近づいているのだ。

　砂塵の雨は収まったが、鼻を突く臭気はひどくなるばかりだ。そのため喉の奥が焼けるように痛み、目から涙がこぼれた。その涙が拭えないので、明かりが熾《お》き火しかない、ただでさえ薄暗い屋内がますますぼやけて見えた。扉のすぐ外から物音が聞こえた。スパッドは懸命に目を凝らした。

　ガタガタと音を立てながら扉が開きはじめた。銃声は止んでいた。誰かがこの小屋に入ろうとしている。スパッドは藁《わら》にもすがる気持ちで祈っていた。どうか、ケブラー製ヘルメットにブームマイクを装着し、クレイ・プレシジョン製マルチカム迷彩服と防弾アーマーに身を固めた特殊部隊の隊員でありますように、と。

　小屋に入ってきた人影は後ろ手で扉を閉めた。薄暗い上に涙目なので、顔かたちが判然としない。それでも長身でがっしりした体格であることはスパッドにもわかった。警戒心もあらわにその分厚い背中を丸めている。

「おい……」スパッドはかすれ声を絞り出した。

　やがてその人物が熾き火のかたわらを通り過ぎると、顔がはっきり見えた。近寄ってきたのはあの民兵の親玉だった。白黒のバンダナをしめて、スパッドの目の前で少年を惨殺した残忍なボスである。スパッドも同じ目に遭《あ》わせるつもりなのだろうか。

バンダナ男の目はぎらついていた。恐怖の色はみじんもなく、あるのはただ狂気じみた憤怒の色だけだ。世の中を軽蔑《けいべつ》しきった表情。ハンドガンを携帯していたが、銃を持つ手を意味もなくぶらぶらさせている。いかにも素人らしい不用意な扱い方である。

バンダナ男は大股でスパッドに近づくと、その右側に立った。そして左手でスパッドの髪をつかむと、こめかみに銃口を押し付けた。爆発で生じた臭気よりバンダナ男の汗の臭いの方がひどかった。スパッドにはすぐにわかった。こいつはひどく神経質になっている。神経質な男と弾を装填した銃の取り合わせほど危険なものはない。

小屋の外がふいに静かになった。依然としてざわめきは聞こえるが、小屋の近辺ではなく、ずっと離れたところだ。

バタン。突然扉が勢いよく開いた。何者かが外から思い切り蹴りつけたのだ。開いた扉は勢いあまって壁にぶつかった。そして戸口をふさぐようにして人影が立っていた。

またしても顔は判別できなかったが、肩にしっかり押し当てたアサルトライフルはどうにか見て取れた。スパッドの頭に銃口を押し付けているバンダナ男とは対照的である。直感的にわかった。さきほどから正確な連射を繰り返していたプロは、この男だと。

男は小屋に入ってきた。

スパッドの視界もいくらかましになった。新たにやって来た男の顔が熾き火に照らされて赤く浮き上がって見えた。その顔は薄汚れていたが、黒髪と黒い瞳、そして敢然とした表情には見覚えがあった。

ダニー・ブラックである。

沈黙が垂れ込める中、犬が哀れっぽく鼻を鳴らす音と、扉がきしみながら閉まる音だけが聞こえた。

「銃を捨てろ」バンダナ男はしゃがれ声で言った。「さもないと、こいつを殺す」その声はかすかに震えていた。手も震えていることがスパッドにはわかった。

スパッドはダニーの目を見つめた。相棒がどうやって自分の居所を探し当てたかわからないが、次の五秒の動きで生死が分かれることになる。それだけは確かだった。

スパッドはうなずいた。取るに足らないわずかな動きだが、それで充分だった。相棒にはちゃんと意思が伝わったはずだ。

ダニーはスパッドからわずかに視線をそらしスコープに目を据えた。身体はみじんも揺るがなかった。

「銃を捨てろ！」バンダナ男はわめきだした。「てめえは救出に来たんだろ。いますぐ銃を捨てなきゃ、こいつをぶち殺すぞ！」バンダナ男の震えはいちだんとひどくなった。対照的にダニー・ブラックは彫像のように身じろぎもしなかった。

突然、乾いた銃声がとどろいた。

危ういところだった。まさにすれすれ。ダニーのライフルは弾道癖の補正をしていないことがすぐにわかった。顔のすぐそばを通り過ぎてゆく弾丸の排気熱を感じたからだ。銃弾はバンダナ男の左の頬骨に命中し、真っ赤な血潮が飛び散った。

バンダナ男はスパッドの髪をむしり取りながら、その場に倒れ込んだ。しかし、まだ死んではいなかった。喉の奥から耳障りな呼吸音を響かせながら、全身を痙攣させている。ダニーはすぐさま歩み寄ってきた。瀕死《ひんし》のバンダナ男に銃口を向けたまま、少年の死体をまたぐ。そして三歩離れたところから発砲した。とどめの銃弾は頭に命中して、バンダナ男の動きを永久に止めた。

「ほかの連中は？」スパッドがかすれ声で尋ねた。

「そんなものはいない」ダニーは答えた。「おれ一人だ」

「でもどうやって……」スパッドはふいに口をつぐんだ。そんな説明を求めている場合ではない。「鍵……」息を切らしながら伝える。「首から掛けてる……」

ダニーは膝をつくと、タクティカル・スリングに装着したライフルを手放した。そして一〇秒後にはリング状のキーホルダーを手にしていた。キーホルダーは血まみれだったが、かまわず立ち上がって、スパッドの両腕を吊り上げていた手かせを開錠した。

そのとたんスパッドはくずおれた。うずくまったスパッドをそのままにしておき、ダニーはライフルを構えながら扉を振り返った。

「立てるか?」ダニーはそっけなく尋ねた。

スパッドは全身の痛みをこらえていた。五〇センチほど先にバンダナ男の死体があった。さらにその一メートル先には、あの人喰《ひとく》い犬がつながれていた。惨殺された少年にチラッと目をやったスパッドは、バンダナ男の死体を犬の方へ転がした。犬はすぐさま血まみれのご馳走《ちそう》にかぶりついた。「これであの子も少しは浮かばれるだろう」スパッドはそうつぶやくと、バンダナ男の手からハンドガンをもぎ取った。

すぐ横に立っていたダニーが強靱《きょうじん》な腕を伸ばすと、スパッドはその手を握った。そしてダニーに助けられながら、よろよろと立ち上がった。

「なんだかわが家にいるような気がしてきたぜ」スパッドは弱々しい声でつぶやいた。

「まだトンネルは抜けきっちゃいないぞ」ダニーは言った。「民兵の数は全部でどれくらいだと思う?」

「おれが目にしたのは一〇人程度だが……」

ダニーの顔つきが険しくなった。「もっとうじゃうじゃいるよ。あの扉から一五メートルのところに車を停めた。おそらく一斉に撃ってくるだろう。歩けるか？」

スパッドはおそるおそる一歩を踏み出した。両脚に無数の針を突き立てられたような痛みが走った。

それでも銃を握りしめながら、相棒とともに戸口へ向かった。

第14章

ダニーは相棒の状態にショックを受けていたが、そんな思いはそぶりにも見せなかった。スパッドをわきに従え、銃を構えながら用心深く閉じた扉に近づく。あと三メートルのところで、その扉が勢いよく開いた。ダニーは躊躇なく発砲した。この集落に生かしておきたい相手などいなかった。銃弾は武装民兵の胸に命中した。その民兵はあお向けにドサッと倒れ込んだ。

ダニーはスパッドより先に戸口へと進み、外の状況を素早く確認した。ランドローバーまでおよそ一五メートル、そのあいだに身を隠せる場所はない。ただ、ダニーが仕留めた死体が転がっていた。あお向けが四体、うつ伏せが二体。前方に動きはないが、そこは境界線にあたる。敷地の奥、それも左右から声が聞こえた。明らかにあわてふためいているが、そうしたざわめきを圧するように集合を命じる号令が響きわたった。ダニーは小声で悪態をついた。奇襲の効果は急速に薄れ、身の安全を確保するのが至難の業になってきた。

ダニーは不敵にも戸口から身を乗り出し、銃口を左右に振り向けた。集落の奥から民兵が現れるのは時間の問題だった。スパッドは一〇人くらいと言っていたが、それは論外だ。フリードマンの二〇人説も実数に届くまい。もっとたくさんいる。大事なのは、最初に現れたやつをすかさず仕留めること。そうすれば、ほかの連中はひるむ。つまり、車にたどり着くまでに必要な時間が稼げるわけだ。

長く待つ必要はなかった。五秒もしないうちに左手の小屋の角から民兵が飛び出してきた。対処の仕方は二つ。声もなく即死させるか、後続を断つために悲鳴を上げさせるか。ダニーは躊躇なく後者を選択した――ひそかに撤退できない以上、それしかあるまい――したがって頭や胸を狙ってはならない。いちばんこたえるのは胃を撃たれることだ。その悲鳴を聞いて、仲間が二の足を踏むことを期待するしかなかった。

ダニーは入念に狙いをつけると、腹部めがけて一発撃ち込んだ――肺を負傷させると声が出なくなるので、間違っても肺に当たらないよう注意した。その民兵はダニーの期待どおりの反応を示してくれた。銃撃されて地面に倒れると腹を押さえてのたうちまわり、傷ついた獣《けもの》のように絶叫したのだ。当然のことながら、後に続く者はいなかった。

しかし、今度は右手から二人現れた。ダニーは相手に撃つ暇をあたえず、反射的に連射を浴びせた。一人は即死したが、もう一人は左腕を撃ちぬかれて地面に転がり、これまた期待にたがわぬ悲鳴を上げてくれた。

ダニーは肩越しに振り返った。スパッドはすぐ後ろにいた。青ざめた顔に汗を浮かべ、銃を握りしめたまま戸口にもたれかかっている。ダニーはライフルを身体の正面にぶら下げると、自分のハンドガンを抜いた。そしてスパッドの腕をつかみ、声をかけた。「行くぞ」

スパッドはうなずいた。歯を食いしばり、顔をしかめながら、足を踏み出した。最初の五メートルは楽勝だった。スパッドは二秒かけて一歩進んだ。悲鳴を上げながらのたうちまわる負傷兵が抑止力になっていた。しかし、どうにか中間地点までたどり着いたとたん、スパッドの膝がくずれた。ダニーの肩に余分な重量がかかり、しかも背後からわめき声が聞こえた。このままだと一斉射撃を浴びることになる。

「撃てるか?」ダニーは息を弾ませながら相棒に確かめた。その問いかけが終わらないうちにスパッドは右手後方に銃を振り向けていた。ダニーは右手で相棒を支えていたので、利き腕ではない左手を使うしかなかった。それでもスパッドと同時に動き、立て続けに三回発砲した。ちょうどスパッドの監禁場所となっていた小屋の陰から民兵が三名現れたところだった。その一番手の肩にダニーの銃弾が命中した。ただ、当たったのはこの弾だけで、あとはそれた。それでも残りの二人を躊躇させるのに充分だった。この二人を速射で仕留めたのはスパッドである。

自分の射撃能力を再認識したスパッドは自信と力を取り戻した。そのお陰で、ひどく足を引きずりながらも、また車に向かって歩けるようになった。さきほどと同じように遅々たる歩みだったが、一五秒後に車までたどり着くと――実感としては、もっと時間がかかったように思えた――スパッドはドスンと車体にもたれかかった。一方、ダニーはすかさずアサルトライフルを構えると、小屋の右側と左側めがけて一度ずつ連射を浴びせた。無鉄砲なお調子者を封じるための威嚇射撃である。

そそくさと車の後ろへ回ったダニーは、後部ドアを開けて、スパッドのがっしりした重たい身体を後部座席に押し込むと、運転席まで駆け戻り、ライフルを身体の正面に回してからシートに腰掛けた。ガラスが砕け散ったフロントガラスは頼りなげに見えるが、これからの戦闘を考えると、かえって使い勝手がよかった。エンジンをかけながら、ガラスのないフロント越しにハンドガンの銃口を突き出す。民兵が姿を現わしたらいつでも撃てる構えだ。

しかし、そんな危険を冒す者はいなかった。わめき声が途絶えることはなかったが、やみくもに突進する愚かさにようやく気づいたらしい。

ダニーはギアをバックに入れると、クラッチから足を浮かせながらアクセルを思い切り踏み込んだ。ランドローバーは弾丸のように急発進した。道がでこぼこなので車体が激しく上下した。オフロード仕様の強靱なサスペンションが抗議するかのように大きくきしみ、吹かしまくったエンジンが断末魔のような悲鳴を上げた。片目でミラーを睨みながら、片手でハンドルを操作する。いつでも発砲できるようハンドガンは正面に向けたままだ。

そのまま一〇メートルバック。

二〇メートル。

三〇メートル。

こんな距離では全然足りない。少なくとも四〇〇メートルは離れないと、射程圏内から逃れることはできない。

集落の奥から数人が姿を現わした。ダニーは三回立て続けに発砲したが、これだけ距離があり、しかも照準が定まらない状態では命中するはずもなかった。エンジンから焦げるような臭いがしてきた。ダニーはハンドルを右へ大きく切るとブレーキを踏んだ。車は一八〇度近く急ターンして、ようやく前を向いて走れる状態になった。ギアを一速に入れたとたん、弾が三発かたわらをかすめた。アクセルを踏み込みながら小声で悪態をつく。かなりの数を撃ち倒したはずなのに、次から次へと新手が現れる。いったいあそこには何人いるんだ？

急いで距離をあけないと、たちまち被弾することになる。

フロントガラスにガラスがないので、嫌というほど向かい風にさらされた。まともに目を開けていられない状態だが、それでも前方に稜線が見えた。フリードマンが集落の監視に使っていた場所だ。あの稜線を越えれば、まともな防御態勢が取れる。それにトリッグスのランドクルーザーに乗り換えることもできる。

　斜面へ続く坂道のとっつきまで二〇〇メートル。ダニーはアクセルを踏み込んだ。でこぼこの路面は硬く、ランドローバーは車体を揺らしながら走りつづけた。バックミラーでスパッドの様子をチェックする。バックシートにぐったり横たわっている。車にたどり着くだけで体力を使い果たしたのだ。半死半生の状態であれだけ動けるのだから、見上げた根性である。いざとなったら、また起き上がって……。

　突然、耳をつんざくような破裂音が響きわたり、その直後、車は制御不能におちいった。ハンドルが勝手に回り、車体もそれに応じて動いた。また一八〇度回転して、集落を正面に見る格好になった。このまま横転するのではないか。一瞬そう思ったダニーは、ゴムの焼ける臭いから事態を察知した。後輪の一方を撃ちぬかれたのだ。このランドローバーはもう走れない。

　あたりが不気味に静まり返った。その数秒後、また集落の方角から銃声が聞こえた。ダニーは前方に目を凝らした。薄暗いので正確な人数はわからないが、こちらに向かってくる集団の輪郭から判断すると、少なくとも一五名。この脅威に対抗しうる銃弾はもはやなかった。

　決断の時が来たのだ。無線でレイ・ハモンドから聞かされた言葉が脳裏によみがえった。救い出せないとわかったら、よく考えろ。残忍なケダモノどもの手に渡すより、一思いにケリをつけた方がいい場合だってあるんだからな。

ダニーは肩越しに振り返った。リアウインドーごしに斜面が見えた。いまのスパッドではとうてい登れない。苦痛に顔をしかめながらバックシートに横たわっている状態なのだ。

また銃声が聞こえ、銃口から噴出する炎が遠くに見えた。一発も当たらなかったが、それも時間の問題だった。

ダニーとスパッドの目が合った。相棒は状況を理解していた。口を開こうとしたスパッドをダニーが制した。「何も言うな」

そして近づいてくる民兵集団を睨みつけると、ディマコのC7ライフルを持ち上げてダッシュボードに据え、ガラスのないフロントから銃身を突き出した。セレクターをフルオートに切り替える。

「よう、あと何発残ってる？」スパッドは後部座席からかすれ声で尋ねた。「一発？二発？」

ダニーは不都合な真実に言及することを避けた。そう、応戦できるだけの銃弾は残っていなかった。

また銃声が聞こえ、そのうちの一発が車の前部に当たって跳ね返った。

民兵集団までの距離、二五〇メートル。稜線までの距離、五〇〇メートル。急坂だが、ダニー一人なら登りきれる。

それとも車に残って戦うか。

ダニーはせわしなく瞬きした。ふいに、ガリガリという機械音が聞こえた。ダニーは音源を求めて、あたりを見回した。それらしき物体は見当たらない。そのとき、トリッグスから借りたイヤホン型の送受信機を耳に挿したままなのを思い出した。あのガリガリという機械音はイヤホンから聞こえたものなのだ。

時刻をチェックする。二一五七時。

ダニーは後部座席のスパッドを振り返った。相棒は青ざめた顔で、身体を震わせていた。

「すまん」ダニーは告げた。「おまえを置いていくことになる」

第15章

「すまん」ダニーは淡々と告げた。「おまえを置いていくことになる」

ダニーは言い訳がましい説明を一切せず、車から降りた。バックシートにぐったり横たわっていたスパッドは、相棒が運転席から降り立つのを力なく見守った。ダッシュボードにはアサルトライフルが残されていた。視野の片隅に、車のそばから駆け出す人影を捉えた。

「お……おい！」

スパッドは目を閉じた。ダニーを責めるつもりはない。スパッドだって同じようにしただろう。

その必要もないのに、二人とも死ぬことはないのだ。

あたりは静まり返っていた。

それも長続きしなかった。

さらに弾が二発、車体に当たって跳ね返った。敵は着実に近づいてきた。胸の傷がひどくうずき、息をするだけで全身に激痛が走った。

しかし気づくと、まなじりを決していた。このまま戦わずして死ぬつもりはない。

こんな地の果てみたいな場所で最期を迎えるのだ、あのゴロツキどものうち、何人かは道連れにしないと気が収まらない。

スパッドは渾身《こんしん》の力を奮って上体を起こした。激痛のあまり、目の前に白いものがちらついた。リアウインドーに目を向ける。一〇〇メートルほど先に人影が見えたような気がした。急斜面を駆け上がってゆくダニーだ。前方に向き直る。ガラスのないフロント越しに、民兵集団が見えた。距離はおよそ一五〇メートル。横一列になって、こちらに近づきつつあった。怒鳴り声が響きわたる。その声は自信に満ちていた。あと一分もしないうちにおれは蜂《はち》の巣にされるだろう……。

スパッドは運転席のレバーを引いて、シートの背もたれを前に押し倒した。そして身を乗り出すと、前倒しになった背もたれにのしかかって、アサルトライフルをつかんだ。ありったけの力でライフルを握ったスパッドは、セレクターをセミオートに切り替えてから、スコープを覗き込んだ。

手がぶるぶる震え、手首から出血していた。スパッドは悪態をついた。これではライフルを固定できず、まともに狙いをつけることさえできない。

それでも銃弾を一発放った。反動がひどかったが、それを押さえ込む体力もほとんど残っていなかった。まして敵に命中したかどうか確かめる余力などあるはずもない。ただ、敵が少しでもひるんでくれたら、それでよかった。時間稼ぎをしているあいだにダニーが安全地帯に逃げ込めればいいのだ。

そして自分の最期を数分でも先延ばしできれば。

スパッドはぜいぜいと息を弾ませた。両手が汗まみれで引き金にかけた人差し指が滑りそうになる。およそ二〇秒待ってから二発目を放った。今度も反動でライフルを取り落としそうになった。肩から腹部にかけて激痛が走り、意識が朦朧となった。胃に何か入っていたら、嘔吐したに違いない。

ふたたびスコープを覗き込む。敵は前進を続けていた。その数は一五名を下らず、距離はおよそ一〇〇メートル。情けないことに、狙いも定まらぬ銃撃では敵の足を止めることすらできない。

スパッドは歯を食いしばりながら集中力を高めた。痛みのあまり標的がぼやけそうになる。それでもライフルを構え直し……狙いをつけて……引き金を絞った……。

何も起きない。弾切れだ。とうとう銃弾が底をついたのだ。

腹の底まで冷たくなり、全身から力が抜けた。ある光景が脳裏に浮かんだ。あたかも外から車の中を覗き込むように、自分自身を見ている。車をぐるりと囲んだ民兵たちがニタニタしながらスパッドに銃弾の雨を浴びせる。瀕死のスパッドはハンドルにもたれて事切れる。

この苦痛からおさらばできるのだから喜ぶべきかもしれない。

ふいに全身を揺さぶられた。顔面すれすれのところに撃ち込まれた弾がリアウインドーを貫通したのだ。ガラスの砕け散る音が聞こえた。

しっかりしろ、スパッド。動け！

スパッドはのしかかっていた運転席の背もたれからずるずると後退したが、これが難渋した。なんとかバックシートにドスンともたれると、置きっぱなしになっていたハンドガンを拾い上げた。そして助手席側の後部ドアを開けると、文字どおり転がり出た。開けたドアを盾にして膝をつき、ろくに狙いを定めずに銃弾を一発放った。こんな撃ち方をして敵を仕留められるはずもなく、そんなことは百も承知だったが、これが精いっぱいなのだから仕方あるまい。スパッドは這うようにして車体後部に回り込むと、そのまま車体にもたれて、大きく息を吸った。ゴロゴロと嫌な音がした。

民兵たちの方角から弾が立て続けに飛んできた。そのうちの数発は車体に当たって跳ね返った。スパッドの頭上をかすめた弾もあった。手足の先まで冷え切り、何ともいえない倦怠感《けんたいかん》に包まれた。スパッドは目をつむった。今度は別の光景が脳裏に浮かんだ。民兵たちが車の後部を取り囲み、半死半生のスパッドに笑いながら弾を撃ち込んでいる。

ふたたび息を吸い込んだスパッドは目をパチッと開けた。耳鳴りが始まったのだ。力なく首を振り、その雑音を追い払おうとしたが、効果はなかった。ハッと我に返ったとたん、銃を地面に落としたことに気づいた。なんとか拾い上げようとしたが、指が思うように動かない。いたずらに地面を引っ掻くだけに終わった。

銃声と怒鳴り声。距離は三〇メートル。

もはやこれまでか。

耳鳴りはひどくなるばかりだ。そのとき、朦朧とした頭の中でささやく声が聞こえた。これは耳鳴りじゃないぞ、と。

外の物音が耳元に届いているのだ。

それも馴染《なじ》みのある物音が。

たちまちアドレナリンが全身を駆けめぐった。スパッドは顔を上げた。二〇メートルほど先からスロープになっている。その斜面を五〇〇メートル登ると、稜線に達するのだ。

問題の音はその稜線の向こう側から聞こえてきた。

スパッドは瞬きした。稜線の向こう側が次第に明るくなってきたのだ。そして雑音――規則的な機械音――はさらに大きくなった。稜線付近はさらに明るさを増し、稜線のアウトラインがくっきりと浮かび上がった。個々の灌木や岩の形まで目視できるようになってきた。そして一二時の方角に、人影が見えた。その人物はこちらに顔を向けていた。距離はあったが、誰であるかすぐにわかった。

ダニーだ。

スパッドは目を細めた。ダニーを背後から照らす明かりはさらに光度を増した。その光に飲み込まれてダニーのシルエットが部分的に見えなくなった。

そして、ようやく二機のヘリコプターが姿を現わした。轟音を響かせながら回転するローター、まばゆい光線を放つサーチライト。二機のヘリは地表をこするようにして稜線を越えた。その瞬間、ダニーが左側のヘリに飛び乗るのが見えた。

ダニーを乗せるために降下したのはほんの数秒だった。二機のヘリは二〇メートル間隔で並び、勢いよく前進を開始した。あたりにエンジン音をとどろかせ、月明かりに照らされた斜面に黒い機影を落としながら。

第16章

「遅いじゃないか!」ダニーはブラックホークのローター音に負けないよう、声を張りあげた。

「途中で衛星電話の電波を見失ったんだ」ヘリコプターの乗員も大声で答えた。

両側の扉は開けっぱなしになっている。そのわきに腰を据えた六銃身回転式機関銃《ミニガン》の射手は、油断なく目を光らせ、いつでも撃てる構えだ。風が機内に勢いよく吹き込み、ダニーの黒髪をなびかせた。ローター音に風の音が加わったため、いちだんと声を張りあげる必要があった――六名の乗員と異なり、ヘッドセットを装着していないからだ。ヘリはわずかに横揺れしながら高度を上げた。開けっ放しの扉口から、集落とその先に広がる荒地がちらりと見えた。さらに上昇すると、赤いテールランプが目に飛び込んできた――思ったとおり、アブ・バクルの車列は命拾いしていた。それがいま、あわてて方向転換して猛スピードで逃げ出そうとしているのだ。

ダニーは喫緊の問題に注意を切り替えると大声で説明した。「この丘のふもとにランドローバーが停まってる! スパッドはそれに乗ってる。間違っても撃つな。それ以外は残らず片付けろ」

乗員はうなずくと、ヘッドセットのマイクで仲間に伝達した。

その直後、ヘリは急降下した。ダニーは機内に張り渡してある転落防止用ネットをつかんだ。ミニガンの射手が正面に集落を捉えることができるよう、ヘリは九〇度向きを変えながら着陸態勢に入った。

そして着陸した。ダニーは両側の扉口越しに状況を確認した。一方の扉口から、一〇メートルほど先にランドローバーが見えた。反対側の扉口から、今度は二〇メートルくらい先に民兵の集団が見えた。二番手のブラックホークはその民兵集団に接近し、およそ三〇メートル上空で、威嚇するかのようにホバリングを始めた。

民兵たちに勝ち目はなかった。

二機のミニガンが同時に火を噴いた。別々の角度から七・六二ミリ弾が雨あられと降りそそぐ。ミニガンは毎秒一〇〇発撃つことができる。これは虐殺だ。民兵の総数は一五名。それが二〇秒もしないうちに全員死亡した。それもずたずたの肉塊に成り果てて。それでもミニガンの射手は銃撃をやめなかった。万一の場合にそなえているのだ……。

ダニーは険しい表情で掃討シーンを最後まで見届けると、反対側の扉口から飛び降りた。真正面にランドローバーが見えた。ローターの風圧に押さえつけられる格好で前かがみになると、車に向かって駆け出した。そして五メートルくらい進んだところで、運転席のシートが前倒しになっていることに気づき、胃が締め付けられるようなショックを覚えた。リアウインドーのガラスも粉々に砕け散っている。

しかし後部座席にスパッドの姿はなかった。

ダニーの背後で動きがあった。ホバリングしていたブラックホークの二番機が集落に向かったのだ。しかしダニーは振り返ることなく、ランドローバーだけを見つめながら駆け寄った。助手席側の後部ドアが開けっ放しになっており、弾痕がいくつも残っていた。続けて車体の後部に回り込んだダニーは、思わず胸を撫で下ろした。

スパッドはそこにいた。墓穴に片足がかかった状態にせよ、とにかく生存していた。ランドローバーの車体にぐったりもたれかかり、全身を小刻みに震わせながら。せわしなく動いていた眼球が、ダニーが現れたとたん、ぴたっと静止した。相棒に目を据えると、スパッドの口元がしだいにゆるみはじめた。

「やっぱり助けに来てくれたな」スパッドはつぶやくように言った。その声はか細く、しゃがれていたが、ダニーはかろうじて聞き取ることができた。

ダニーは相棒のかたわらにひざまずいた。「歩けるか?」

スパッドは首を振ると、逆に問い返した。「質問はそれだけか?」

ダニーはうなずいた。すぐさまスパッドのわきの下に腕を回し、相棒の右腕を自分の首に巻きつけると、一緒に立ち上がった。ひどく痩せ細っているにもかかわらず、ずしりと重たかった。それでもダニーは平気だった。土ぼこりが立ち込める中、棒のように脚を伸ばしたままのスパッドをわきから抱えてヘリコプターへ向かった。

「おめえに借りができたな」スパッドは言った。そのつま先が地面をこすっていた。

「まだ終わっちゃいない」ダニーは答えた。ずっと気になっていることがあり、胃が重たかった。イスラエル軍の作戦は頓挫《とんざ》した。ドローン攻撃は失敗に終わり、テロリストは逃走中だ。そのゴタゴタにレジメントが一枚嚙んでいるのだ。

テルアビブがこのまま引き下がるとは思えない。不吉な予感がした。

ブラックホークの扉口で隊員が二名待機していた。ダニーはその二人と力を合わせて、相棒を機内に運び上げた。隊員たちはすぐさまスパッドを機体後部に移動させると、酸素マスクを装着させて、脈を測りはじめた。プロの衛生兵らしい冷静で的確な処置だった。これでスパッドは心配ない。

ヘリコプターは離陸した。上昇しながら向きを変えたので、正面に集落を見る格好になった。ダニーはコクピットに歩み寄ると、パイロットとナビゲーターの肩越しに計器盤を覗き込んだ。警告ランプが点滅している。

「問題発生」パイロットが言った。そのとおりだった。風防ガラス越しにブラックホークの二番機が見えた。集落まで二〇メートルの地点でホバリングしている。その集落の向こう側、ダニーのヘリからおよそ五〇〇メートル離れたところに、ヘリコプターがもう一機見えた。機首をこちらに向けている。

　すぐに機種の見当がついた。ブラックホークよりずっとスマートな輪郭。まぎれもなくアパッチ攻撃型ヘリである。機体に装着しているのがヘルファイア（ヘリコプター発射用レーザー誘導式空対地ミサイル）かどうかまでは見分けられないが、似たようなミサイルであることは間違いあるまい。つまり、ブラックホークのような汎用《はんよう》型ヘリを撃ち落とすのは朝飯前ということだ。

　アパッチは、レジメント所属の二機のヘリを睨みつけるようにして、やや機首を下げた。

「エリトリア軍か？」パイロットがつぶやいた。

「違う」ダニーは即座に否定した。「イスラエル軍だ」

「どうしてそんなことがわかる？」

「おれにはわかるんだ。このヘリにミサイルは積んでるか？」

「非搭載。われわれの任務は負傷兵の救出と救急治療だ」

つまり、あのアパッチ相手に戦っても勝ち目はない。

ダニーは背後からヘッドセットを手渡された。装着したとたん、イヤホンから苛立《いらだ》たしげな声が響きわたった。

「身元を明らかにせよ」

パイロットとナビゲーターは不安げに視線を交わした。

ダニーはヘッドセットのマイクを使って呼びかけた。「ヘリフォード、聞いてるか？」

やや間があって、イギリス人の声が返ってきた。「ああ」

また苛立たしげに誰何《すいか》する声が耳に飛び込んできた。「身元を明らかにせよ。さもないと攻撃する」

「こちらダニー・ブラック。アパッチ、聞こえるか？」

少し間を置いて声が返ってきたが、それはヘリフォードからの指示だった。「ブラック、おまえに交渉の権限はない」

ダニーはカッとなりかけたが、なんとか怒りを抑え込んだ。「いいか、よく聞いてくれ。こっちは味方から攻撃《ブルー・オン・ブルー》されるかどうかの瀬戸際なんだ。スパッドはイスラエル政府の指示で拉致された。われわれを敵対勢力とみなして撃墜すれば、そんな策謀があったことを知る者はいなくなる。これほどお手軽な隠蔽《いんぺい》工作はないだろう。イスラエル側だって、このやり取りを聞いているんだ。すんなり手を引いてもらえるよう説得できるのは、このおれを置いて他にいない。だから、任せてくれ」

返事がないまま五秒経過。一〇秒。

ようやく声が返ってきた。「ロンドンからゴーサインが出た。おまえに一任する」

ダニーは一人うなずいた。眉間《みけん》にしわを寄せながら、すぐさま考えをまとめる。いったん口を開くと、冷静沈着でよどみがなかった。「全体の構図はこんな感じだろう。モサドは元イスラエル軍特殊部隊の傭兵ギラッド・フリードマンを雇い、エリトリアに取り残された英軍負傷兵を拉致させた。そしてその英軍兵士を地元の民兵集団のところに連れて行き、公開市場で競《せ》りにかけさせた。この兵士を餌にしてアブ・バクルというイスラム過激派の大物をおびき寄せる作戦だ。そしてアブ・バクルが引き取りに来たら、英軍兵士もろとも地上から消滅させる」

ダニーは、聞き手の脳味噌《のうみそ》に自分の話を浸透させるために一〇秒ほど間を置いた。アパッチは攻撃態勢を崩すことなく同じ位置でホバリングを続けていた。

「おれの声はテルアビブにも届いているはずだ」ダニーは話を続けた。モサド本部で会議テーブルを囲んで腰掛け、遠く離れた戦場から届く声にじっと耳を傾けるスーツ姿の高官たちの姿が見えるようだ。「みなさん、よく聞いてくれ。アパッチに攻撃命令を出すかどうかは、そっちが判断することだ。この交信はヘリフォードで録音されている。いまや英国情報部にも、あんたたちが何をやろうとしたか知れ渡っているわけだ。この大失態をなかったことにしたい気持ちは痛いほどよくわかる。ただ、レジメント隊員を満載したヘリを二機も撃墜したとなると、隠蔽工作はかえって難しくなるぞ。そうなると戦争に発展するかもしれない。もっとささいな理由から紛争になった実例は山ほどあるからな。そこで提案だが、どうせ攻撃するのなら、本来の標的を仕留めてはどうだ」

反応はなかった。

ダニーは喉の渇きを覚えた。これ以上言うことはなかった。

三〇秒経過。テルアビブとロンドンのあいだでギリギリのやりとりが交わされているのだろうか？　アパッチの乗員は攻撃の支度をしているのか？　それとも撤退の準備に入ったのか？　辺境の上空に浮かぶ二機のヘリコプターが、この世の見納めになるのだろうか？

もはやダニーにできることはなかった。

アパッチ側に動きがあった。まるでうなずくかのように機首をさらに下げると、今度は水平状態に戻したのだ。

そのままアパッチが向きを変えると、ブラックホークのパイロットは安堵《あんど》の吐息を漏らした。

集落から遠ざかりつつある車列がまだ見えた。これだけ距離があると、遅々たる動きに見えるが、運転手はアクセルを目いっぱい踏み込んでいるはずだ。

連中は自分たちの運命に気づいているのか。あるいは知らぬままか。どちらにせよ、もはや関係なかった。

空対地ミサイルが発射された瞬間は見損ねたが、その結果は嫌でも目に飛び込んできた。四発のミサイルが立て続けに地表の標的に命中した。あの程度の車列を吹き飛ばすのなら一発で充分なのに。一発ごとに巨大な火柱が立ち昇った。その爆発音は凄まじく、数キロ離れたブラックホークにまで届き、機内をオレンジ色に染めた。

爆発の炎はたちまち消え失せ、今度はもくもくと立ち昇る煙が月明かりに照らされて銀色に輝いた。車列は跡形もなかった。生存者がいるとは思えない。ソマリアからやって来たテロリストたちは一人残らず死亡したのだ。

これから二四時間もしたら、テレビで大物テロリストの死を伝えるニュースが流されるだろう。おそらく誰かの手柄になる。しかし本当のことを知っているのは一握りの関係者だけだ。友好関係にあった同盟国が断交寸前の危機におちいりかけた事実も伏せられる。今度イスラエルとイギリスの首相がそろって姿を現わすときには、満面に笑みを浮かべていることだろう。国のために勇敢に戦ったスパッドの命など、政治家にとっては取るに足らぬものに過ぎない。

「終わりよければすべてよしか」ダニーは苦々しげにつぶやいた。

ブラックホークが一八〇度向きを変えると、ダニーも後ろを振り返った。スパッドは機内側面に固定されたストレッチャーに寝かされていた。依然として酸素マスクを装着していたが、目は開いており、ダニーをじっと見つめている。

ダニーはそんな相棒にうなずいてみせた。そして開けっ放しの扉口の側に腰掛けると、月明かりに照らされた地表を高速で移動するブラックホークの機影に見とれた。ヘリは——イギリス人とイスラエル人の死体が横たわったままの——稜線を越えると、闇の中に姿を消した。

神火の戦場

主な登場人物

ダニー・ブラック……………………イギリス陸軍特殊空挺部隊（SAS）パトロール隊員。

スパッド・グローヴァー……………SAS連隊員。ダニーの相棒。

クレイグ・〝トニー〟・ワイズマン……SAS連隊員。

アレックス・リプリー………………SAS連隊員。

ケイトリン・ウォレス………………オーストラリア陸軍情報部少佐。ナイジェリアの専門家。

ジェームズ・ウィルソン（ジハーディ・ジム）……ISISの一員。

クリストファー・マロニー…………英国大使館付武官。

サー・コリン・セルドン……………MI6長官。

ダニエル・ビクスビー………………中東情報専門分析官。

ヒューゴー・バッキンガム…………MI6情報部員。

エレノア………………………………MI6情報部員。

テッサ・ゴーマン……………………英国外相。

レイ・ハモンド………………………SAS連隊作戦担当将校。

アフメド・ビン・アリ・アルエッサ……カタールの石油王。

フランシス・ワイズマン……………トニーの妻。

カリファ・アル・メフラニ…………タクシー運転手。

第三次世界大戦でどんな兵器が使われるか見当もつかないが、
第四次世界大戦になったら、棒切れと石ころで戦うことになるだろう。

——アルバート・アインシュタイン

プロローグ

シリア－イラク国境　日没

　遠くから見ると何の特徴もない荒地だが、いたるところに戦争の爪痕《つめあと》が残っていた。北へ六キロ行ったところに、イスラミック・ステート（イスラム国を自称するイスラム過激派組織。略称ＩＳＩＳ）の司令本部があったが、米軍の空爆で瓦礫《がれき》と化した。しかし遊牧民《ベドウィン》の野営地に拠点を置く地元司令部は健在だった。異教徒どもに所在を知られていないのだから当然だが、たとえ突き止めたとしても爆撃はできない。民間人の集落があるからだ。そうなると西欧勢力はとたんに腰が引ける。

　西へ三キロ行くと、レーザー誘導式ミサイル〈ブリムストーン〉がこしらえた直径三〇メートルの大きな穴があった。二〇万ドル相当のこのミサイルが仕留めたのは無人のランドローバー一台だけだ。

　南へ一〇キロ行くと、ＩＳＩＳの残忍な部隊に占領されていた国境の町がある。不満分子を抑え込むために三〇〇人もの市民が処刑されたが、結局、対抗勢力が盛り返し、町を奪還した。おびえきった地元民は、なす術《すべ》もなく成り行きを見守るしかなかった。

しかし、現在地にいるかぎり、所々に藪《やぶ》の茂る砂の大地が数百年前、あるいは数千年前から何事もなかったかのようなたたずまいを見せていた。そんな砂漠を横切る道路を、黄昏《たそがれ》の薄明かりの中、二人の男を乗せた一台の車がゴトゴトと進む。男の一方は、鉤鼻《かぎばな》のひょろりとした若者で、顎ひげをまばらに生やし、髪は脂《あぶら》ぎっていた。これほど胸が高鳴る旅は生まれて初めてのことだった。

空気は熱く乾いていた。若者は汗とほこりにまみれていたが、まったく気にならなかった。ほんの二四時間前まで霧雨に煙《けむ》るロンドン南部のペッカムで憂鬱《ゆううつ》な朝を迎えていたことを思うと夢のようだ。こうしていま、砂丘の彼方《かなた》に沈もうとする血のような色合いの夕日を目《ま》の当たりにできるのだから。いよいよ何年も夢見てきた新生活をスタートさせるときが来たのだ。

若者の名はジェームズ・ウィルソンという。本人はこの姓名を毛嫌いしていた。あまりにも英国人っぽいからだ。一七歳のときに――現在のジェームズよりちょうど一歳年上である――パキスタンから英国に移住した両親がどうしてもっとイスラム教徒らしい名前をつけてくれなかったのか、理解できなかった。だから絶えず改名を考えていた。ユーチューブにアップしたミュージックビデオでは、ドゥブズ・マヌヴァと名乗り、ジハード戦士を称《たた》える自作の歌を誇らしげに熱唱したが、反応はさっぱりだった。イラクとシリアの国境ではハッサンで通した。この方がずっと好ましい。高貴な響きがするからだ。トルコ南部のハタイ空港で入国手続きを済ませるとすぐに英国のパスポートを破り捨てた。ここでは誰にもパキ（パキスタン人への蔑称）のクズ野郎などとは呼ばせない。

仲間たちと顔を合わせるのが待ち遠しかった。どうすれば一人前のＩＳＩＳ戦士になれるか教えてもらうのだ。ヒロイックな場面を夢見て何時間でも過ごすことができた。その夢がいま実現しようとしていた。

「英国を出るときに問題はなかったか？」ハンドルを握っている、いかめしい顔つきの細身の民兵が行き交う車のない道路を走りながら尋ねた。

ハッサンの連れは、行き先はおろか自分の名前すら教えてくれなかった。ハッサンはその堂々たる物腰に舌を巻いた。軍服姿のギャングみたいな国境警備員も、この民兵に一睨《ひとにら》みされるとすごすごと引き下がった。そうやってトルコからシリアへ抜け、そのシリアからイラクへと入国したのだ。バックシートにさりげなくアサルトライフルを寝かせ、ダッシュボードにはハンドガン――種類まではわからない――を置いていた。邪魔立てするやつは容赦《ようしゃ》しないという意思表示である。

「楽勝《ピース・オブ・ピス》だったよ」ハッサンがそう答えると、民兵は顔をしかめた。スラングが通じなかったのだ。「つまり……その……とても簡単だった。おふくろには用があるから早めに学校へ行くと伝えたしね。妹はちょっと疑わしげだったけど、まだ一一歳だから。七時か七時半には家を出て……昼にはトルコ行きの飛行機に乗ってた……同級生の女の子に病欠の届けを出すよう頼んで……」

民兵の表情がいちだんと険しくなった。「カリフ制が定着すれば、学校から女どもを追い出す。女に学校教育は不要だ。イスラムの教えに反するからな」

「たしかに」ハッサンは小声で答えた。「そうだね」

路肩から二〇メートルほど離れた灌木《かんぼく》のかたわらに、セダンタイプの乗用車の残骸《ざんがい》が放置されていた。車台《シャーシ》に爆弾を仕掛けられたらしく、車体中央から外側へ向かってギザギザにめくれあがった爆破口が見えた。さらに近づくと、ハッサンは目を凝らした。あれは光のいたずらだろうか。人体の一部らしき物体がハンドルに覆いかぶさっているように見えたのだ。

「おれたちはどこへ向かっているの？」ハッサンは尋ねた。

「いまにわかる」

あたりが薄暗くなってきた頃、ふいに幹線道路から外れて、ろくに手入れされていないわき道へ入った。五分後、遠くの方に小さな街並みが見えた。ここにも戦闘の爪痕が残っている。二〇〇メートルほど先に送電用の鉄塔が立っていたが、いまにも倒れそうなくらい傾いていたのだ。「ここはどこ？」ハッサンは小声で尋ねたが、返事はなかった。

町の外れまで近づくと、道路わきに地元民の姿があった。ハッサンたちの乗った車をじっと見つめている。おそらく来訪者がめずらしいのだろう。ハッサンたち以外に町へ入る車はなかった。

左手に崩れかけのコンクリートの建物があった。その正面に黒地に白いアラビア文字をあしらった旗がかけてある。隣はモスクになっており、その外にひげを生やした男たちが大勢集まっていた。女は一人も見当たらない。子どもの姿もなかった。ハッサンたちの車はアカシアの木に近づいた。その木の幹にヒツジが数頭つないであった。車は大きな枝の下で停《と》まった。ほかに四輪車は見当たらず、右手の平屋の石造りの壁に古ぼけたオートバイが二台立てかけてあるだけだ。電灯はなく、道で遊ぶ子どももいない。大昔にさかのぼったような気がした。

「降りろ」

ハッサンは言われたとおりにした。ジーンズとTシャツは汗まみれでしわくちゃになっていた。迷彩ズボンにたくましい筋肉を誇示するかのような黒のランニングシャツ姿の連れに比べると、ひどく場違いな感じがした。あたりは不気味なほど静まり返っていた。音楽はもちろん、人の話し声すら聞こえない。モスクの外に集まった男たちはじっとハッサンを見つめた。若者も負けじと睨み返した。「こっちだ」民兵はそう言うと大股に歩き出した。ハッサンはその後を小走りに追いかけた。

「おれみたいな連中がここに集まってるんだろ？」ハッサンは尋ねた。「英国からやって来たさ。これから会えるのかい？」そうした同志たちに合流するときが待ち遠しかった。砂漠のテントの外にすわって、夕日を浴びながらライフルの手入れをする。そのかたわらには志を同じくするジハード戦士たちがいる。ハッサンはそんな姿をずっと思い描いてきたのだ。

返事はなかった。民兵は道路を横切り、別の建物に向かった。こちらもコンクリート造りの二階建てで、窓ガラスは残らず吹き飛んでいた。しかし中には入らず、左側に回りこんだ。ハッサンも後に続いた。かつて裏庭を仕切っていた塀はいまや見る影もなく、いまはその一部分だけがかろうじて残っていた——支柱が数本にパネルが数枚、そして切断された蛇腹形《じゃばらがた》鉄条網。民兵は建物の裏口に向かった。

ハッサンも後に続いたが、思わず足を止めた。

何かの見間違いではないかと思い、せわしなく瞬《まばた》きした。しかし目の錯覚ではなかった。一五メートルくらい先の裏壁に、縦四メートル、横三メートルほどの木の十字架が立てかけてあった。磔刑《たっけい》に使う十字架である。

そして実際に男が磔《はりつけ》にされていた。両足は縦の木にワイヤーでくくりつけられ、横木に沿って伸ばした左右の腕には、ちょうど手首のところに太い釘《くぎ》が打ちつけてあった。顔には袋がかぶせられ、胸には白い札がぶらさがっている。その札には血のように赤いアラビア文字が記してあった。その男は明らかに死んでいた。腕にとまった大きなカラスに身体《からだ》をつつかれてもピクリともしなかったからだ。

異様な光景に見入っているハッサンを振り返ると、民兵は淡々と説明した。「裏切り者だよ。機密情報を西欧に売り飛ばそうとした。だから三日前に処刑した」そして品定めするようにハッサンの全身を見回した。「ひとつ忠告しておいてやる。これから重要人物に会うが、命じられたとおりにしろ。さもないと……」そう言いながら意味ありげに磔刑の死体を振り返った。「さあ、中へ入ろう」

建物の内部は廃墟《はいきょ》と化していた。漆喰《しっくい》やブロック片が散乱した床。天井からはケーブルが垂れ下がり、かすかに焦げ臭かった。民兵は大股に進んだが、ハッサンはためらった。「こ……ここは安全なの？」

民兵はくるりと振り返った。「おまえは戦いに来たんだろ。それなのに身の安全を求めるのか？」そう言うと瓦礫のあいだを縫うように進み、地下へ通じる階段へと向かった。ハッサンはバツの悪い思いを嚙《か》みしめながら後に続いた。もう二度とあんなぶざまな発言はしないぞ、と心に誓った。

暗い地下室に通じる石造りの階段を下りた。地下はかなりひんやりしていた。そこは一〇メートル四方の部屋になっており、いちばん奥にドアがあった。片隅に小型の石油ランプが置いてあり、それが唯一の照明だった。瓦礫は一つも転がっていなかったが、二人の人間がいた。一人は痩《や》せ細った長身の男で、肌は白く、黒い無精ひげを生やしている。もう一人は低いストゥールに腰掛けた男で、紅白のシャマグで顔をすっぽり覆っているため表情はわからない。見えるのはこちらに向けられた目だけだ。

その男が二人を待ち構えていたのは間違いなかった。男はハッサンを連れてきた民兵に話しかけたが、口元を布で覆っているためその声はくぐもっていた。二人はアラビア語で話し合った。民兵の物腰が一変したことにハッサンは気づいた。うやうやしく応答し、畏《おそ》れの色さえ滲《にじ》ませている。その理由がわからなかった。男は銃を持っているようにも見えない。ハッサンはもう一人の男に目を向けた。肌が白いところを見ると、おそらく英国人だろう。ハッサンは微笑《ほほえ》みかけたが、反応はなかった。

男はストゥールから腰を上げると、ゆっくりした足取りで近づいてきた。香水の強烈な匂いが鼻孔《びこう》をくすぐった。男は五〇センチの距離まで歩み寄ると、立ち止まって、ハッサンの全身をじろじろ見回した。「こいつか？」その英語は明瞭だが、中東人独特のなまりがあった。ハッサンは国を特定しようとしたが、結局あきらめた。

民兵はうなずいた。

「見たところパッとせんな。臆病者を連れてきたのなら、二人とも死ぬことになるぞ」

ハッサンは全身から汗が噴き出すのを感じた。「臆病者じゃありません」

沈黙。男はシャマグから覗かせた黒い目で若者をひたと見据えた。ハッサンは全身が汗だくになるのを感じた。余計なことを言うべきではなかった。

男はささやくような声で白い肌の男に命じた。

「こいつに見せてやれ、ジャハール」

ジャハールはうなずいた。そして奥のドアまで歩くと、錠をはずして扉を開け、ハッサンを手招きした。

ハッサンは部屋を横切るとドアの向こうを覗き込んだ。

奥の部屋はいちだんと薄暗くて、大きさもわからなかった。糞尿《ふんにょう》の臭気が鼻を突いた。戸口から三メートルほどのところに、うなだれて膝をついている男が見えた。頭髪を剃《そ》り上げた白人で、無精ひげを生やしている。オレンジ色の衣服を身につけたその男は、戸口におびえた顔を向けて瞬きしたが、何も言わなかった。

香水の匂いがプンと鼻についたので、あの謎めいた人物が背後にいることがわかった。くるりと振り返ると、シャマグで顔を隠した男が目の前に立っていた。

「おまえは戦いたいのだな？」覆面男はささやくような声で尋ねた。

「はい」

「アラビア全土にイスラム法《シャリア》をもたらし、さらにアフリカ大陸、そして全世界にその版図を広げたいのだな？　アラーの名の下《もと》にカリフ制国家を樹立させたいのだな？」

男が何を言っているのか、ハッサンにはさっぱり理解できなかったが、黙ってうなずいた。

「カリフ制国家には統治者たるカリフが必要になる」男は告げた。「これからわたしのことをそう呼ぶがよい。しかし、わたしのことは誰にも話してはならんぞ。さもないと、おまえだけでなく残してきた家族も、あの磔にされた男と同じ運命をたどることになる。わかったな？」

ハッサンは石ころでも飲み込んだような気分になったが、顎を突き出すようにして「はい」と答えた。

「よろしい。さて、おまえも気づいただろうが、そこに捕虜がおる」

ハッサンはうなずいた。

「そいつの名はアラン・マクミラン。国際的な援助団体の一員だと申し立てて、さも重要人物のごとく振舞っておる。しかし、しょせんゴミのような異教徒に過ぎぬ。したがって、われわれのなすべきことは明白だ」

ハッサンは無言のままうなずいた。

「ジャハール、明かりをつけろ」

ジャハールが壁のスイッチをひねった。ハッサンはふと疑問に思った。電気はいったいどこから来るのだろう。しかし、そんなことより、目の前の小部屋の方がずっと気にかかった。

そこは、いろいろな面で、プロの写真家のスタジオを思わせるしつらえになっていた。部屋の一角から捕虜を照らしだす二個のランプ――急に明るくなったので捕虜はしきりに瞬きをくりかえした。その背後にいかにも本物らしく映し出された砂漠の風景。そして部屋の片隅に、ビデオカメラを据え付けた三脚が置いてあった。ハッサンは部屋に入った。捕虜は、床から突き出た柱に両手両足を後ろ手に縛りつけられており、ひざまずくしかない状態に置かれていた。

戸口から覆面男が声をかけた。「その男の処置をおまえにまかせよう。光栄に思うがよい」

その声を耳にして、捕虜がすすり泣きを始めた。ジャハールが入ってきた。注射器を手にしている。ハッサンが見守る中、その注射針を捕虜の上腕に突き刺した。オレンジ色の衣服の上から直接。たちまち効き目が現われ、捕虜はがっくりうなだれて静かになった。

「鎮静剤《ヴァリウム》だ」ジャハールは言った。「身をよじられると、仕事がやりにくくなるからな」

「仕事って？」疑問を口にしたが返事はなかった。「つまり、これのこと……」ハッサンは片手で首を斬《き》る仕草をしてみせた。

ジャハールは薄ら笑いを浮かべた。そして三脚付きのビデオカメラを戸口の外に移動させると、ハッサンに短剣を手渡した。刃渡り二十数センチの、見るからに鋭利な短剣である。そして黒の目出し帽《バラクラヴァ》も。「これをかぶれ」ハッサンが言われたとおりにしていると、ジャハールがビデオカメラの後ろに立った。いまやスタジオのような小部屋にいるのは、意識を失った捕虜とそのわきに立つハッサンだけだった。

「おまえが臆病者ではないことを証明してみろ」覆面男の声が聞こえた。「どうすればよいかわかっておるな」

ハッサンは短剣を見つめると、続けて捕虜に目を向けた。自分の手が小刻みに震えていることがわかった。ハッサンはその震えを止めようとした。

「なんなら」あざけるような声が聞こえた。「洗濯や食事の支度といった、女の仕事を世話してやってもよいぞ。ジャハールのような本物の戦士の下働きをする仕事だ。それがお似合いかもしれんな」

ハッサンは背筋を伸ばすと告げた。「まず痛めつけます。少々殴りつけてから、グサッと突き刺して……」ハッサンは顔面に平手打ちを食らわせると、その顔をあお向けに引き起こしてから、頬に短剣の切っ先を押し当てた。

「その必要はない。殴ったところで誰も喜ばん。殴打シーンなど誰が見るものか。しかし斬首《ざんしゅ》は異なる。これから腕を磨け。楽々とこなせるようになるまで」

ハッサンは捕虜のうなじに刃《やいば》を押し当てた。たちまち皮膚が裂けて血が流れ出した。手の震えがひどくなった。なんとかその震えを止めたかった。ビデオカメラに目をやると、録画中を示す赤ランプが点灯していた。

男はしゃべりつづけたが、深呼吸をくりかえすハッサンの耳にはほとんど届かなかった。

「おまえはここから旅立ち、処刑人として新たな務めを果たすのだ。アラーのために、四度の斬首をやってのけたジャハールのように畏れ敬まわれる存在になれ」

ハッサンは早いところ済ませたかった。「ど……どこへお遣《や》りになるつもりですか、カリフ?」ジャハールは尋ねた。その声はハッサンにも聞こえた。ジャハールは緊張していた。出すぎた質問であることを本人も自覚しているのだろう。その一方、うらやむような響きも聞き取れた。ハッサンは優越感を覚えると――依然小刻みに震える手を振り上げて――初めての斬首に取り掛かった。

「ナイジェリアだ」男は小声で答えた。「異教徒を懲らしめるためにナイジェリアへ行かせる。そこで神のために働くのだ」

第1部　ターゲット・レッド

第1章　新メンバー

「ナイジェリアだって！　よりによって地の果て、ナイジェリアに派遣かよ！」

ダニー・ブラックは手入れの行き届いた芝生《しばふ》の縁《へり》に立って、バーベキュー用のトングを振り回すSAS連隊《レジメント》仲間のトニーを見ながら、とめどない不平不満に耳を傾けた。明日出発なので、すでに待機モードに入っていた。つまりビールは二パイント（一パイントは五八〇ミリリットル）までしか飲めない規則になっている。にもかかわらず、二人そろってステラを飲みつづけた。

「前回あの国へ行ったときには」トニーは話を続けた。「おれの相棒がラゴス（ナイジェリア南西部の港湾都市）の波止場近くの安宿にナイジェリア女を連れ込んでやりまくったのはいいが、ヤバい病気を山ほどもらって、チンポコが根元から腐ってもげちまうところだった」

「とんだ災難だな」ダニーは言った。

「マジな話、どうせ敵と戦うならカジャキ・ダム（二〇〇六年、アフガンに派遣された英軍の小部隊がこのダム近くの地雷原に迷い込み、多数の死傷者を出す惨事になった）の上流あたりがいい。アブジャ（ナイジェリア中部にある首都）でキンタマに汗をかいてるよりずっとマシだぜ。な、ダニー？　おまえだってそう思うだろ？」

ダニーはステラのボトルに口をつけてビールを飲んでいる最中だったので、トニーは返事を待つことなくバーベキュー・グリルに向き直ると、列になったソーセージを裏返しはじめた。派遣前にひとしきり不満を並べるのはレジメント暮らしの恒例行事といってよく、実弾を使用する人質救出訓練やブレコン・ビーコンズでの過酷な山中行軍訓練のときとなんら変わりない。それにダニーは内心トニーの意見に強く賛同していた。現在、レジメントの半数は中東に展開してイスラミック・ステートの民兵どもを掃討しており、残りの半数はそうした地上部隊を支援する有志連合の作戦機に標的情報を提供していた。それなのに、自分たちの任務ときたら――西アフリカまで出かけて英国外交官の護衛にあたるというもので――仲間はずれにされた気がするのも無理なかった。しかもナイジェリア北東部はボコ・ハラム――斬首や大量虐殺、レイプ、拷問《ごうもん》、拉致《らち》といった非人道的な行為をくりかえす凶悪な過激派組織――の支配下にあった。しかしダニーたちがボコ・ハラムの支配地域に近づくことはない。事実、この要人警護は楽な任務だった。それでも不平を言う仲間がいたら、愛想よく相槌《あいづち》を打ってやればいいだけのことだ。

そうは言っても、ダニーはトニーと距離を置いていた。トニーは本名ではない。マフィア物のテレビドラマの主人公トニー・ソプラノに由来するニックネームで、それらしい噂《うわさ》がいろいろとささやかれていた。見た目は全然違う。トニーはふさふさした金髪の持ち主だし、屋外で過ごすことが多いので肌は日焼けしてなめし皮のような色合いである。しかし物腰はよく似ていた。たとえばトニー——本名はクレイグ・ワイズマン——の言うことに一度でもうなずくと、さらなる同意を求めてくる。それもかなり強引に。

ダニーはあたりを見回した。いい家だが、レジメントの給与水準からすれば分不相応もいいところだ。広々とした庭には東屋《あずまや》と、いかにもカネがかかりそうな温室。小用を足しに行ったバスルームにはジャグジーまであった。しかも玄関前にはBMW《ビーマー》が二台。トニーは間違いなくSASの隊員だが、こんな豪勢な家や車は女王陛下とお国のために命を張った稼ぎだけで賄《まかな》えるものではない。トニーが副業を持っていることはヘリフォードでは公然の秘密だった。

バーベキュー・グリル横のテーブルに〈ミラー〉が置いてあった。その第一面に目をやると、浅黒い肌をした混血らしき若者の顔写真が載っていた。いささかピンボケ気味だが、骨折したかのような鉤鼻が特徴的で、黒髪は脂ぎって、まばらな顎ひげを生やしている。写真の下に「ジハーディ・ジムのファーストショット」というキャプションが躍っていた。

トニーは新聞を見つめるダニーに気づくと声をかけた。「ＩＳＩＳの外道だ。顔に銃を突きつけられてビビった時代が懐かしいな。それ以上恥をかくことはなかったんだから。いまはもっとひどい目に遭わされる。アイフォンで死にざまを録画されて、ネット上で晒し者にされちまうんだからな」そう言いながら鼻を鳴らした。「できればこの手で、そのクソ野郎のドタマに七・六二ミリ弾をぶち込んでやりたいぜ」

「同感だ」ダニーはつぶやくように言った。その点では意見が一致した。ジハーディ・ジムは——本名ジェームズ・ウィルソン、イスラム名ハッサン——ロンドン南部ペッカム出身のこの若者にマスコミがつけたあだ名である。イラクかシリアでイスラミック・ステートの一員になったようだが、確かなことは誰も知らない。この若者がオレンジ色のジャンプスーツを着せられた国際援助機関の英国人スタッフを斬首する動画は瞬《また》く間に世界中に広がった。ダニーにとってシリアは鬼門だ。二度と行きたくはなかったが、ジハーディ・ジムをあの世に送れるのなら、ほかの隊員同様、喜んで出かけるだろう。

だが、その可能性はなかった。それに個人的な理由から、できれば戦場のただ中に身を置きたくなかった。ダニーは上《うわ》の空でポケットに手を入れるとスマートフォンを引っ張り出した。この三日間同じ動作をくりかえしていた。回数は忘れてしまった。

スマホを取り出しては、夜中に届いたメールの文面にじっと見入るのだった。「しかし、そいつに弾をぶち込むチャンスはないだろう。なにせおれたちは、ラゴスでカクテルパーティーめぐりをする英国高等弁務官の送り迎えで忙しいからな」そう言いながら親指で画面をスワイプした。

トニーは笑い声を上げると、いかにも親しげにダニーの肩をつかんだ。こうした仕草はダニーの好むところではない。今回の任務でどちらがリーダーを務めるか、まだ聞かされていなかった。しかしトニーはすでにリーダー気取りだった。だからこそ自宅にダニーたちを招いたのである。自分の存在を誇示して、誰がボスであるかを見せつけるために。

ダニーはメールを読むことなくスマートフォンをポケットにしまうと、自分の肩に置かれた手に意味ありげに目をやった。トニーの親しげな物腰はたちまち消え失《う》せた。

二人が口を開く前に、ダニーの相棒、スパッドがフレンチドアのところに現われた。スパッドは若き日のフィル・コリンズにそっくりだが、ここのところしかめ面《つら》をすることが多く、今日も例外ではなかった。

「おや」トニーは意地悪そうな目をスパッドに向けた。「ひでえ面だな。デスクワークには慣れたか、スパッド？」

見る見るうちに怒りの色を浮かべたスパッドは、まっすぐダニーに歩み寄ると、その肘をつかんだ。「中へ入ろう」

「あの馬鹿」スパッドは温室に向かいながらつぶやいた。「ケツにあの焼けたトングを突っ込んでやろうか……」

「ビールのお代わりは？」トニーの妻であるフランシスがステラのボトルを二本手に

してキッチンから温室へ入ってきた。よく気のつく女性である。トニーにはもったいない女房だ。ダニーはいつもそう思った。あるいは、単に愛想がいいだけなのか。美女であることは間違いない。ブロンドの髪と胸の谷間を目にしたとたん、スパッドの機嫌が直った。フランシスはビールを二人に手渡すと、胸に下げた一粒ダイヤ《ソリテール》のネックレスの位置を直した。そして二人に曖昧《あいまい》な笑顔を向けてから、バーベキュー・グリルの夫のところへ向かった。そのヒップの動きをしげしげと眺めていたスパッドは、不意に身体を二つ折りにすると、三〇秒ほど激しく咳《せ》き込んだ。

「おい、大丈夫か？」咳が治まるとダニーは尋ねた。

「問題ねえよ」暗い声でそう答えたスパッドは、ステラのボトルをくわえると一気に半分飲み干した。

実際、スパッドは生きていること自体が不思議だった。それがどれだけ奇跡的なことかは本人とダニーだけが知っていた。二人は前回の任務中に不運に見舞われた。胸に銃弾を受けたスパッドに応急手当をほどこして命を救ったのはダニーである。砂漠のど真ん中で穿刺《せんし》針《しん》付きのカニューレをスパッドの胸腔《きょうこう》に刺し込んで肺虚脱を防いだのだ。それから陸路を突っ切った末、空路を使って海を渡り、エリトリアの赤十字の医者に半死半生のスパッドを託した。ところがそのエリトリアでさらなる災難がスパッドを待ち受けていたのだ……。その後、なんとか帰国したものの、肺機能を復活させるために手術がくりかえされた。とにかく全身がぼろぼろの状態なので、第一線に復帰するまでにかなりの時間を要するだろう――もちろん本人にその気があればの話だが。トニーがスパッドを派遣前の飲み会《ピスアップ》に誘ったのも、そのあたりの事情が知りたいからだ。話題が何であれ、トニーは蚊帳《かや》の外に置かれることをひどく嫌う。しかし、この件に関しては我慢してもらうしかない。実際に何があったかはダニーとスパッドだけの秘密だからだ。ただ一つ明白な事実があった。スパッドはダニーに借りが出来た、それも特大の。

そのスパッドはヘリフォードで書類を扱う仕事に回された。つまり、事務職である。首都ロンドンからヘリフォードへ時折視察に訪れる情報部員《スプーク》の世話も仕事のうちだった。しかしスパッドは事務職タイプではない。たちまちその事実を思い知らされたヘリフォードのお偉方たちは責任転嫁を図った。翌日にはロンドンへ飛ばされて、MI6でスパイの見習いをするはめになったのだ。しかし実態は情報部専属の用心棒に過ぎず、スパッドは腐り切っていた。前線で戦っている仲間のことを思うとなおさらみじめな気分になった。「乱交パーティーの最中に一人だけキンタマを切り落とされたような気分だぜ」と胸中を語っていた。

スパッドは遠慮なくげっぷを漏らした。「亭主が留守のあいだに、あの女房をヤッちまうか」

ダニーはあたりを見回した。「噂は本当だと思うか？」

「トニーの噂か？」

ダニーはうなずいた。

「火のないところに煙は立たねえだろ」スパッドは答えた。ダニーもそう思った。武器庫から無断で持ち出した弾薬を犯罪組織の友人に売り払っているという噂である。ヘリフォード周辺でしきりにささやかれている話なのでダニーもよく知っていたのだが、七・六二ミリ弾を少々売りさばいたところで、こんな豪勢な暮らしができるとは思えない。トニーと裏社会との結びつきはその程度のものでは済まないのではないか。暴力が必要になったとき、こいつほど役に立つ男はいない。好き嫌いは別にして、トニー・ワイズマンはきわめて優秀な兵士だった。

「おまえ、あんなクソ野郎とうまくやっていけるのか」スパッドは言った。「期間は？」

「未定」ダニーは答えた。「高等弁務官はかなり神経質になっているらしく、厳重な警護を求めている。数か月になるかもな」

玄関の呼び鈴がビッグベンのように鳴り響いた。フランシスが庭から中へ入ってきた。そしてスパッドのかたわらを通り過ぎるとき、その腕にそっと触れたことにダニーは気づいた。スパッドは玄関扉に向かうフランシスの全身をなめまわすように見つめた。身体はぼろぼろだが、旺盛なるリビドーだけは健在らしい。

やって来たのはリプリーだった。リプリーはダニーによく似ていた——黒髪に黒い瞳、そしてがっしりした肩。いつものように、革のバイカーズ・ジャケットを着ている。リプリーがナイジェリア派遣チームの三人目のメンバーだった。フランシスからビールをもらうと、リプリーはスパッドとダニーにさりげなくうなずいてみせた。この三人は仲がよかった。したがって、トニーへの見方も似ていたし、西アフリカで過ごすことになる数週間ないしは数か月の予測もついた。リプリーもスパッド同様、温室から出てゆくフランシスの後ろ姿を存分に観察した。それからおもむろに仲間に向き直った。「スパッド、頼みがある。おれたちがいないあいだ、彼女の面倒を見てやってくれ。いつもトニーみたいなクズと夜を伴《とも》にしているかと思うと、この胸が張り裂けそうだ」

スパッドは満面に笑みを浮かべた。「まかせとけって」

「もっとも、トニーの友達が夜中の二時にバット持参で、おまえのところに押しかけてくるかもしれんな」

「いつでも相手になってやるさ」スパッドは暗い声で答えた。

リプリーはあたりを見回した。「四人目は?」

「じきやって来るだろう」ダニーは答えた。

「レジメント以外のメンバーを入れる理由がわからない」リプリーは言った。「おまえ、なんだかそわそわしてるな？　新顔について何か知ってるのか？」

「オーストラリア軍からの派遣要員」ダニーは答えた。「軍情報部出身。ナイジェリア情勢の専門家。おれが聞かされているのはそんなところだ」

「アサルトライフルの扱い方くらい心得ていてほしいもんだ」リプリーは外に目を向けた。「そろそろソプラノ一家に合流するとしようか。肉がたっぷり焼けてるといいな。腹ペコだ」そしてビールを一口飲むと、温室の外へ出て行った。スパッドも後に続いたが、ダニーはその場に残った。そして、ふたたびポケットからスマートフォンを取り出すと、画面をスワイプした。今度は邪魔されることなく、画面いっぱいに表示された文面に見入った。すでに何度も見ているので目に焼きついている文面に。

それは元恋人のクララから送られてきたメールだった。ダニーは自分から去って行ったクララを責める気にはなれなかった。彼女はレジメントの仕事をじかに目にしてしまったのだ。そう、ダニーがどんな任務に従事しているかを。

端的に言えば、人を殺すところを目撃してしまったのである。

ダニーの手にかかったのは、ヘリフォードを根城《ねじろ》にしているポーランド人の麻薬密売人たちであった。この連中はクララを誘拐した。だからその代償を払わせたのだ。

しかしダニーによる直接的な正義の執行はクララの理解を超えたものだった。だからダニーとの関係を絶った。以来、ずっと音信不通だった。

このメールが届くまでは。そこにはこう記されていた。「子どもができたわ」

その一文を読み直すのは一〇〇回目くらいか。ダニーは胃を鷲掴《わしづか》みされたような気分になったが、同時に心の昂《たかぶ》りも覚えた。じつは二日前にクララに会ったのだ。出産までウィルシャーの実家で過ごすことになっていた。その出産予定日はちょうど一週間後。生まれてくる赤ん坊は男の子だという。クララは用心深くダニーを出迎えた。いつ咬《か》みついてくるかわからない猛犬のような扱いだったが、生まれてくる子には父親が必要だと告げられた。だからダニーが必要になると。

そのためにはダニー自身も変わらなくてはならない。ダニーはそうすると約束し、そんな自分の言葉を半ば信じるようになっていた。

ダニーはスマートフォンをポケットに入れると庭に出た。

バーベキュー・グリルのまわりに全員が集まると雨だれがポツポツ落ちてきた。

「これから出かける先は雨季だから」トニーはグリルのハンバーグをぱんぱん叩きながら告げた。ダニーの腹がグーグー鳴った。トニーの人間性は信用できないが、料理の腕は期待できた。「いまから慣れておくことだ」

「わたし、雨はゴメンよ」フランシスが言った。妻に口出しされてトニーはやや顔をしかめた。「来週ロンドンマラソンに出場することになっているのよ」フランシスは説明した。「雨のヘリフォードで練習するなんて嫌だもの」

「なら、ケツ振りダンスでもやってろ」トニーはぴしゃりと言った。

フランシスはそんな夫を睨みつけるとスパッドを振り返った。「わたしの太腿《ふともも》の筋肉に触れてみない、スパッド？　トレーニングの成果に驚くわよ」

トニーが睨みつけてきたので、スパッドはビールのボトルをくわえて緩みかけた口元を隠した。「その必要はねえよ、フランシス。おまえさんのボディラインは完璧だからな」そう言うとビールをグイッと飲んだ。

「おい、スパッド」トニーは言った。その声は冷淡で、いまにもスパッドの気分を害するようなことを口にしそうである。「おまえ、バイクを売りに出すことにしたんだってな。代わりの足はどうするんだ――スクーターか？」

スパッドは返事をしなかった。レジメント隊員にとって、乗り物はステータス・シンボルそのものだ。しかしスパッドは医者からバイクへ乗ることを禁じられた。だから愛用していたBMW製オートバイを売りに出すことにしたのだ。

スパッドが言い返す暇もなく玄関の呼び鈴が鳴った。「おい、出ろ」トニーは妻に命じた。フランシスは言い争いを期待して立ち去りかねていたが、夫から睨まれると言うとおりにするほかなかった。「おそらく四人目が来たんだろう」トニーはグリルに向き直りながら言った。「どうして上官《ルーパート》どもは何でもかんでも秘密にしたがるのかな。どうせ英軍特殊船艇部隊《SBS》の隊員か何かだろう？」

ダニーは笑みを押し殺した。じつはトニーはもちろんリプリーにも秘密にしていることがあった。四人目のメンバーの人選については作戦担当将校にきつく口止めされていたのだ。それで沈黙を守っていたのだが、これからみんながどんな顔をするか見ものだった。

四人はふいに黙り込み、グリルの周囲は気まずい沈黙に包まれた。トニーは不機嫌そうにハンバーグを裏返すと口を開いた。「おい、ダニー」さきほどまでの親しげな物腰は影をひそめ、その声にはトゲがあった。「おまえ最近ご無沙汰なんだってな、クララって子に捨てられてから？　あっちの方はどう処理してんだ？　酒びたりか？」

ダニーは表情を変えることなくトニーを見つめていたが、返事はしなかった。三〇秒後、フランシスが引き返してきたが、一人ではなかった。ダニーとほぼ同じ背丈のブルネットの女を連れていた。年の頃は、二十代後半から三十代前半。フランシスの数メートル後方に立ち、グレイの目をこちらに向けている。肌は白く、ノーメイクだったが、メイクなど必要なかった。凄《すご》い美人である。

「この人が会いたいんだってさ」フランシスが冷ややかな声で告げた。たちまちトニーの機嫌が直った。

「わが家へようこそ、お嬢さん《ラブ》」トニーは言った。「で、御用は？」

ブルネットの女はあたりを見回した。「みんなビール飲んでるんなら、わたしも一本もらおうかな」その声には強いオーストラリアなまりがあった。

トニーは馬鹿みたいに目をぱちくりさせた。「おいおい、セールスなら……」

「なに言ってんの、この人が四人目のメンバーなんだよ」フランシスはつぶやいた。

我慢しきれずにスパッドがゲラゲラ笑い出すと、トニーの顔に怒りの色が浮かんだ。

「事務屋はすっ込んでろ」トニーはぴしゃりと言った。

スパッドの顔から笑いが消えた。そして、ためらうことなくトニーに詰め寄ると、その胸元に人差し指を突きつけた。すかさずダニーが割って入り、相棒を引き離した。スパッドは怒りと屈辱で顔を赤らめており、いまにもトニーを殴りかねなかった。しかし不意に身体を二つ折りにすると、また咳き込みだした。そしてぜいぜい言いながら息を吸い込んだ。トニーはブルネットの女に向き直った。「名前は何て言ったっけ、ラブ？」

「まだ言ってないよ」ブルネットの女は言った。「それから、もう一度ラブって呼びかけたら、その顔を炭火に突っ込むからね」

「とんだバーベキューだな」リプリーがつぶやいた。

「彼女の名はケイトリン・ウォレス」ダニーが紹介した。「オーストラリア陸軍出身で、ナイジェリアの専門家」

「これからお世話になるけど」ケイトリンは口を挟んだ。「女をメンバーに加えたからには、フルチンでうろつくのはやめてよね。そろそろビールくれないかしら」

トニーはすっかり上機嫌になり、満面に笑みを浮かべた。「この女性に飲み物を持って来い！」

フランシスは刺すようなまなざしを夫に向けると、ビールを取りに行った。

「道理でルーパートが内緒にしていたはずだ」トニーは言った。「こんなサプライズを用意しているとは夢にも思わなかったぜ。でも、まあ、今回は子守みたいな仕事だ。手を汚すまでもねえよ、ラブ」

スパッドが二人に歩み寄った。家族思いのリプリーまでがケイトリンの近くまでにじり寄ってきた。数メートル離れて立っているのはダニーだけだ。

「なによ、あんたたち？」ケイトリンは問いただした。「蜜壺《みつつぼ》に群がるハチみたいに」

「ヘリフォードへようこそ、ダーリン」トニーは屋内にいる女房に自分の声が届かないよう気をつけながら穏やかに言った。「ここは毛むくじゃらで汗臭い野郎ばかりだから目立つぞ。ところで、あんたの経歴は？」

「元軍情報部」ケイトリンは答えた。

「それ以上しゃべると差し障りがあるとか？」

「そうでもないけど」

「もちろんそうだろうよ。軍情報部はルーパートより秘密主義だからな。あんただけ例外ってわけにもいかんだろ」そう言いながら品定めするように相手の全身を見回した。ダニーにはトニーの考えが手に取るようにわかった。この女の訓練レベルは？　特殊部隊の一員として通用する水準に達しているのか？　しかし、そうした疑問を口には出さず、ただ手を差し出した。「おれはトニー・ワイズマン、よろしく」

ケイトリンは握手には応じず、あいさつ代わりに片手を上げた。

「そこにいるのがアレックス・リプリー。見た目にたぶらかされるなよ。兵隊は顔じゃない。醜男《ぶおとこ》ほど強いんだ。叩き込んでた野郎がスパッド。あいつは参加しないが、ペーパークリップが必要になったら頼むといい。ダニー・ブラックのことはすでに知っているようだな」トニーはにやにやしながら言った。「そのうちダニーの噂がいろいろと耳に入るだろうよ。おれの知るかぎり、まだ独身だ。まあ、一夜の恋には事欠かねえだろうが。短気で喧嘩早《けんかつぱや》い。時折、カッとなって抑えがきかなくなる。そんなやつに九ミリの銃を持たせるのはどうかと思うが、まあ、選《え》り好みはできんからな」

ダニーは暗い表情になったが、ケイトリンは興味を覚えたらしい。トニーに背を向けると、つかつかとダニーに歩み寄り、手を差し出した。

「いまの話、本当なの？」ケイトリンはダニーと握手しながら尋ねた。

「どのあたりが？」

「短気で喧嘩早いってところ」

ダニーは肩をすくめた。「相手によりけりだ」

「最近の実例を聞かせてよ」

答える暇もなく、ダニーの携帯電話が鳴り出した。

すぐさま応答した。「もしもし？」

「ブラック、いまどこだ？」作戦担当将校のレイ・ハモンドの声だ。しかも、ひどく苛立《いらだ》っている。何かよからぬことが起きたらしい。

「トニーの家です。何かあったんですか？」

「そこにみんな揃《そろ》っているのか？　リプリーも？　ウォレスも？」

「はい。どうしたんですか？」

トニーはダニーをじっと見つめた。すでにその口調から異変を感じ取っていたが、どうして自分には連絡が来ないのか、それが不満なようだ。「ブラック、どうなっているんだ？」トニーは問い詰めた。

ダニーはトニーを意識から締め出し、ハモンドの声に聞き耳を立てた。「全員、ただちに基地へ帰還しろ。おまえたちの派遣が二四時間早まった。大事件が発生した。

政府は大騒ぎだ」

「なんですって？　何があったんですか？」

「おい、おれの質問に答えろ」トニーが口を挟んだ。

「ナイジェリアの警護対象が行方不明になった。拉致されたものと思われる。おまえたちの出番だ」

気がつくと電話は切れていた。ダニーは言った。「バーベキューはおしまいだ。ただちに基地へ戻れとさ」

第2章　ナイジェリアの闇

全員すぐさま移動した。

トニー宅から、それぞれ自分の車に乗り込むと、ヘリフォードの裏道をすっ飛ばして基地へと向かう。英空軍《RAF》クリデンヒル基地のエントランスゲートにたどり着くと、国防省所属の警備兵が早く行けとばかりに手を振って通してくれた。すでに本部ビル前の車寄せには、エンジンをかけた白のトランジットがドアを開けたまま待機していた。

そのトランジットのかたわらでダニーたちを待ち構えているのは、作戦担当将校のハモンドである。ふだんから仏頂面の作戦担当将校は、ひときわ険しい表情を浮かべており、アザミにかかった小便を舐《な》めたブルドッグのように不機嫌だった。「急いで準備しろ！」ダニーたちが車から降りきらないうちにハモンドは大声で命じた。「内閣緊急対策室《COBRA》がC17の使用を許可した。現在ブライズ・ノートンに向かっている」

誰も返事をしなかったが、ダニーにはその意味がよくわかった。C17〈グローブマスター〉は英空軍最大の輸送機で、桁外れの積載能力を誇る。政府のメッセージは明白だ――必要な物はなんでも運んでやるから、問題解決に力の限りを尽くせ。

ダニーは駆け足で隊員宿舎に向かった。リプリーも一緒だ。二人の寝台は隣り合っており、パスポートや衣類を詰め込んだダッフルバッグを常備していた。二人は無言でダッフルバッグを肩に掛けると兵器保管庫に向かった。

同じようにダッフルバッグを手にしたトニーとケイトリンが先に来ていた。緊急の出立《しゅったつ》は兵器保管庫にも伝達されていた。ずんぐりした体型ながら肩幅が広く、白髪まじりの顎ひげを生やした兵器保管係は、広々とした木製カウンターにダニーたちが持ってゆく銃器を並べた。HK416アサルトライフルは男性隊員用だ。すでに減音器《サプレッサー》がはめ込まれ、弾道癖を補正する照準設定も済んでいた。シュアファイア製懐中電灯とレーザー照準器も装着してあった。ケイトリンにはサプレッサー付きのHK417アサルトライフルが用意されていた。「そいつの扱い方はわかってるんだろうな？」トニーはケイトリンに尋ねた。「七・六二ミリ弾は反動がきついぞ」

「面白いわね」ケイトリンはにこにこしながら自分のライフルを黒のキャンバス地の細長い銃ケースにしまった。「わたしもそうなのよ」そして、ハンドガン——ホルスターに入ったシグ225——を取り出している兵器保管係に目を向けた。

「弾薬は？」ケイトリンは兵器保管係に声をかけた。

女の兵士と口をきいたことがないらしく兵器保管係は戸惑いをあらわにした。その目がトニーに向けられたが、かえって困惑の色を深める結果となった。ダニーはトニーをめぐるよからぬ噂を思い出した。できるだけ関わりたくない――兵器保管係はそんな表情を浮かべた。結局、ダニーに問いかけるような視線を向けることになった。

「徹甲弾《てっこうだん》を各自に五〇〇発」ダニーは告げた。

兵器保管係は何やらブツブツ言い出したが、ダニーは無視して注文を続けた。「ハンドガン用弾薬を各人に五〇発。クレイモア地雷を二個、破砕性手榴弾《フラッグ》を四個、特殊閃光手榴弾《ホワイト・フォス》を二個」

「狙撃銃も」リプリーが口を挟んだ。

ダニーはうなずくと兵器保管係に告げた。「ＡＷ50（アキュラシー・インターナショナルＬ96Ａ1狙撃銃を五〇口径仕様に再設計した対物狙撃銃）がいい。それとＬＡＷ（歩兵携行型単発式対装甲ロケット・ランチャー）を四個」

すべてが出そろうのに一分とかからなかった。ダニーたちはその時間を利用して、持ち運びしやすいように、ケイトリンと同じ黒の銃ケースにアサルトライフルを収納しはじめた。それが済む頃には、カウンターに弾薬の箱が山積みになっていた。アサルトライフル用の五・五六ミリ弾と七・六二ミリ弾。ハンドガン用の九ミリ弾と五〇口径狙撃銃用の一二・七ミリ弾。それに手榴弾《しゅりゅうだん》を詰めた箱とクレイモア地雷を入れたキャンバス地のバッグ、ＡＷ50とＬＡＷを収納したフライトケース。ダニーは受領書にサインすると、銃器と銃弾を抱えてトランジットのところへ急ぎ足で引き返した。

数分後には荷物を積み終えた。ダニー、トニー、リプリー、ケイトリンの四人は後部シートに向かい合わせに腰掛けた。ハモンド少佐は助手席だ。ハンドルを握るのはレジメント専属のドライバーで、ジーンズにボマージャケットという服装である。ハモンド少佐は携帯電話をずっと耳に当てていた。トランジットはタイヤをきしませながら急発進した。四人が基地に戻ってから出発するまで一〇分とかからなかった。

ブライズ・ノートンまでの所要時間は一時間半。ヘリフォードから遠ざかると、ハモンド少佐が肩越しに振り返った。「ブラック、おまえがパトロール隊の指揮を執れ」

車内の雰囲気が一変した。トニーは暗い顔になった。何か言いたそうなそぶりを見せたが、結局口には出さなかった。ハモンド少佐はそのまま前を向き、ダニーはトニーの粘りつくような視線を感じた。ダニーがこのパトロール隊のリーダーになるなどもってのほかだ。そうした反発をはっきり見せつけていた。トニーはろくでなしだが、自制心があった。そんな男を手なずけるのは容易なことではない。ダニーは相手の視線を無視した。気に食わないのならそれで結構。それなりに対処するまでだ。

ハモンド少佐は車中で逐一状況を説明した。「C17はあと一五分で到着する」「第一空挺大隊から派遣される支援部隊も現在ブライズに向かっているが、それとは別に通信隊からも工兵が数名派遣されて通信機器の取り付けにあたる」「外務省が大使館付武官との直通回線を確保したので、飛行中も現地との交信が可能になった」高速幹線道五〇号線を疾走する車の中で、四人の隊員たちは無言のまま最新情報を頭に叩き込んだ。気づくとダニーは一人一人の顔を見回していた。リプリーは平静そのもので、その表情から内心の思いは読み取れない。リプリーはいいやつだ。スパッドの次に仲のいい同僚である。かつて窮地に立たされたダニーに救いの手を差し伸べてくれて以来、無条件で信頼するようになった。二人の子どもを写したパスポートサイズの写真をたえず携帯していた。リプリーにとって子どもは何物にも代えがたい宝だった。

ケイトリンは目をつむってシートにもたれていた。威勢のいい物腰は内心の不安を押し隠す虚勢なのか？　上層部は彼女のことをベタ褒《ぼ》めしていたが、その評価に見合う働きができるかどうかは不明だ。

トニーはその女性隊員にちらちら目をやっていた。ケイトリンに下心があるのは間違いない。トニーは男前の女たらしで、女たちはその魅力にころりとまいってしまう。その点はスパッドと同じである。フランシスはヘリフォード一の浮気者の亭主を持った女房として知られていた。トニーではなくスパッドがこの場にいてくれたら。ダニーはそんなことを思ったが、スパッドは実戦に耐えられる状態ではないし、トニーは凄腕《すごうで》の兵士だった。天職といっていいかもしれない。

ダニーは任務に神経を集中させた。いまのところ、これといった情報はないが、一つだけ確かなことがあった。ナイジェリアで誘拐された高等弁務官にとって状況はきわめて不利なものである。あの国で誘拐は日常茶飯事だ。ニジェール川流域のデルタ地帯に巣食う海賊やダイヤ密輸業者が稼業の一つにしているからだ。ボコ・ハラムに誘拐された二〇〇名もの女子学生の行方が数か月たったいまも不明な国で、年配の白人外交官にチャンスはあるだろうか？

「高等弁務官の姓名はデレク・ヴァンス」ハモンドは肩越しに告げた。「首相の個人的な友人でもある。補佐官の一人も一緒に拉致された模様だ。ヒュー・ディーキンという若手だ」

「名前がわかっただけでもめっけもんだ」トニーが口を挟んだ。「家族は墓石の準備ができるからな」そう言って笑ったが、独りよがりの冗談に笑い声を上げたのは本人だけだった。

頭上を通過するＣ１３０輸送機が視界に入ってきた。ブライズ・ノートンまで後もう少しである。数分後、トランジットのバンはタイヤをきしませながら飛行場の中に入った。ダニーはフロントガラス越しに前方を見た。雨が激しく降り出していたが、ワイパーで雨滴が拭われたガラス越しにC17の巨大な機体が見えた。三〇メートルほど先だ。その周囲を取り囲む車両が数台見えた。いずれも青い警告灯を点滅させている。貨物積載用の尾部扉が引き下げられていた。その扉を踏みつけて黒のＳＵＶ（オフロード用の四輪駆動車）が機内に運び込まれた。目を凝らして、第一空挺大隊から派遣された支援部隊の姿を捜したが、どこにも見当たらない。

トランジットはややスリップ気味に停車した。車が止まりきらないうちにドアが開いた。すぐさま荷物を運び出す。「手を貸そうか、ラブ?」トニーは女性兵士に声をかけた。ケイトリンは無視すると、自分のダッフルバッグと銃ケース、そして狙撃銃を収納したフライトケースを土砂降りの雨の中に引っ張り出した。車の外では、発光ビーコンを手にした地上整備員がダニーたちを貨物積載口へと案内すべく、ジェットエンジンの轟音《ごうおん》に負けないよう大声を上げていたが、その必要はなかった。四人の隊員と作戦担当将校はすでに輸送機に向かって駆け出していた。「支援部隊は?」ダニーは走りながら尋ねた。

返事はなかった。作戦担当将校は携帯電話の相手に同じ質問をぶつけているところだった。

貨物積載口にたどり着くと、航空燃料のお馴染《なじ》みの臭いがダニーの鼻を突いた。ほかの軍用輸送機と同じように、C17の内部も快適さとは無縁だった。天井から床にかけて配管と骨組みが剝《む》き出しになっている。機体奥には個室型のブルーの簡易トイレが二個据え付けてあったが、載せるのが貨物だけの場合は簡単に取り外せる。背もたれにくすんだオレンジ色の救命胴衣をくくりつけたシート。中央部のシートは一列丸ごと取り外されていた。乗員が二人がかりでSUVを床に固定していた。飛行中に動かないようにするためだ。車はレンジローバーだった。おそらく外務省が支給してくれたものだろう。新品に見えないよう所々にわざと凹みがこしらえてあったが、そんな小手先の偽装をいくら施したところで防弾ガラスや強化パネル、それにいかにも頑丈そうな全地形対応タイヤはごまかしようがない。現地の道路を走り出したら、ひときわ目立つ存在になるだろう。機体の中ほどまで移動すると、ハモンドが言及していた通信隊の工兵が二名、忙しげに作業をしていた。司令部と直接交信するための通信回線の設置である。二人は、かたわらを通り過ぎるＳＡＳ隊員たちに軽く会釈すると作業を続けた。

携帯電話で連絡を取りつづけていたハモンドが不意に大声を上げた。「問題発生！支援部隊が交通事故《RTA》に巻き込まれた。到着が二時間遅れる」

「何てこった」ダニーは小声で悪態をついた。思わず目を閉じた。決断のときだ。支援部隊を待って貴重な時間を浪費するか、身の安全を度外視して敵地に乗り込むか。

すぐに腹が決まった。人質事件は時間との勝負だ。一分でも遅れたらそのぶん高等弁務官と補佐官の命が危なくなる。「そんなに待てません」ダニーは告げた。「ただちに離陸させてください」

作戦担当将校はうなずいたが、トニーがいきなりダニーの面前に立ちふさがった。

「昨年、シエラレオネでの人質救出作戦がどうなったか忘れたか？」大声で異議を申し立てる。「空挺部隊の支援がなければ、おれたちはアウトだ。道路を封鎖したり、迫撃砲で掩護《えんご》してくれる兵力がないと……」

「だが、シエラレオネのときとは状況が異なる」ダニーはすかさず言い返すと、トニーの肩越しに作戦担当将校を見やって「離陸をお願いします」とくりかえした。

トニーは首を振った。「ハチャメチャ《ギャングファック》になってもいいのか」そうつぶやくと、悪態が聞こえていないことを確かめるようにケイトリンの方を見やった。「それにあの女はどうなんだ？　足手まといになるかもしれねえ」

ダニーも口にこそ出さなかったが、同じ思いを抱いていた。しかしハモンドが首を振った。「彼女はオーストラリア軍のＣＴ（陸海空の三軍で構成される連合戦闘部隊）と戦術強襲支援群で訓練を積んでおり、オーストラリア特殊作戦司令部で高い評価を受けている」

「なら、いまがメンスでないことを祈るばかりだな」トニーは顔をしかめた。

「いいから自分の職務に専念しろ、ワイズマン」ハモンド少佐はそう言うと背を向けたが、すぐまた振り返るとダニーを手招きした。二人はほかの隊員たちから数メートルほど離れた。

「なんですか？」ダニーは尋ねた。

ハモンドは言葉を慎重に選びながらしゃべりだした。「わたしがトニーではなく、おまえをリーダーに選んだのには理由がある。率直に言っておく。おまえは上層部の意向に逆らう傾向がある。上層部はこれを愉快に思っておらん。おまえの言動には絶えず目を光らせている。今回の任務を名誉挽回《ばんかい》のチャンスだと思え。しくじるなよ」

それだけ言うと、ハモンド少佐は背を向けて、そそくさと機外へ出て行った。ダニーは五メートルほど離れたところに立っているトニーを振り返った。興味津々といった顔つきだ。トニーはゆっくり歩み寄ってきた。「そうだぜ、ブラック」ここぞとばかりに嫌みを浴びせる。「しくじるなよ。おまえとあのワンダーウーマンに人質の救出をまかせるとはね。誘拐されたのがおれでなくてよかったぜ」

尾部扉が閉じられるとエンジン音に変化があった。ダニーたちは機体前部左側のシートに腰掛けて安全ベルトを装着した。機内の通信設備に接続された同軸ケーブルが床を這っていた。そのケーブルはブラックボックスにつながっており、そのブラックボックスにブームマイク付きのヘッドホンが四セット接続してあった。それぞれヘッドホンを装着する。ダニーは耳をつんざくようなハウリング音に顔をしかめた。その雑音が収まると、ヘッドホンから機長の声が聞こえた。特殊部隊専用機の機長はみんな同じようなしゃべり方をする——マルベリャ（スペイン中南部のリゾート地）行きのイージージェット（英国を本拠にする格安航空会社）の機長みたいに穏やかで落ち着き払っているのだ。「諸君、ようこそ。わたしは機長のファーガソンだ。あと二分で離陸する。ブライズからラゴスまでの飛行時間はおよそ六時間弱。ただちにヘリフォード本部につなぐ。安全な回線だから、何をしゃべっても問題ない」

ガリガリと音がして、声の主が代わった。誰の声かすぐには識別できなかったが、そんなことはどうでもよかった。重要なのは情報であり、その伝達者ではない。

「こちらゼロ・アルファ、ロンドンを中継して情報を伝達する。そちらのコールサインはブラヴォー・ナイン・デルタ。くりかえす、ブラヴォー・ナイン・デルタ。以上」

「了解」ダニーはすぐさま応答した。「最新情報は？」

「計二名の誘拐を確認。英国高等弁務官デレク・ヴァンス、コードネーム〈ターゲット・レッド〉。および同補佐官ヒュー・ディーキン、コードネーム〈ターゲット・ブルー〉。両名はニジェール川デルタ地帯の製油施設へ向かう途中、拉致された」

「同行職員は？」

「運転手一名、高等弁務局警護職員一名。両名とも事件現場で死亡。運転手は死亡前に電話で誘拐の事実を通報。腹部に銃創。警護職員は腹部と頭部に銃創」

輸送機が滑走路に入って加速しはじめた。エンジンがうなり、全身が慣性力に押さえつけられる。

「支援部隊が間に合わないので、ナイジェリア軍に現場を封鎖してもらいたい！」ダニーはエンジン音に負けないよう声を張りあげた。「誘拐現場を包囲して逃走経路をふさいでほしい」

「了解」声が返ってきた。「ただちにナイジェリア軍と協議して要員の派遣を要請する」

「おいおい」トニーが口を挟んだ。「ナイジェリア軍じゃ、ネズミ一匹捕まえられないぜ」ダニーも内心同じ思いだった。出動を急ぎすぎたのかもしれない。第一空挺大隊なら頼りになるが、訓練不足でやる気のないナイジェリア軍の兵士となると話は別だ。誘拐された白人のことなど歯牙《しが》にもかけないだろう。

「事件発生からどれくらい経過している？」

「三時間二七分」

「かなり遠くまで逃走している可能性があるな」

「実際は」ケイトリンが口を挟んだ。「そうでないかも。現場の正確な位置は？」

「ポート・ハーコートの西二〇キロ。現地に到着次第ナイジェリア軍がヘリを飛ばしてくれることになっているが、ベニン湾上空の気象条件が悪化しており、足留めを余儀なくされる可能性が……」

「ポート・ハーコート周辺のことならよく知っているわ」ケイトリンは言った。オーストラリアなまりの強い声がエンジン音を圧して響いた。「ベニン湾に面した一帯は無数の水路が迷路のように広がっている。隠れ場所がたくさんあるから、誘拐の多発地帯よ。犯人はまだ現場近くに身を隠しているに違いない。ただちに現場を包囲して乗り込む必要があるわ。〈ターゲット・レッド〉と〈ターゲット・ブルー〉の居所を知る者が必ず見つかるはずよ」

「同感だ」ダニーは言った。「引き続き情報を頼む」

「了解」

輸送機は水平飛行を始めた。ヘッドホンの声は途切れ、静かになった。

一七四九時

C17輸送機は巡航高度に達した。内壁に沿ってハンモックを吊《つ》るしてあったが、誰も寝ようとはしなかった。あいさつに現われた機長——前回の任務でも一緒だったリプリーの顔を覚えていた——と握手した後、その機長もコクピットに引き返した。乗員が食事を配ってくれた。立ったまま、電子レンジで調理したばかりの熱々のラザーニャを頬張り、スタイロフォーム製マグカップで甘ったるい紅茶を飲む。今度またいつ食事にありつけるかわからないので、栄養補給はできるときに済ませておくのだ。

通信隊の工兵はなれなれしく寄ってくるようなまねはしなかった。現在はレンジローバーに無線機器を取り付けている。シート下の無線機とルーフに突き出た小型アンテナを接続する作業だ。

「まずいな、これ」トニーはラザーニャを口いっぱい頬張りながら言った。「バーベキューの肉を残してきたからなおさら味気ない」

「心配するな」リプリーが応じた。「スパッドが残らず平らげてくれるよ」そして小声で付け加えた。「もっとも少しは残すかな」

結局、トニー宅にはスパッドとフランシスの二人だけが残ることになったのだ。それを思い出したらしくトニーの顔は暗くなった。「ハンバーグだけでも腹がパンパンになるだろ」

リプリーはすかさず顎を突き出した。「おまえのかみさんと一発やるごとに、残り物で腹ごしらえをするのさ」

ダニーはすかさず二人のあいだに割って入った。「二人ともよせ。馬鹿げた言い争いはやめろ。いいな？」

明らかに不服そうなトニーは、あからさまに凄みをきかせた。「おい、口に気をつけろ」と言ってから、こう決め付けた。「人の気に障ることをべらべらしゃべってると、いつかその舌をちょん切られるぞ」しかし、それでおとなしくなった。

ダニーは紅茶を飲み干すとレンジローバーを振り返った。工兵はすでに作業を終えていた。「車に荷物を積み込もう」

隊員たちは食事の残りを片付けると、ダッフルバッグを車のところまで運び、トランクに詰め込んだ。軽油の臭いが鼻を突く。トランクには予備の燃料缶が三個しまい込まれていた。ハイリフト油圧ジャッキも備え付けてあるし、フロントにはウィンチが取り付けてあった。キャンバス地の銃ケースからアサルトライフルを取り出した隊員たちは慎重な手つきで銃弾を装塡《そうてん》した。男たちは五・五六ミリ弾、ケイトリンは七・六二ミリ弾である。ダニーとトニーのライフルは左右のドアに立てかけ、リプリーとケイトリンのライフルはフロントシートに寝かせた。いずれも給弾《コック》した上で安全装置をロックしてある。したがって、必要とあればいつでも発砲できる。

一八二五時

ダニーは膝の上にナイジェリアの地図を広げていた。記憶すべき場所を頭に叩き込んでゆく。その作業に没頭していたダニーはケイトリンの声で我に返った。女兵士はダニーのすぐ横に腰掛けた。「ベニン湾が悪天候だとヤバいことになりそうね」

「昔の童謡、知ってる？」ケイトリンは質問した。

「どんな？」

「ベニン湾には御用心、御用心。一人去っても四〇人やって来る」

ダニーは相手の顔を凝視した。クララのメールがひどく見たくなった。しかし私用のスマートフォンはヘリフォードに置いてきた。妙な気分だった。恐怖ではない。どちらかと言うと不安に近い。いつも任務に出るとき、帰還できない場合のことなど考えもしなかった。しかしダニーにとって状況は一変した。もはや自分のことだけを考えているわけにはゆかない。

ダニーは地図に注意を戻した。

「あなた、無口ね？」ケイトリンは言った。オーストラリアなまりが強く響いた。ケイトリンは微笑みかけた。しかしダニーが笑顔で応じなかったので、一瞬ムッとした表情を浮かべた。「まあいいわ」明るい声で言う。「強くて寡黙な男はわたし好みだから」

ダニーはふたたび相手の顔に目を向けた。ブルネットの髪をうしろに束ねて、鼻の頭に薄っすら汗を浮かべている。軍服を着ていても美しかった。本人もそれを自覚しているらしく、唇をわずかに開き、意味ありげな視線を向けてきた。

ダニーが口を開きかけたとき、リプリーが近づいてきた。ケイトリンはにっこり微笑むと、席を立って、トニーの方へ歩いていった。リプリーがその席に腰掛けた。

「彼女、おまえに気があるみたいだな」

ダニーは鼻を鳴らした。「おれのタイプじゃない」と強がりを言った。

「じゃあ、好みのタイプは？」

ダニーは地図に目を戻した。「じつはクララとよりを戻した」

顔を見るまでもなくリプリーの驚きが感じ取れた。理由は知らないが、ダニーとクララの仲は終わったとばかり思い込んでいたのだから当然だろう。

ダニーは深々と息を吸い込んだ。「子どもができたんだ」この事実を打ち明けるのはリプリーが最初だった。なぜかふさわしい相手のように思えた。リプリーは二人の子どもの父親であり、妻を大切にする夫である。つまり、ダニーにとって理想の家庭人だった。

間があった。

「そいつはおめでとう」リプリーは言った。「おまえはいい父親になれるよ」お世辞に聞こえないこともなかった。

ダニーは相手の目を見つめた。「おまえとスパッドに名付け親《ゴッドファーザー》になってもらいたい」

リプリーはうなずいた。「了解。光栄だよ。その前に、さっさと仕事を片付けようぜ」

「了解」ダニーは答えた。

一九三二時

着陸まで二時間。全員がヘッドホンを装着して着席していた。通信兵の一人が大声で告げた。「電波を受信」すぐにガリガリと音が聞こえた。

「ブラヴォー・ナイン・デルタ、こちらゼロ・アルファ、聞こえるか？」

「受信状態は良好、ゼロ・アルファ」ダニーは応答した。

「いまからラゴスの高等弁務官事務局につなぐ」

「了解」

数秒後、新しい声が聞こえた。上品だが、苛立っている。「武官のクリストファー・マロニーだ。ナイジェリア政府から最新情報を入手した」

「聞かせてください」

「誘拐時にもう一名同乗者がいた。姓名はサミュエル・ヌントガ」

「死亡？」

「いや。さきほどポート・ハーコートに姿を現わした」

「本人の説明は？」

「道をふさがれて、ギャングに襲われた。自分は隙をついて逃げた。そのとき銃声が二度聞こえた。地元の役所にかけあって、帰りの車を用意してもらった」

「嘘だ」ダニーは断定した。

間があった。

「相手は政府の役人だ。証言の信憑性《しんぴょうせい》を詮索することはできん」

「生き残ったのが嘘つきとは残念だ。銃創は三個所。警護員は頭部と腹部、運転手は腹部。そのヌントガという男は作り話をしている。本人からじかに事情を聴取する必要がある。われわれの到着に合わせてラゴスまで連れて来てもらえるか？」

「やってみよう」

「是非そう願いたい」ダニーは言った。「高等弁務官に再会したいのであれば」

通信は終了した。ダニーはヘッドホンを外した。ケイトリンがその顔をじっと見つめた。「ナイジェリアの官吏《かんり》は腐りきっているわ」さきほど見せた媚態《びたい》は影もかたちもなかった。「誘拐の片棒をかついだのであれば、それなりの対価を手にしているはず。まず口を割らないわね」

「それは説得の仕方による」

ケイトリンは首を振った。「地元政府の協力が必要なのよ。いきなり仲間の一人を痛めつけたりしたら、そっぽを向かれてしまうわ。間違いない」

「ほかに名案があるのなら、聞かせろ」

隊員たちは不安げに黙り込んだ。

二一三二時

着陸。

ラゴス国際空港は騒がしくて暑かった。尾部扉が開くと、潮風が吹き込んできた。サウナのように暑く、湿気がこもっている。海の匂いに腐敗臭がまじっていた。当然だろう――この人口過密都市はスラムであふれかえっているのだから。これがアフリカの匂いだ。少々不快だが、ちょっぴりワクワクさせられる。世界のどこにもない独特のたたずまい。

外は真っ暗だった。月は見えない。ぶあつい雲が空を覆っている。そのせいで息が詰まるほど蒸し暑いのだ。ダニーはすでに汗だくになっていた。着陸したばかりのエミレーツ航空７４７型機が遠くに見えた。三〇〇メートルばかり離れているだろうか。機体後部から、もや状になって尾を引くスリップストリームが見えた。時折、稲妻が走り、雲を明るく浮かび上がらせる。地上業務の車両がせわしなく行き交う。燃料補給用のタンクローリー、貨物用コンテナを積み下ろしするフォークリフト。いかにもにぎやかな民間空港らしい風景である。しかしダニーたちが降り立った区画だけは立ち入りが規制されていた。

乗員たちがレンジローバーの固定具を外しはじめた。すでにエプロンには黒のベンツが待機していた。その一〇メートル後方にセダンタイプの車が停車しており、ルーフに載せた青い警告灯を点滅させている。

憔悴《しょうすい》した顔つきの頭髪の薄くなった男がベンツのそばに立っていた。茶色のズボンにオープンシャツという服装だ。青い光に照らされているせいか病み上がりのように見えた。隊員たちは傾斜路となった尾部扉を踏みつけて、その男の元に向かった。男はダニーを指揮官と見定めて手を差し出した。ダニーはその手を握った。

「武官のクリス・マロニーだ」男はC17のエンジン音に負けないよう声を張りあげた。ジェットエンジンはすでに回転数を落としていたが、それでもうるさかった。

「ちょっと話せるか?」

ダニーはうなずいた。「ヌントガは?」大声で聞き返す。

マロニーはあたりを見回すと、上空に目を向けた。「あそこだ」

ダニーはその視線の先をたどった。一〇〇メートル北西に着陸態勢に入ったヘリコプターが見えた。横風にあおられて苦労している。幌《ほろ》なしのトラックが二台、ヘリの着陸地点に向かって走り出した。

ダニーはマロニーの顔をじっと見つめた。「そいつから話を聞く必要がある」

「いいか」マロニーは言った。「ヌントガはナイジェリア外相のいとこなんだ。手荒く扱うと、しっぺ返しを食らう。高等弁務官事務局まで連れて行き、相手の誠意に訴えれば……」

「馬鹿な。クズ野郎に誠意なんかあるものか。おれが話を聞き出す」

マロニーは首を振った。「申し訳ないが、ナイジェリア政府から派遣されてきた弁護士が事務局で待機中だ。事情聴取に立ち会うことになっているんだ。一五分もあれば、きみたちをポート・ハーコートへ空輸する準備が整う。ヌントガのことはわれわれに任せろ。外交交渉で思わぬ成果が引き出せる場合だってあるんだ」

ダニーはほとんど着陸しかけているヘリコプターに目を向けた。いますぐ決断しなくてはならない。ヌントガにかまって貴重な時間を無駄にするか――この武官はおよそ頼りになりそうもないし――それともニジェール川デルタ地帯に急行するか。

やはりヌントガを締め上げよう。いまのところ、手がかりは皆無だった。何としても情報を入手する必要がある。

「事務局までわれわれが護送しよう」ダニーは言った。「それほどの重要人物なら、最高レベルの警護態勢を取るべきだ。違いますか？」

武官は決めかねている様子だった。人の視線を気にするかのように肩越しにチラッと目をやると、ダニーに向き直った。「特に目を引くような車ではないし」小声で伝える。「車列を組んで移動する。夜のこの時間帯だと、事務局まで二〇分くらいだ。むろん交通渋滞に巻き込まれなければの話だが。それ以上長引くと、弁護士がうるさくなるぞ」

ダニーは鼻を鳴らした。「手早く済ませるつもりだ」

貨物積載口からレンジローバーがバックで出てきた。ダニーは武官に背を向けると、隊員たちに告げた。

「これからヌントガを護送する。二〇分で事情を聞きだすんだ。そのタイムリミットを過ぎると、弁護士に邪魔される。リプリー、おまえとおれは、ヌントガを挟んで後ろに座る。トニーは助手席。運転は、ラゴスの町をよく知っているケイトリンに任せる」そのケイトリンの表情が暗くなった。運転手役を歓迎していないのは明らかだが、何も言わなかった。

ダニーはヘリコプターに目をやった。すでに着陸していたが、ローターは回転を続けていた。ヘリから降り立った三人組は、下向きの強風に押さえつけられる格好で歩き出した。「さあ行くぞ」ダニーは命じた。「ナイジェリア政府にかくまわれないうちに身柄を確保するんだ」

四人の隊員はレンジローバーに駆け寄った。数秒後、ダニーたちを乗せた車はヘリコプターめざして急発進した。ケイトリンの運転は見事だった。三人組に近づくと、ハンドブレーキを利かせながら九〇度ターンして車を急停止させた。ダニーはすぐさまドアを開けて飛び降りた。リプリーも反対側のドアから後に続く。ヘリコプターから一五メートルしか離れていないので、ローターの轟音が凄《すさ》まじかった。「ミスター・ヌントガは？」ダニーは大声で呼びかけた。

三人のうちの一人が進み出た。ビジネススーツを着ていたが、薄汚れてしわだらけだった。肥満体で、髪を短く刈り込み、額に玉のような汗を浮かべている。男は微笑んだ。その歯は黒い肌に比べて不自然なほど白く、金冠をかぶせた歯が一本だけあった。気に食わない笑顔だ。ダニーはそう思った。笑みを漏らすような状況ではあるまい。しかし、そんな思いはおくびにも出さなかった。「英国情報部の者です！」ダニーは大声で告げた。「高等弁務官事務局まで、あなたの護衛にあたります。こちらへどうぞ」

ヌントガの同行者はためらいの色を浮かべた。明らかに気の進まない様子だったが、ヌントガはきつい口調でダニーには理解できない地元の言葉を一言浴びせて、連れの二人を振り払った。ダニーはすかさず相手の肘をやんわりつかむと、うやうやしく後部座席へ案内した。ヌントガはそのまますんなり車に乗り込んだ。ダニーとリプリーはその両脇に腰掛けるとドアをバタンと閉めた。ぷんとアルコールの臭《にお》いがした。どうやらこの男は酒をチビチビやりながら息抜きをしていたらしい。

ケイトリンはバックしながら車をUターンさせると、武官のベンツのところまで引き返し、そのすぐ後ろに停車した。ベンツのそばに立っていた武官がレンジローバーに歩み寄ってきた。おもむろにダニー側のウインドーを覗き込み、ヌントガが同乗していることを確認すると、ダニーに意味ありげな視線を向けてから、自分の車に戻っていった。

三台の車がC17のかたわらを離れて走り出した。青い警告灯を点滅させていたセダンが先頭である。滑走路を迂回《うかい》して飛行場を横断、メインターミナルビルの側面に向かった。もちろん入国審査は免除される。ゲートの警備に当たっていた重武装のナイジェリア軍兵士が手を振って通過させてくれた。

ヌントガはずっとにやにやしていた。正面を向いたまま、にこりともしない四人の護衛に不審を抱く様子もない。「まただ！」ヌントガはナイジェリアなまりのきつい英語で大仰《おおぎょう》に言い立てた。「また拉致されちまった！」

ダニーは相手に顔を向けた。「実際には、ミスター・ヌントガ、あなたは誘拐されなかったのでは？」

たちまちヌントガの顔から笑みが消えた。「無礼な口をきくな！」そして前かがみになると、トニーの肩を叩いた。「おい、おまえ！　窓を開けろ」

トニーは軽蔑のこもった視線を向けると、そのまま正面に向き直った。

ヌントガは拳《こぶし》《ランプ》を丸めた。「わたしが何者かわかっているのか？」

瞬く間に傾斜路《ランプ》を駆け上がった車は、高架幹線道路に出た。眼下におびただしい数のトタン屋根が見えた。ダニーは速度計に目をやった。現在、およそ時速八〇キロ。これだけスピードが出ていたら飛び降りることはまず無理だろう。トニーは前かがみになるとダッシュボードのボタンを押した。セントラルロッキングが作動して、すべてのドアがロックされた。

ヌントガは顔をしかめた。「何をしている？　おまえたちは何者だ？　わたしのことを知らないのか？」

「知ってるよ」ダニーはホルスターからシグを引き抜くと、給弾してから、銃口をヌントガの股間に押し当てた。「本当のことを言わないと、この銃でキンタマを吹き飛ばされることになる男だ」

ヌントガは銃を見下ろした。憤怒《ふんぬ》と驚愕《きょうがく》のこもった目つきだ。そしてダニーの顔を振り返ると、また股間に視線を落とした。

ヌントガはだしぬけに笑い出した。

「これは面白い！」ヌントガは侮蔑の色もあらわに吐き捨てるように言った。「正気か、おまえ！　わたしのせがれ《ハウザ》を吹き飛ばしておいて、高等弁務官事務局へ連れて行けるわけないだろ？」

ダニーは思わずカッとなった。空いている手でヌントガのだぶついた首筋を鷲摑みにすると、ぐいぐい締め上げた。頸部《けいぶ》の脈拍が一気に速まった。「よく聞け、クズ野郎」ダニーは声を荒げた。「よほどのツキに恵まれないかぎり事務局へはたどり着けないぞ。これからスラムに連れて行って腹に一発撃ち込んで、野犬の餌《えさ》にしてやろうか。洗いざらい吐け。さもないと……」

ヌントガはダニーの脅し文句を最後まで聞くことができなかった。ケイトリンがいきなり右にカーブを切ったからだ。全員の身体が右へ傾いた。運悪く銃が暴発していたらヌントガのせがれも無事には済まなかっただろう。「いったい何をやってるんだ？」ダニーは怒声を上げた。

「銃をしまって」ケイトリンは言った。「ヌントガの言うとおりよ。そいつに手出しはできないわ」

車は滑りやすくなっている路面で半円を描くようにカーブを切った。

「ふざけるな。絶対に……」

「あの輸送機の中で名案があったら教えろって言ったでしょ」ケイトリンはダニーの反論をさえぎった。「それを思いついたの」

ダニーはウインドーの外に目をやった。ほかの二台はどこにも見当たらなかった。前方は車の海だ。腐敗臭が鼻を突いた。ケイトリンはアクセルを踏みつけると、左へ急カーブを切り、暗いわき道へ走り込んだ。

「おい、どこへ行くつもりだ？」トニーが問いただした。その声は緊張していた。ダニーも同じ気分だった。何をしでかすかわからないやつにハンドルを握らせるのではなかった。

ケイトリンは答えなかった。ダニーとリプリーは不安げに視線を交わした。目的地に到着して一〇分も経《た》たないうちに、取り返しのつかないヘマをやらかしそうな雲行きになってきた。しかしケイトリンの思惑が何であれ、ヌントガには効果があった。

もはや笑う余裕などなく、想定外の事態にただおろおろするばかりだ。ダニーは腹をくくった。このまま成り行きに任せよう。

ケイトリンは地元民さながらにラゴスの裏道を知り尽くしていた。歩行者を見かけてもスピードを緩めることなく、数え切れないほど車を追い越した。数分後、右へ急カーブを切り、にぎやかな通りに出た。街路樹に縁取られた広い道路である。車は歩道に半ば乗り上げる格好で急停止した。派手なシャツを着た男たちが怒りもあらわに罵声《ばせい》を浴びせてきた。しかし左手にチラッと目をやって現在地を再認識すると、そそくさと立ち去った。クラクションがけたたましく鳴り響く中、歩行者の大群が悠然と道路を横切ってゆく。まるで歩道でもぶらつくかのように。車の外からアフロビートの利いた音楽が聞こえてきた。通りの向かい側に目をやると、いまにも倒れそうな古ぼけた店舗があり、夜遅いというのに果物やウォーターボトルを販売していた。車のすぐそばに建っているのは、鉄筋コンクリート製の大きな建物だった。四階建ての多目的ビルで、少なく見積もっても幅一〇〇メートル。どの窓にも煌々《こうこう》と明かりが灯《とも》っていた。心なしか、このビルに差し掛かると歩行者はいずれも足を速めるように感じられた。

「ここがどこか知っているでしょ、ヌントガ？」ケイトリンは正面を向いたまま質問した。

ヌントガはうなずいた。「もちろん」

「どこ？」

ダニーの銃でわき腹をつつかれたヌントガはしぶしぶ口を開いた。「警察本部」

「正解。誘拐された人には十代の娘がいるのよ、知ってた？」

ヌントガはせわしなく瞬きしたが、何も言わなかった。

「警察本部長にも娘がいるわ。両方の娘は同い年で、大の仲良し」

ダニーは凄みのある笑みを浮かべた。これで先が読めてきた。バックミラーにトニーの表情が映っていた。同じく感心したような顔つきである。ケイトリンの能力に対する不安が徐々に薄れつつあった。

車内の雰囲気は一変した。ケイトリンは振り返ってヌントガを見据えた。通過車両のヘッドライトに照らされたその表情は、おそろしく険しいものだった。

「知り合いに男が一人いたわ」ケイトリンは話を続けた。「重要人物だった。あんたなんかよりずっと大物。ところが、下っ端《ぱ》の警官に賄賂《わいろ》を手渡すのを拒否したために、ここに放り込まれることになった。なんとか面会に行くと、もう自分の足で歩けなくなってたわ」そう言いながら目を細める。「このビルの地下で何がおこなわれているか、ラゴスの住民なら誰でも知ってるのよ、ヌントガ。よほどツキに恵まれないかぎり、いったん地下に降ろされた人間が外に出てくることはない。あんたもわたしもよく知っているように、ナイジェリアの役所の中でいちばん腐敗しているのは警察だからね。あんたには選択肢が二つある。高等弁務官の行き先を漏らす見返りに賄賂をくれた相手の正体をわれわれに教える。そうすれば、そのカネを持って、今夜中に帰宅できる。罪に問われることもないわ。もしくは、警察本部長に引き渡した上で、こっそり数千ナイラ（ナイジェリアの通貨単位）ばかり進呈して、あんたが死ぬまで痛めつけられるのを見学させてもらう。誤解しないでね。わたしだって、この手で、あんたのキンタマを吹き飛ばしてやりたい。でもね、ここの地下には専門家がそろっているんだから、わざわざ自分の手を汚すまでもないでしょ？」

ヌントガの顔に汗が噴き出した。片手でその汗を拭う。「なんの話かさっぱりわからない」ささやくような声で答えた。

「あらそう？　じゃあいいわ」ケイトリンは上着に手を入れてノキア製の旧式携帯電話を引っ張り出した。ダイヤルボタンを数回押すと、画面に名前が表示された。その画面をヌントガに顔面に突きつける。「この名前、知ってるでしょ？」

ヌントガはうなずいた。

「この携帯には警察本部長室の番号が登録してあるの。言い忘れたけど、彼はわたしの友人」ケイトリンが別のボタンを押すと、車内に呼び出し音が鳴り響いた。

女の声が応答した。「もしもし、警察本部長室ですが」

ケイトリンは小首を傾《かし》げた。「このまま本部長につないでもらう？　それとも電話を切る？」

間があった。

「もしもし？　どちら様でしょうか？」

「切ってくれ」ヌントガがうめくように言った。

ケイトリンは電話を切った。「じゃあ教えて」

ヌントガは汗だくになっていた。「知らなかったんだ……」つぶやくように言う。「あんなことになるなんて……」

「ふざけるな」ダニーはケイトリンの芝居に乗ることにした。ドアを開けて、ヌントガの肘をつかむ。「もう一度電話しろ。これから連れて行くやつがいるって……」

「なんだって？」ヌントガは絞め殺されるような声を上げた。「待ってくれ」文字どおり恐怖におののいていた。

ダニーはドアをバタンと閉めた。「相手の名を教えろ。いますぐ」

ヌントガは張り裂けんばかりに目を見開いた。そしてごくりと唾を飲み込むと、まずダニーに目をやってから、ケイトリンに視線を移し、最後に警察本部ビルを見上げた。

ようやく口を開いたものの、蚊《か》の鳴くような声を絞り出すのがやっとだった。

「ボコ・ハラム」ヌントガはそう答えた。

第3章　ボコ・ハラム

「それだけじゃダメだ」ダニーは言った。「人名か地名を教えろ——もっと具体的に……」

「知ってるのはそれだけだ」ヌントガは答えた。その声はしゃがれ、顔は汗まみれだった。

ダニーはドアを開けると、ふたたびナイジェリア人を引きずり出そうとした。

「待て！」ヌントガはしゃがれ声で言った。「待ってくれ！」

「一〇秒以内に役に立つ情報を教えろ」

「たしかチクンダのことを話していた」ヌントガはかすれ声で答えた。「誘拐された二人はそこへ連れて行かれたんだと思う」

「チクンダってどこだ？」ダニーは問いただした。

「アブジャのずっと北。かなり遠い」

「おまえ、いくらもらった？」

ヌントガは黙り込んだ。ダニーはふたたびシグを抜くと、相手の左目の下に銃口を押し当てた。「いくらもらったんだ！」

「五万ドル」ヌントガは泣きそうな声で答えた。

リプリーが小さく口笛を吹いた。「ナイジェリアの民兵ごときにそんな支払い能力があるとはな」トニーは言った。

「おそらく活動資金を援助しているやつがいるんだろ」ダニーはそう言うとケイトリンに合図した。「高等弁務官事務局へ行って、このクズ野郎を弁護士に引き渡そう」

「頼む」ヌントガはささやくような声で言った。「早く弁護士に……」

ケイトリンは車を出すと、すぐまた裏道へ入った。車が走り出すと同時に、大粒の雨だれがフロントガラスを叩きはじめた。その雨は三〇秒もしないうちに猛烈なスコールとなり、ワイパーも役に立たない状態におちいった。ルーフを叩く雨音で話し声も聞こえない。

ダニーは知り得たばかりの情報を分析した。ボコ・ハラムはナイジェリア北部を拠点に活動するイスラム過激派集団である。多数の女子学生を誘拐したことで知られている。たいていローリスクで宣伝効果の高い標的を狙う。大量虐殺もお手の物で、平気で村人を皆殺しにする。その犠牲者は数千にのぼる。そうした活動歴から見ると、今回の高等弁務官誘拐事件はかなり異質だ。潤沢《じゅんたく》な資金を手にした分派が引き起こした突発的なテロ事件ではないのか。だとすれば危険度はぐんとアップする。

英国高等弁務官事務局は湾岸の島嶼《とうしょ》部にあるので、対岸の本土から橋を二つ渡らなくてはならない。ダニーたちの車は一〇分後に到着した。事務局は広い道路のすぐそばにあった。周辺に植えられた椰子《やし》の木が強風に揺れている。エントランスの向かい側にカメラマンたちの姿が見えた。高等弁務官が行方不明になったという情報が早くも漏洩《ろうえい》したらしい。ダニーは本能的に片手で顔を隠した。ほかの隊員たちもそれにならった。

左へカーブを切り、開けっ放しのゲートを走り抜ける。二台の車は先着しており、煉瓦《れんが》造りの殺風景な建物の前に駐車していた。薄くなった髪の毛を鷲掴みにしながら雨の中に突っ立っている武官の姿が見えた。ダニーたちの車が近づくと、不安げな顔に怒りの色が浮かんだ。

レンジローバーのドアが一斉に開いた。隊員たちはすぐさま降り立った。ダニーはヌントガの腕をしっかりつかんでいた。武官がダニーたちに悪態を浴びせるべく口を開きかけたとたん、邪魔が入った。ヌントガより年配で、白髪を短く刈り込んだ細身のナイジェリア人が事務局のエントランスから飛び出してきたのだ。「わたしのクライアントをどうするつもりだ？」年配のナイジェリア人は憤然とした表情でわめきたてた。「ただちに解放しろ」

「ほら、受け取りな」ダニーはヌントガを弁護士の方へ押しやった。水たまりに足を取られてよろめいたヌントガは、うなだれながら年配の弁護士の元に急いで歩み寄った。二人はそろって建物の中に姿を消した。

武官はダニーを振り返った。「いったい何を考えて……」

「相談がある」ダニーは相手の発言をさえぎった。「いますぐ。盗聴の恐れがない部屋を用意してくれ」

武官はダニーを睨みつけたが、すぐに疲れた表情で顎をしゃくった。「こっちだ」


そこは事務局の二階にあるごくふつうの会議室だった。灰色のカーペットタイルを敷き詰めた床、ぞんざいにペンキを塗りつけた壁、むき出しの照明器具、学校で使われているようなプラスチック製の椅子。エアコンがうるさく音を立てながら作動しており、いくらか湿度を下げていた。一方の壁に大判のナイジェリア全図が貼ってあった。ダニーは室内をざっと見回した。盗聴器らしきものは見当たらない。ただ、照明器具の内部や天井パネルの上まで調べる時間はなかった。「ここなら自由に話せるんだな?」ダニーは武官に確かめた。

「わたしの知るかぎり問題ない」マロニー武官は答えた。

「ボコ・ハラムについて教えてくれ」

「あいつらはケダモノだ」

「それに言うまでもないが、テロリストだ。まだ聞きたいか?」武官は説明を続けた。

「スンニ派のイスラム原理主義者。ボコ・ハラムというのはナイジェリア北部のハウザ語で〈西洋の教育は罪悪〉という意味だ。イスラム法《シャリア》の徹底、女性の隷属化を進めており、飲酒と音楽鑑賞に興じる者は即座に殺す。やっていることはタリバンと同じだよ。誘拐された女子学生たちがいるだろ？　どうなったか知りたいか？　民兵の女房として一人一二ドルで売りに出されている。これがイスラム化の実態だ。この五年で五千の民間人を虐殺し、百万近くを難民化させた。ほかに知りたいことは？　こいつらは正真正銘のサイコ野郎だ」

ダニーは相手をじっと見つめた。「そんな連中に高等弁務官と補佐官が捕まっているんだ」

マロニー武官は青ざめると、鼻梁《びりょう》をつまみながら言った。「いまごろ切り刻まれているな」

「そんなことはない。いまならまだ救出可能だ。最初から殺すつもりなら、誘拐現場で仕留めているはずだ。狙いは身代金か、さらし者にするためだろう——おそらく後者の可能性が高い。処刑動画を撮《と》って、ネットに流すといういつものパターンだ。事態は急を要する。二人はチクンダという北部の村に連れ去られたものと思われる」

マロニーは武官らしく、すぐさま気を取り直した。「それなら辻褄《つじつま》が合う」考えをまとめてから説明を始めた。「ボコ・ハラムは従来、北東部を根城に活動していた。

とりわけサンビサ密林周辺のエリアで。ところが最近、ニジェール国境に沿って西へ動きはじめた。小規模な村落を片っ端から襲って、住民を皆殺しにした上で、自分たちの拠点に変えているのだ。チクンダもそうした村の一つだよ。人口二百ほどの小さな集落で、一週間ほど前にボコ・ハラムに襲撃されたという報道を耳にしなければ、そんな村のことなど知りもしなかっただろう。目撃情報によれば、家屋はほとんど焼き払われたらしい。村民の大半は殺されるか追い出された。いまも人が残っているとすれば、すべてボコ・ハラムの民兵と考えていい」

「できるだけ早くその村に行く必要がある」

「ナイジェリア軍に有力なコネがある。電話をかけさせてくれ。すぐにヘリと飛行要員を手配しよう」

「ちょっと待った」ダニーは言った。「ナイジェリア軍がボコ・ハラムの拠点だと知ったらどうなる？」

　武官の顔に影がよぎった。「通常は何もしない」マロリーは説明した。「政府軍は最低の状態だ。歴代の大臣が国防予算を自分の懐に入れていたからな。ボコ・ハラムの方がずっと装備もよくて、士気も高い。そんな相手に戦いを挑んでも、返り討《う》ちにされるのが関の山だ。それに両方とも人権意識などカケラも持ち合わせていない。装備面で劣る政府軍は地上戦を回避して、空爆に持ち込む公算が大きい。ありったけの爆弾を落とすんだ。民間人の犠牲なんか歯牙にもかけない」

「人質の安全も？」

マロリー武官はちょっと考えてから首を振った。「わが政府《ホワイトホール》に支援を要請しよう。外務省からナイジェリア政府に掛け合ってもらって、空爆を二四時間先延ばしにするんだ」

「それはまずい」ダニーはすかさず反論した。「ヌントガはボコ・ハラムに買収されていた。連中、活動資金には事欠かないと見える。他にもカネをもらっている政府の役人や軍人がいる可能性がある。どこまで腐敗しているか見定めようがないだろう。したがって現段階では、いまの話は極秘にしておく必要がある。人質を連れて国を縦断しているボコ・ハラムの連中だって難渋しているに違いない。人質は間違いなく足手まといになるからな。もし追っ手がかかったという情報がそいつらの耳に届くと、人質はたちまち始末されてしまう」

「われわれに残された時間は？」

ダニーはナイジェリア全図に歩み寄ると、武官が後に続いた。「チクンダの位置は？」

「わたしの記憶によれば」武官はそう言いながら地図の一点を指差した。「このあたりだな」それは北西部の一角、ニジェール国境から南へ一〇〇キロほど行った地点だった。

「誘拐現場はここだ」ダニーはポート・ハーコートの西を指差した。「ケイトリン、この間の地形は？」

ケイトリンも地図に歩み寄ってきた。「道路はよく整備されているわ」地図を見つめながら答える。「おそらく首都アブジャを迂回して警察の検問をすり抜けるはず――たとえ停められてもカネをつかませれば問題ないけど――車で一五時間といったところね。それもかなり速度を上げて」

「人質を連れているから時間はもっとかかるだろう」ダニーは言った。「おそらく別々の車に乗せているはずだ。つまり車列を組んでいる。そうなると必然的に足が遅くなる。それに目立ちたくないだろうから、速度は抑え気味にせざるを得ない」

ダニーは窓の外に目をやった。依然としてスコールが続いていた。「この悪天の影響をもろに受けるのはどちらかな？　連中か、おれたちか」

「おそらく連中」ケイトリンと武官が異口同音に答えた。

「人質に大雨……これで一〇時間は余分にかかるとすると、合わせて二四時間といったところか。誘拐発生時刻は？」

「午前一一時半頃だ」武官が答えた。

「つまり、連中の現地到着は明日の午前一一時半ということになる」ダニーは腕時計をチェックした。二二三五時。「そこから逆算すると、おれたちに残された時間は一三時間弱」

ケイトリンはふっと吐息を漏らした。「ちょっときついわね」

「何か必要なものは？」マロニーが尋ねた。

「ここからチクンダまでの詳細な道路地図が欲しい。それと現地の最新情報」

「さっそく用意させよう。占拠後に撮影したチクンダ周辺の衛星写真もあるはずだ」

「そいつは助かる。よろしく頼む」

「武器とか通信機器は？」

「必要な装備は持ってきた。ただ、現地通貨があると助かる。小額紙幣をたくさん。そんなに大金はいらない——どっさりあるように見えるだけでいい」

武官はうなずいただけで、余計な質問はしなかった。

「ヌントガをできるだけ引き止めておいてくれ」ダニーは言った。「おそらく出国の手助けを求めてくるだろう。言うとおりにしてやってくれ。ただし、あいつの電話交信をモニターして空港まで付き添うこと。われわれの存在をボコ・ハラム側には知られたくないからな、絶対に。あいつ自身もカネを持ってボコ・ハラムの手の届かないところへ逃げたいはずだ」

「後味はよくないな」マロニーは言った。

「人質の頭に弾をぶち込まれるよりマシさ。もっとも、ヌントガはそれを願っているかもしれないが。ただボコ・ハラムだって、これだけ利用価値のある人質をそうやすやすとは殺さないだろう」

「斬首を録画するまでは？」マロニーは力なく尋ねた。

ダニーは肩をすくめた。「たぶん。ヘリフォードに連絡して、われわれの目的地を伝えておいてくれ。こちらの動きは無線機にはめ込まれたGPSチップで追跡できるはずだ。増援部隊を派遣してくると思うが、その到着を待っている余裕はない。誘拐現場の周辺付近をナイジェリア軍に封鎖させてくれ。チクンダの線がはずれだったら、いまもニジェール川デルタ地帯に潜伏していることになる。可能なかぎり封じ込めておいてほしい。間違ってもマスコミには情報を漏らさないこと。ボコ・ハラム側に知られたら、ことを急ぐ恐れがある」ダニーは隊員たちに向き直った。「いいか？」

しかし、うなずいたのは二人だけで、残る一人は顔をしかめた。「おまえの判断は間違っていると思う」トニーは反論した。「北の果てまで追跡する根拠はヌントガの証言だけだろ。信頼に足る情報とは言えまい」

「そのとおりだ」ダニーは即答した。「しかし、いまはそれしか情報がない。出発の準備をしろ」

「ちょっと待ってくれ」マロニー武官は言った。額に手を当てている。目前の状況が信じられないといった顔つきだ。「たった四人で、ボコ・ハラムに対抗するつもりか。政府軍を上回る装備を持ち、一万人近くもいるというのに。ベルギーの面積に相当するエリアを支配している連中だぞ」

ダニーは穏やかな表情で相手を見つめた。「五分以内に地図と現地の衛星写真を用意してくれ。それ以上は待てない」

第4章　テロ対策秘密会議

ロンドン　ＭＩ６本部　〇〇〇〇時

こんな真夜中にＭＩ６本部の会議テーブルを情報部員たちが囲んでいる場合、いい知らせが聞けることはめったにない。ましてＳＩＳ（ＭＩ６の別称）長官まで顔を見せているとなると、間違いなく深刻な事態が出来《しゅったい》している。

もっとも、今日はよくない知らせが次から次に飛び込んでくる厄日ではあったが。

サー・コリン・セルドンは長い会議テーブルの端に腰掛けていた。ここはテムズ川を見下ろす、ごくありふれた会議室だった。ＳＩＳ長官は重圧にさらされて疲れきった顔をしていた。無理もない。重大事件が起きるとその兆候を見逃した責任を問われるのは、決まって情報部なのだ。一二時間前にナイジェリアで発生した高等弁務官拉致事件も例外ではない。首相は二〇分ごとに電話をかけてきて最新情報を求めた。涙をこぼす高等弁務官の妻には、ご主人を必ず見つけ出すと約束し、拉致情報を外へ漏らさぬよう、やんわりと釘を刺した。このやり取りにどれほど神経をすり減らしたことか。内心、高等弁務官の大馬鹿野郎には辟易《へきえき》していた。ろくな護衛も付けずにニジェール川のデルタ地帯にのこのこ視察に出かけるなんて正気の沙汰ではない。特殊部隊指揮官ともさんざんやり合ったが——四人編成のパトロール隊一個だけでなく、もっと派遣要員を増やせと何度も掛け合ったのだ——不首尾に終わった。一概に相手を責めることはできない。レジメントと特殊船艇部隊《SBS》の運用状況は限界に近く、さすがに公言はしないものの、誰もが死亡確実と見なしている人質の探索に貴重な人員を割くのは無意味だった。

そこに新たな問題が持ち上がったのだ。

サー・コリン・セルドン長官は会議テーブルを見回した。すぐ左にいるのは電動車椅子に腰掛けた顎ひげの濃い男で、赤いヘッドレストに頭をもたせ掛けている。ダニエル・ビクスビーがその頭を起こすことはめったにないが、セルドン長官がもっとも信頼する中東情報専門の分析官であった。ビクスビーの四人の部下がテーブルの片側を占めていた。テーブルのもう一方の端に腰掛けているのはテッサ・ゴーマン外相である。彼女もまた疲れきった顔をしていた。その左横にヒューゴー・バッキンガムの姿があった。セルドンの概嘆《がいたん》をよそに、ここ数か月のあいだに異例の昇進を果たした情報部の幹部である。男前だし家柄も申し分ないバッキンガムは、アラビア語に堪能な情報部員だが、狡猾《こうかつ》で陰険な中傷家でもあった。トップの座を狙っているのは間違いないとセルドンは睨んでいる。問題は有力な後ろ盾《だて》がいることだ——CIAの覚えがめでたいようだし、テッサ・ゴーマンにはことのほか気に入られている。秘密情報部《ファーム》に身を置く者にとって、これほど心強い味方はいなかった。

それに、これは一目置かざるを得ないが、バッキンガムには危機的な状況をバラの香りのごとく嗅ぎわける特殊な能力があった。

そのバッキンガムの横には情報部員が三名腰掛けていた——名前は覚えていないが——男二名、女一名である。その女性職員が会議の記録を取っていた。向こう三〇年間公表されることのない議事録である。

「まず知りたいことがある」サー・コリン・セルドン長官は言った。「おそらく首相もそうだろう。これは確かな脅威なのか？」

「確かでない脅威なんてありませんよ、サー・コリン」ビクスビーは穏やかに答えた。それも頭を動かすことなく——実際には動かせないのだが——しゃべった。

長官は苛立たしげに目をつむった。「いい加減にしろ、ダニエル、こっちはへとへとなんだ。頼むから、簡潔に答えてくれ」

ビクスビーは頭の位置を少しだけずらした。「現在手元にあるのはこれだけです。あるネットの掲示板にアップされていた、この短文のメッセージが唯一の手がかりなんです。ご存知のように、ネットの掲示板は過激派がプロパガンダの喧伝《けんでん》に好んで使う媒体です。ＵＳＢにダウンロードされたメッセージは輸送業者の手によって地球上のどこかへ運ばれます。ネット接続可能なパソコンがあれば、世界のどこからでもこうしたメッセージを暗号化してアップできます。たとえ英政府通信本部《GCHQ》がそのパソコンのＩＰアドレスを突き止めたとしても、メッセージ作成者の所在まで突き止めることは不可能です。さらに頭が痛いのは、こうした過激な書き込みが膨大な数にのぼる中で、国防上の脅威になり得るのはそのごく一部だという点です。つまり、電子掲示板に書き込まれた数々の放言の中から真の脅威を見分ける必要があるのです」

長官は続けろとばかりに手を振った。

「本日は四月二〇日です」ビクスビー分析官は説明を続けた。「ロンドンマラソンまであと六日です。こうした大規模なイベントの前には、たいていテロの噂が流れます。先ほども申しましたように、その大半はガセネタでして、とくに気になる点がなければ、このメッセージもその一つとして見逃したかもしれません」ビクスビーの部下の一人がセルドン長官にプリントアウトを一枚手渡した。「それが問題のメッセージです。原文のままで、一字たりともいじったところはありません」

長官はすぐさま目を通した。たしかに短いメッセージである。

26／04．74：26－30．カリフ命令．Ｓ／Ｎ2121311．

「回覧しましょうか?」長官は会議テーブルを見回すようにして尋ねた。全員がうなずいた。「この〈26/04〉はマラソンの開催日だな?」

「そのとおりです、サー・コリン」ビクスビーは答えた。

長官と外相は視線を交わした。「中止は無理よ」ゴーマンは言った。「首相が認めないでしょう。弱腰に見えますからね」

「ボストンマラソンの爆弾テロの二の舞を演じるよりいいかもしれんが」長官はつぶやくように言った。「もちろんこんな意味不明の書き込み一つを根拠に中止するわけにはいかん」

「ちょっとよろしいですか」ヒューゴー・バッキンガムがふいに口を挟んだ。「わたしには自明のことのように思えるのですが」そう言いながら笑顔をそつなくビクスビー分析官に向けた。「テロリストだって馬鹿じゃありません。本気でテロを企んでいる連中なら完全に暗号化するのでは?」

「わたしも同感だわ」外相は言った。脅威の信憑性に疑問を呈する援軍が現われたことに安堵《あんど》した口ぶりだ。「こうした書き込みは大イベントの準備期間に付き物のありふれた……」

「わたしは違うと思います、サー・コリン」ビクスビーはすかさず反論した。身体の不自由な分析官は外相から睨みつけられたが、かまわず続けた。「暗号化されたメッセージはかえって目立つものです。その一方、こうしたメッセージは妄想じみた無数の書き込みの一つと見なされやすい。これをアップした人間は誰もがアクセスできる公開の掲示板にわざと重要情報を紛れ込ませたのです。われわれが懸念を覚える理由は、この一語にあります」そう言いながら、プリントアウトに印字された〈カリフ〉という単語を指差した。

「続けたまえ」長官は言った。

ヒューゴー・バッキンガムがだしぬけに咳払いをした。「よろしいでしょうか、長官」得意の薀蓄《うんちく》を披露したくて、うずうずしている口ぶりである。「もちろん〈カリフ〉という単語の意味はご存知でしょう。歴史的に見れば、カリフとはカリフ制国家の首長のことです。そのカリフ制国家とは、イスラム法《シャリア》によって統治されたイスラム教国のことです。ISISをはじめとするイスラム過激派組織は、こうしたカリフ制国家の復権を目論《もくろ》んでおり、その指導者たちもカリフを自称しております。ですが、これは自分を大きく見せるための肩書きとして利用しているだけです。その実態は、ご承知のとおりで、中東のごく一部を支配している勢力に過ぎません。ですから──」

ビクスビーが柄にもなく声を張りあげた。「サー・コリン、ここ三か月、まさにその肩書きを自称する過激な活動家についてチャットが相次いでおります。ところが当人に関する情報はほとんどなく、正体不明の状態でして、そのため警戒を強めておるところなのです」

「そのまま続けたまえ」長官は言った。「バッキンガム、二度と話の腰を折らんようにな！」

「ご配慮感謝します、サー・コリン」ビクスビーは少し時間をかけて考えをまとめた。「残念ながら、お話できることはあまりありません。S／N以下の数字は一種のシリアルナンバーと思われますが、ありとあらゆるデータベースに照会しても一致するものは見つかりませんでした。しかしながら、74：26－30についてはほぼ調べがつきました。これは〈コーラン〉の特定個所を示す番号です」ビクスビーは咳払いすると、その一節をそらんじてみせた。「わたしはあの者をヘルファイアに叩き込むであろう。そうすればヘルファイアがいかなるものか、そなたたちにもわかるであろう。あれを乗り切れるものはおらず、何もかも烏有《うゆう》に帰すことになる。人々の肌は黒ずむのだ」

会議室は静まり返った。

「いったいどういう意味なのかね？」長官がようやく口を開いた。「ヘルファイアというミサイルがあるだろう？　あれと関連があるのかね？」

「さあ、どうでしょうか」ビクスビーは自信なさそうだ。もう一度咳払いした。「実際のところ、この自称カリフについてはほとんど何もわかっておりません。実在の人物であることは確かですが、シリアとイラクで情報を探らせてみても、ことごとく暗礁《あんしょう》に乗り上げました。おそらくカタール人とみられます。それなら理にかなうのです。身元を隠しとおすには巨額の現金を必要としますが、カタールは石油産出国ですから大金持ちが多い。もちろん、それはサウジも同様です。両国の大富豪がアラビア半島の過激派組織に資金提供していることは周知の事実であります。ただ、この自称カリフについての数少ない情報はカタールからもたらされたものなのです。したがってさらなる探索は、かの地から始めるのがよろしいかと思われます」

ＭＩ６の長官はうなずくと、しばらく黙り込んだ。全員の視線がサー・コリン・セルドンに集まった。「現時点においてカタールの有力な情報源は？」セルドン長官は尋ねた。

ビクスビーは目の前に置いたマニラ紙のフォルダーを開くと、書類を一枚取り出した。長官はチラッと目をやった。伝統的な頭巾《ずきん》を着用したアラブ人男性の写真の下に、びっしりと印字された記録が続いている。「あらましを教えてくれ」セルドンは言った。

「その人物の名はアフメド・ビン・アリ・アルエッサです」ビクスビーは説明を始めた。「ＳＩＳにおけるコードネームはマードック。カタールの沖合に政府から認可された海洋油田を数個所有する石油王です。国内に膨大な数の従業員を抱えており、カタール政府と密接な関係にあります。その一方、わが国とも事実上の貿易協定を結んでおり、英国と良好な関係を維持したいと考えております。その結果、重要情報の提供者になってくれました——過去五年にわたって送られてきた情報はいずれも最高レベルの内容で、しかも正確でした。サー・コリン、まさにファームの友人と言っていいでしょう。彼の下で働く従業員たちに探りを入れたら、このカリフについて何かわかるかもしれません」

「さっそく実行したまえ」長官は命じた。

「事はそう簡単ではないのです」ビクスビーは言った。「アフメド・アルエッサは直接会って話がしたいと申しております。まあ、無理もないかと——カタール政府が彼の通信を盗聴していないとしたら、そちらの方が驚きですからね。したがって彼の協力を取り付けるためには、現地に男の連絡要員を派遣する必要があります」

「女性はダメなの?」外相が尋ねた。

「ええ」ビクスビーは即答した。「男性限定です。そういう社会ですから」

「アルエッサはいまどこに?」

「サウジアラビアのリヤドに出張中です」

「そんなに時間はないわよ、サー・コリン」外相はそっけない口調で言った。

「外務大臣、わざわざありがとう」長官は皮肉たっぷりに応答した。「過激派がロンドンに爆弾を落とす日時も教えてもらえると助かるんだがね」

ゴーマンが怒りの色をあらわにすると、テーブルを囲む情報部員たちは一斉に目を伏せた。長官は鼻梁をつまんだ。頭痛がした。考えることが多すぎた。今夜も睡眠を取れそうにない。決断を下すのに適した状態とは言えなかった。テーブルの右側に居並ぶ情報部員たちの顔を眺めているうちに、ヒューゴー・バッキンガムのところで目が留まった。

「リヤドはきみの赴任地だっただろう、バッキンガム？」たしかサウジ勤務を経験しているはずだと長官はおぼろげな記憶を頼りに尋ねた。

バッキンガムは仰天したらしく、一瞬言葉に詰まった。「ええ、サー・コリン」ようやく返答した。「そのとおりです。現地の大使館で数年を過ごしました」

「朝一番の便でリヤドへ飛べ。わが情報源と接触して、カリフについて何か知っていないか探れ」バッキンガムは明らかに気乗りしない表情だったが、長官はかまうことなく、残りの情報部員たちに向き直った。「このカリフがロンドンでテロを計画しているとすれば、どこかに協力者がいるはずだ。この半年間に報告された関連情報を残らず洗いなおせ。それで何も見つからなければ、さらに半年さかのぼって同じ作業をくりかえすんだ。ネットに何らかの痕跡が残っているはずだ。それから言うまでもないことだが、本件は極秘だ。家族や友人にも話してはならん。情報漏洩は公務員守秘義務法によって処罰される。パニックに対応する余力はない。いまこそ情報機関の総力をあげて治安の維持に当たるのだ。何か質問は？」

バッキンガムが咳払いをした。

「なんだ？」長官が尋ねた。

バッキンガムは不満そうな顔で何か言いたげだったが、結局うなずくだけに終わった。「なんでもありません、サー・コリン。質問はありません」

「よし、それではさっそく仕事にかかれ」

一斉に椅子を引く音が室内にこだまし、ビクスビーの電動車椅子がウィーンとモーター音を響かせながら戸口に向かった。そんなあわただしい雰囲気の中、外相が声をかけた。「ちょっといいかしら、サー・コリン」

長官はうなずくと戸口に目をやった。ヒューゴー・バッキンガムがぐずぐずしているので眉を吊り上げてみせた。バッキンガムがバツの悪そうな表情を浮かべながら立ち去ると、長官と外相だけになった。

「先ほどは憎まれ口を叩いてしまい申し訳ない」サー・コリン・セルドン長官は詫《わ》びた。「疲れがたまっているものでね」

「そんなことは気にしないで。問題はマラソンに対する脅威。やはり本物だと思う？」

長官はうなずいた。「ビクスビーはきわめて有能な男だよ。彼が判断を誤ったことは一度もない。テッサ、こうしたテロはいずれ起きる。わたし同様、きみもよく知っているだろ。ここ九か月のあいだに、テロ計画を最終段階で七件か八件食い止めた。今回もＩＳＩＳの狂信者どもが企んだテロかもしれないが、確かなことはわからない。最大の脅威は、ネットで過激思想に染まったり、シリアで訓練を受けた一匹狼《いっぴきおおかみ》型の狂信者が引き起こすテロだ。しかし犯人がどこからやって来るにせよ、テロは必ず起きる。もはや時間の問題だと言っていい」

「バッキンガムを派遣してくれてありがとう。彼は信頼に足る人物よ」

長官は鼻を鳴らしたが、何も言わなかった。

「それからナイジェリアの件だけど、首相はいたくご心痛の様子」ゴーマンは話を続けた。「できれば、いい知らせを伝えてほしいのよ、それも早急に」

「申し訳ないが、それは無理だよ、テッサ。あの高等弁務官がきみの友人だということも知っているが、ボコ・ハラムにさらわれた段階で、生還の確率はほぼゼロと言っていい」

「そうなると責任問題が発生するわね」ゴーマンが言った。「あなたか、わたしが、その責任を取らされることになる」

長官は大真面目《おおまじめ》な顔で告げた。「なに、責任を転嫁すればいいだけの話だ。すでにレジメントが現地入りしている。人質を見つけ損なえば、必然的に彼らの責任が問われることになる。ヘリフォードが公然と異議を申し立てることはあり得ない。非難の矢面に立たされるのも役目のうちだからな」

ゴーマンは思わず笑みを漏らした。「あなたがそう言うのなら、きっとそうなるんでしょうね」

第5章　道路検問

「念のために再確認しておくぞ」トニーは言った。「これから向かう先に人質がいるという確証はない。おまえもそう思うだろ、リプリー？」

雨は休むことなく降り続いていた。びしょ濡《ぬ》れになりながら車に乗り込むと、たちまち車内に湿気が立ち込めた。ケイトリンはすぐさま車を出した。頭上で雷鳴がとどろき、稲光が走った。その光に照らされて、むっつりと黙り込んだ四人の横顔が浮かび上がった。

助手席に腰掛けたダニーは詳細な地図を広げた。チクンダには黒のマーカーで丸印をつけておいた。トニーの不平は聞き流した。リプリーも同じようにしてくれたので内心ホッとしていた。予想したとおり、トニーの扱いに手を焼くようになってきた。所在情報の信頼性に問題があるのは確かだが、それしかないのだから仕方あるまい。

「ラゴスからA一号線を直進」

ケイトリンはうなずいた。「ええ、知ってるわ」

「そうした知識をどこで仕入れたんだ？」リプリーが後部座席から尋ねた。

「ここのオーストラリア大使館に二年ばかり勤務していたことがあるの」

「人生で最悪の二年間だったろ？」

「そんなことないわ。楽しかった」ケイトリンは少し間を置いた。「ナイジェリア人の夫がいたから」

「いた？」ダニーは確かめた。

ケイトリンはうなずいた。「警察は白人の妻を持った夫に言いがかりをつけてきたの。だから、警察本部ビルの地下で何がおこなわれているか知っているわけ。結局、夫は帰ってこなかった」ケイトリンは感情的にならず、淡々と事実を伝えた。ダニーはこの女兵士を見直しはじめていた。警察を憎んで当然だし――間違いなく憎んでいるに違いないが――そうした感情に流されることなく、警察をめぐる悪評をヌントガの口を割る梃子《てこ》に利用したのだから、じつに有能だ。冷徹だが、頼りになる存在であった。

「実際に警察本部長と知り合いなのか？」

「顔を合わせたことはないわ」

「なのにどうして電話番号を登録しているんだ？」

ケイトリンは正面を向いたまま答えた。「いつかそのうち、お話がしたいと思って登録しておいたの。夫への仕打ちについてね」

「その話し合いのテーマだが」リプリーがつぶやくように尋ねた。「そいつの顔を一発ぶん殴る程度でチャラにできるものなのか？」

返事はなく、会話はそのまま途切れた。

ラゴス中心部の道路は大渋滞していた。排気ガスがもうもうと立ち込め、クラクションがけたたましく鳴り響く。しかし道を知り尽くしているケイトリンは、二〇分もしないうちに混雑をきわめる市街地を抜け出した。ウインドー越しに、遠ざかってゆく街並みが見えた。明かりを灯した高層ビル群がひどくモダンに感じられる。市内に広がるスラム街はすっぽりと闇に包まれていた。人口の大半がいまにも倒れそうなバラックに暮らしているのに、その姿はまったく見えない。煌々と輝く高層ビル群のすぐ向こうに湾岸エリアがおぼろげに見えた――夜だし、これだけ雨がひどいので、はっきりそれと確認できたわけではない。沖合を航行する船舶の明かりで、そう判断しただけだ。ラゴスはにぎやかな港町である。その中心部から離れるにつれて、文明社会から遠ざかっていくような気がしてきた。

北へ向かう道路はひどいものだった。穴だらけといってよく、ケイトリンはその大半をどうにかかわしたものの、暗闇の中で完璧は期待できない。悪路を走り出して三〇分もしないうちに骨まで揺さぶられるような衝撃に見舞われた。リプリーも後部座席で目をつむって我慢しているに違いない。ダニーはそう思った。天気もひどかった。これはプラスとマイナスの両面がある。プラス面は交通量が激減したこと。対向車もほとんどなく、時折、おんぼろのトヨタ・コースターとすれ違うくらいだ。そのトヨタ車は白い車体がすっかり錆《さ》びつき、ルーフに荷物を高々と積み上げていた。もちろん荷物はびしょ濡れだ。のろのろ走行で前方をふさぎ、フロントガラスに水しぶきを浴びせてくる大型輸送トラックを何度か追い抜いたが、ほかに問題はなかった。お陰で、ラゴス北部の人口密集地帯も難なく通過できた。道路検問に立つはずの兵士たちが雨宿りをして持ち場を離れているのも助かった。道路の中央とわきにコンクリートブロックを積み上げたイラク方式のバリケードに差し掛かると、ケイトリンは速度を落としたが、検問に出てくる者はおらず、そのまま通り過ぎた。これも間違いなく悪天候のお陰だろう。

マイナス面は減速を余儀なくされたことだ、それもかなり。ケイトリンは時速一〇〇キロを維持しようと奮闘した。しかし二時間にわたって目標を下回る低速走行が続いた。雨はやむ気配がなかった——雨雲も彼らの後を追うように北進しているらしい。〇一〇〇時、ドライバーを交替させることにした。「車を停めろ」ダニーはケイトリンに命じた。レンジローバーが道路わきに停車すると、ダニーはリプリーを振り返った。「運転を頼む」

「おれが運転する」トニーはリプリーが動き出す前にドアを開けると、一方的に告げた。「こんなところで野垂《のた》れ死にするのはゴメンだからな」

険しい表情を浮かべたリプリーをよそに、トニーとケイトリンは車体後部を回って交替した。「気にするな」ダニーはささやくように声をかけたが、リプリーは不快そうな顔つきのまま押し黙っていた。

ハンドルを握ったトニーはいちだんと速度を上げた。運転はケイトリンよりずっとうまい。楽々と時速一一〇キロをオーバーし、そのスピードを二時間ずっと維持した。一方、ケイトリンはぐっすり寝込んでいた。トニーは肩越しに眠っていることを確認すると、ささやくような声で尋ねてきた。「彼女をどう思う？」

「自分自身をきっちりコントロールできるタイプだな」ダニーは答えた。鼻の頭に汗を浮かべ唇を開き気味にして見つめられたときのことを思い出した。それからクララのことをふと思った。

「たしかに」トニーは鼻を鳴らした。「血も涙もねえアマだが、美人には違いねえ。そのうちモノにしてやるぜ」チラッとダニーに目をやる。「おめえが手を出さないうちにな」

ダニーは前方の道路から目を離さなかった。

ニジェール川を横切る地点に達する頃には、もう〇三〇〇時になっていた。到達目標距離を七五キロも下回っているが、ほかに手はない。このまま進むしかなかった。

「そろそろ燃料を補給しないと」トニーが言った。ちょうどオッダという小さな町の北端まで来ていた。ダニーがうなずくと、トニーは道路ぎわの大きな水たまりのかたわらに車を停めた。ダニーはすぐさま車から降り立った。道路ぎわから一〇メートルほど離れたところでトヨタ・コースターがひっくり返っていた。おそらく横転したまま、ずっと放置されているのだろう。トランクから予備タンクの一つを取り出して、貴重な燃料を慎重に注ぎ込む。道路の反対側にも車の残骸があった。おそらくセダンタイプの乗用車だろう。完膚《かんぷ》なきまでに破壊されていた。素晴らしきアフリカへようこそ。

満タンになるとダニーは運転席側に回り、ドアを開けた。「リプリーに交替する」トニーは何か言いたそうなそぶりを見せたが、ケイトリンに目をやったとたん気を変えたらしく、黙って車を降りてリプリーと交替した。

道路状態から見てパンクは避けられそうになかった。〇四三〇時、左の前輪から大きな破裂音が聞こえた。ちょうどアブジャのはずれまで来たときだった。「何やってんだよ!」トニーが後部座席から怒鳴った。タイヤ交換自体は、ハイリフト油圧ジャッキのお陰で一〇分とかからなかった。しかしスペアタイヤを使い切ったので、もう一度パンクさせたらアウトだ。「ちゃんと道路の上を走れよ」リプリーが車を出すとトニーが後ろから注文をつけた。

リプリーは明らかにトニーの言動に苛立っていた。ダニーはそんなカリカリした気分を少しでもやわらげてやろうと話しかけた。「子どもたちはいくつになった?」

リプリーはダニーをチラッと見た。任務中に家族のことを口にしてはならない――これは暗黙の了解である。とりわけフル装備で敵地を移動中に愛する者たちのことを思い出させるような言動は慎むべきなのだ。しかしリプリーはこわもてな風貌とは裏腹に、家族思いのよき父親であり、子どもたちのことになると人が変わったようにしゃべりだす。リプリーの顔がパッと明るくなった。「一一歳と九歳。上の子にスケートボードを買ってやったよ。ハーフパイプの大会にも連れて行った」そう言いながらバックミラーを覗き込んだ。ダニーも同じように目を向けた。トニーは目を閉じていた。「おれのことは心配するな」リプリーは言った。「あいつとは何とか折り合いをつけるから」

車は北に向かってひたすら走り続けた。

三〇分後に夜が明けた。夜明けとともに天候もいくらかよくなったが、今度は別の問題に直面することになった。一五分もしないうちに、一〇〇メートルほど前方に複数の人影が見えたのだ。「検問だ」ダニーの声は緊張していた。トニーとケイトリンがホルスターからハンドガンを引き抜いた。アサルトライフルを隠し持った白人の男女四名。武装していることがわかれば、間違いなく大騒ぎになる。

距離五〇メートル。検問中の車は一台も見当たらなかった。「敵は六名」ダニーは人数を勘定した。「うち三名は武装。ＡＫ47を所持」いずれも薄明かりで灰色に見える野戦服を身につけている。しかしアサルトライフルの一部には、けばけばしい色が塗ってあった。銃身を黄色く塗った兵士が一人、別の兵士は銃床を赤く塗っており、まるで子どものオモチャみたいに見える。

「おそらく正規軍よ」ケイトリンが小声で言った。

「いちばん手前にいる兵士から一〇メートルのところで停めてくれ」ダニーは命じた。

リプリーは徐々に速度を落とした。ダニーは反射的に距離を測った。黄色の銃身の兵士まで一〇メートル、その五メートル先に武装兵士が二名、さらにその一〇メートル先に残り三名。この三名は一塊《ひとかたまり》になってタバコを吹かしている。その火先が夜明けの薄明かりの中でホタルのように光って見えた。いずれも自信満々の顔つきで、色つきの武器さえ持っていれば無敵だとばかりに傲然たる物腰である。ダニーが一言発すれば、五秒もしないうちに全滅させられるのだが、そんな事態は想像もしていないらしい。

しかし死体を残すと詮索が始まる。追っ手に対処する時間的余裕はなかった。ダニーはケイトリンとトニーを振り返った。「買収できなかったら戦う」

「それだと手遅れになるんじゃないか」トニーは緊張した声で言った。ダニーは聞き流した。しかしトニーとケイトリンの二人はすでにウインドーを下げはじめていた。

いざとなったらいつでも銃撃できる構えだ。

「エンジンはかけたままにしておけ」ダニーは命じた。リプリーはうなずくとハンドルを握りしめた。いつでも車を出せるように。

ダニーは武官に用意してもらった分厚い札入れを取り出すと、紙幣を半分ほど引き抜いてから、車の外に降り立った。両掌《りょうて》をかざして札入れ以外に何も持っていないことを示すと、満面に笑みを浮かべた。

黄色い銃身のＡＫ47を持った兵士が警戒することなく近づいてきた。傲慢な表情を浮かべているが、その目はダニーの札入れにチラチラと向けられていた。

「よう」兵士は声をかけてきた。「白人がこんなところで何してるんだ？」

ダニーは歩きつづけた。「ニジェールへ行くところでね」大声で答える。

兵士は薄ら笑いを浮かべた。ニジェールなんかへ行けば間違いなくトラブルに巻き込まれると言わんばかりに。「男三人に女一人？　乱交パーティー《ギャングバン》でもやるつもりか？」

ダニーは満面の笑みを浮かべたまま答えた。「まあ、そんなところだ。ところで、あんたらの仕事は喉が渇くだろ。おれと立ち話なんかしてないでビールでも飲んだら？」

「ビールは値が張るんだよ」兵士は親指と人差し指をこすり合わせた。

ダニーは一メートルの距離まで近づいていた。「それなら、おれがおごるよ」兵士は返事をせず、札入れを意味ありげに見つめた。ダニーは紙幣の束を引き抜いた。「これしか持ち合わせがないけどね」

兵士は小馬鹿にしたように鼻をフンと鳴らしたが、唇をなめていた。これで関門は突破した。ダニーはそう思った。紙幣を手渡すと、兵士はさりげなくポケットに入れた。そして背を向けると、仲間の方に歩き出した。

「ちょっと！」ダニーは大声で尋ねた。「ここから北へ向かう道路はどんな状態？」

「道路に問題はない。泳ぐ覚悟さえあればな」兵士はそっけなく答えると、くすくす笑いながら仲間のところに戻っていった。

何があろうともダニーが武装した相手に背を向けることはない。たとえその相手を買収した直後であっても。ダニーは右手を上げた。レンジローバーがすぐさま横付けされ、ダニーはすばやく助手席に乗り込んだ。検問を通り抜けるとき、六名の兵士から睨みつけられた。黄色の銃身もチラッと目に入ったが、一分もしないうちに兵士たちの姿は見えなくなった。

〇六〇〇時、レンジローバーは幹線道路から離れた。チクンダに向かう道は分岐点から三一〇度の方角に伸びていた。地図上ではちゃんとした道路に見えるが、実際は草深い轍《わだち》に過ぎなかった。しかも時間が経つにつれて湿度が上昇しはじめた。いまにも雨が降り出しそうな雲行きになってきた。〇六三〇時、とうとう雨が降り出した。前よりひどいスコールで、ワイパーをフルスピードで動かしても、五メートル先が見えない。ダニーはフロントガラス越しに目を凝らした。前方に見えざる危険物や脅威がないかどうかを確かめるために……。

「ストップ！」ダニーは大声で命じた。

リプリーが急ブレーキをかけた。レンジローバーはそのまま横滑りした。リプリーは急ハンドルを切ってバランスを取り戻そうとしたが、一瞬右側の車輪が浮き上がった。その車輪がふたたび地面を踏みつけても、車はズルズルと動きつづけた。ダニーが直前に見つけた道路陥没にはまり込んだのだ。フロントガラスが泥水に突っ込み、前がまったく見えなくなると同時に、車の動きもがくんと止まった。

エンジンも急停止した。雨だれがルーフを叩く。「おい、なにやってんだ？」トニーが後部座席から怒鳴った。

ダニーはウインドーを下げた。一目で状況が見て取れた。陥没個所が水没しているのだ。そして川のように流れる濁流《だくりゅう》が道路を分断していた。陥没して出来た穴の深さは少なく見積もっても一メートル半。濁流の幅は五メートルくらいあり、誰かに引っ張り上げてもらわないかぎり、この窮地から抜け出せそうになかった。

ダニーはすぐさま腹を決めた。こうなったらウィンチが頼りだ。「なんとかウィンチを使えるようにするんだ！」ダニーは轟然たる雨音に負けないよう声を張りあげた。「おそらく近くの堤防が決壊したんだろう――この濁流はますますひどくなるぞ。リプリー、ハンドルを放すな。おまえたち二人は付いて来い」

水圧でドアを開けることができず、ウインドーから抜け出すしかなかった。ダニーはアサルトライフルをたすき掛けに吊るすと、銃身が濡れるのもかまわず、濁流のただ中に降り立った。穴の底に足が着くと、車体が数センチ動いた。

「急がないと！」ケイトリンが轟々と音を立てる激流に負けないよう声を張りあげた。すでに顔も髪もずぶ濡れだった。「車ごと流されてしまうわよ！」そう言っているうちに流れに足を取られて転倒した。しかし、すかさず腕を伸ばしてきたトニーに引き起こされた。ケイトリンは感謝を込めてうなずくと、激流に負けないよう足を踏ん張った。

ダニーは泥水を搔《か》き分けながら車体の前部に回り込んだ。濁流の水量増加に加え、もう一つ理由があって急いでいた。密林を流れる川が決壊したのだとすれば、大量の土砂だけでなく、ワニやカバなども押し流されてくる可能性があった。したがって一刻も早く抜け出す必要があったのだ。

フロント下部に固定されたウィンチは水没していた。ダニーは水の中で両手を伸ばすと、ウィンチケーブルの端に取り付けられたフックをつかんだ。そしてケーブルを引っ張り出しながら濁流を横切りはじめた。

ダニーはふいに足を止めた。豪雨の中から人影が現われたのだ。四人が並んで歩いてくる。距離二〇メートル。

ダニーは左右に目をやった。トニーとケイトリンが両わきを固めていた。二人はアサルトライフルを構えると、相手から狙い撃ちされないよう、やや前かがみになった。

車がまた動いた。それも一五センチ近く。このままだと、レンジローバーの車体はあと一分もしないうちに濁流に飲み込まれてしまうだろう。

四名の人影が立ち止まった。ダニーは濁流を掻き分けて前進した。「掩護しろ！」大声で命じる。「不用意な動きを見せたら、射殺しろ！」

ケーブルを引っ張りながら泥流を掻き分ける。用心深く一〇歩進んだところでようやく泥水から脱出できた。全身泥だらけだったが、激しい雨がたちまち洗い流してくれた。四人の動きを制するために片手でライフルを構えたが、近づくにつれてその姿かたちがはっきり見えてきた。全員アフリカ人。女二名、男一名、子ども一名。「動くな！」ダニーは大声で命じた。「その場でじっとしてろ。絶対に動くな！」

素早くあたりを見回す。道路の左側、八メートルばかり離れたところに丈夫そうな木が立っていた。そこまでウィンチケーブルを引っ張ってゆくと、木の幹にケーブルを回し、フックできっちり固定した。念のためにケーブルをグイッと引っ張ってみる。

問題なかったので、リプリーを振り返ると、両手の親指を上げてみせた。すぐさまウィーンという機械音が聞こえ、ケーブルがピンと張りつめた。レンジローバーは木の方に鼻先を向けると、濁流の中をゆっくり動き出した。

トニーとケイトリンは車の両わきに付き添っていた。前かがみになったまま四人に狙いをつけている。激しい雨が降りつづく中、ダニーはライフルの銃床を肩にしっかり押し当てながら四人に近づいた。両者の距離が一〇メートルを切った。四人は身動きすることなく、びしょ濡れになりながら、その場に突っ立っていた。女の一人は男の肩を抱いていた。その男は右腕を腹に押し当てている。骨折でもしたのだろうか。

さらに数歩近づくと、男の右手がないことに気づいた。

ダニーは後ろを振り返った。車は濁流を脱していたが、シャーシからおびただしい泥水が流れ出していた。ケイトリンはウィンチケーブルを木の幹から外し、トニーは——全身ずぶ濡れで髪の毛から水滴がしたたり落ちていた——銃を構えたまま四人に歩み寄った。「そこをどけ！」大声でそう命じたが、その最中に男がくずおれて地面に倒れた。男を抱えていた女は泣き出すと、子どもがダニーの元に駆け寄ってきた。銃など目に入らぬ様子で彼のシャツをつかんだ。

「助けて」子どもは叫んだ。「父ちゃんに薬を！　お願い！」

ダニーは銃口を下げた。トニーは警戒を緩めなかったが、ダニーは倒れた男に歩み寄ると、そのかたわらにしゃがんだ。

「どうしてそんなことに？」雨音に負けないよう声を張りあげて、男を介助している女に尋ねた。

「ボコ・ハラムだよ！」女はわめきたてた。「あいつらが村へやって来た」そう言いながら道路の彼方を指差した。「村人がたくさん殺された。わたしたちは逃げ出したけど、途中で捕まって、こうされたの」男の右手は手首のところから切断されていた。

ダニーは立ち上がった。車から出たリプリーが二メートル後方に立っていた。「ぐずぐずしている暇はないぞ」リプリーは言った。「それにその親父はもうダメだ」

ダニーはうなずいた。リプリーの言うとおりだ。「車に戻れ」ダニーは二人の男に言った。リプリーは小走りに戻っていったが、トニーはその場から動こうとしなかった。ケイトリンがエンジンを再始動させるべく奮闘していた。エンジンは数回咳き込むような音を立てた末、ようやく生き返った。リプリーはすでに後部座席に腰掛けていた。ダニーはトニーとともに車に向かったが、その後を追ってきた子どもにまたシャツをつかまれた。「お願い、ミスター、お薬をください。必要なんです」

ダニーは一瞬立ち止まった。情に流されるな。頭の中でそんな声がした。たとえ医薬品を与えても無駄になるだけだ。あの傷だと出血を止めたところで、いずれ感染症で死ぬことになる。しかし子どもは小さな手を放そうとしなかった。「お願い、ミスター」

ふとクララのことを思った。彼女なら間違いなく救いの手を差し伸べるだろう。

ダニーは顔面にしたたり落ちてくる雨だれを拭うと、レンジローバーの後部に回ってトランクを開けた。そして自分の荷物から小型の医療キットを取り出すと、殺菌済みの包帯を引き抜いた。

トニーがかたわらに歩み寄ってきた。「おまえ、何やってんだ？　これから必要になるかもしれねえのに」そう言いながら包帯を奪い返そうとしたが、ダニーはその手をはねのけた。「そんな包帯をやったところで、クソの役にも立たねえぞ」トニーは言った。「死にかけてるんだから」

「それでも家族の気持ちは安らぐだろう」

ダニーは車の前部に回ると、子どものそばにひざまずいて、包帯を手渡した。「ほら、これしかないんだよ」嘘をついた。視界の片隅にケイトリンの顔を捉《とら》えた。車の中からダニーをじっと見つめている。唇を半ば開き気味にしながら。

子どもは見開いた目に感謝の色を浮かべた。ダニーは、数メートル後方に立っている母親を肩越しに振り返った。「この近くで白人を見かけなかったか？」母親が戸惑いの表情を見せたので、ダニーは自分の手を指差した。「こんな白い肌をした男だ」

母親は左右に目をやると、不安げにうなずいた。

ダニーは立ち上がった。「ボコ・ハラムと一緒か?」ダニーはくりかえし尋ねた。

「その白人はボコ・ハラムと一緒だったのか?」

母親はふたたびうなずくと、指を二本立てた。「男二人」そう言いながら両手を持ち上げると、手首をくっつけた。「縛られてた」

ダニーは安堵を覚えた。トニーとチラッと視線を交わしてから、母親に歩み寄った。

「いつ?」ダニーは尋ねた。「何時間前?」

母親はじっと考えてから、指を三本立てた。「三時間」

「クソッ」ダニーは悪態をついた。つまり人質は〇九〇〇時にはチクンダに到着することになる――ダニーの予想よりずっと早かった。トニーと一緒に車に引き返そうとしたダニーは、今度は母親に腕をつかまれた。「あっちへ行っちゃダメ」血走った目を大きく見開きながら警告する。「あっちでは悪いことが……」

ダニーは母親の手を振り払うと、トニーの後を追うようにして車に乗り込んだ。

「さあ行こう」ダニーは命じた。ケイトリンはすぐさま車を出した。アフリカ人の家族は沿道に立って、走り出す車を粛然《しゅくぜん》と見送った。母親はダニーの目を捉えると首を振った。ダニーはその口の動きを読んだ。「悪いこと」

「医療品のストックをやるべきじゃなかった」トニーは後部座席でまだ文句を言っていた。

ダニーに悔いはなかった。「フルスピードで飛ばせ」ケイトリンに命じた。「三時間前に縛られた白人の男二人がこの道路を通った。チクンダ到着は〇九〇〇時と見ていい」バックミラーでトニーの表情を確かめる。自分の非を認める気配はなかった。ダニーの判断が正しかったことを認めたくないのだろう。

「これで少なくとも生存は確認できたわけね」ケイトリンが言った。

ダニーは首を振った。「それは違う。三時間前に生きていたことが確認できただけだ。チクンダで処刑する予定だとすれば、着いたらすぐにやるだろう。とても間に合わない」

「そいつは残念だな、ボス」トニーが嫌みたらしくつぶやいた。

ダニーはこの皮肉を聞き流したが、その代わりにハモンド少佐の警告が脳裏によみがえった。今回の任務が名誉挽回のラストチャンスだと思えと言われたのだ。

「迷彩服に着替える必要があるな」リプリーが言った。「これから内陸部に入り込むのに、この服じゃ目立ってしょうがない」

ダニーはうなずいた。「適当なところで着替えよう。いずれにしても、すでに敵地に入っているから、雨がやむと目立つことになる。あの家族は路上を歩いていてボコ・ハラムに捕まり、父親が手を切り落とされた。この先にも検問があると思った方がいい」

「それにしても人の身体を切り刻むのが好きな連中だな」リプリーが言った。「人質の首が無事なうちに、そのクソ野郎どもを始末できるといいんだが……」

これにはトニーも異論はなかった。

正面を向いて、五感を研ぎ澄ます。レンジローバーは猛スピードで豪雨の中を走り抜けた。

第6章　チクンダ村

北へ進むにつれて、荒れた道の両側がジャングルらしくなってきた。リプリーの言うとおりだ。早いところクレイ・プレシジョン製マルチカム迷彩服に着替える必要があった。〇八〇〇時、雨のやみ間を利用して着替えた。一番手はダニーである。レンジローバーの陰で濡れた私服をすばやく脱ぎ捨てた。そのあいだ、残る三人は銃を構えて半円状の防御態勢を取った。ケブラー製ヘルメットをかぶり、ブームマイクと受信用イヤホンを装着した。これで兵士だということは誰の目にも明らかになった。

ダニーが済むと、リプリーと持ち場を交替した。北に面して立ち、警戒を続ける。道は二〇メートルほど前方でカーブしており、その先は見通せない。雲間から太陽が顔を覗かせて気温が急上昇した。緑に覆われた大地から一斉に蒸気が立ち昇る。シューという音が聞こえるかのようだ。

あたりを見回しているうちに、あるものが目に留まった。目を細めて錯覚ではないことを確かめる。見間違いではない。一〇メートルほど先の道路ぎわに立つ木に人間の手が釘で打ちつけてあった。それも五本の指を広げた状態で。「検問を見つけたよ」ダニーはその手を指差した。

「どうしようもない外道どもだ」リプリーが言った。

「まだこの辺にいるかもしれねえ」トニーの声は緊張していた。

「そんなことはないだろう。あれは警告だ。北へ向かう者を牽制《けんせい》する」

トニーが三番手で――ダニーやリプリーよりすばやく着替えを終えた――ケイトリンが最後だった。ケイトリンが着替えを始めると、ダニーはサイドミラーにチラッと目をやった。胸のふくらみをすっぽり包み込んだグレイのベースレイヤー（多量に汗をかく運動時に適したアンダーウェアで速乾性と伸縮性に優れている）が見えた。ケイトリンはダニーの視線に気づくと、にっこり微笑んだ。ダニーはすかさず目をそむけた。そんなダニーをトニーが見ていた。二人の目が合った。「なにせ黒人と結婚してた女だ」トニーはつぶやいた。「一筋縄じゃいかねえぞ」

ダニーは聞き流した。

時刻をチェックする。〇八一〇時。ターゲット・レッドとターゲット・ブルーのチクンダ到着まであと五〇分。ダニーたちの現地到着はおよそ四時間後だ。一刻も無駄にできない。濡れた私服はまとめて道路ぎわに捨てた。

「今度はおれが運転する」ダニーが言うと、ケイトリンはうなずいた。

〇九〇〇時、荒廃した集落を通過。周辺の密林は乱伐がひどく、集落自体も荒れ果てていた。道の両側に並ぶブロック造りの建物は手入れされないまま朽ち果て、目についた車両はいずれもサイドパネルが錆びつきタイヤがなかった。人影もない。子どもと歩行者の姿が見当たらないのだ。よくない兆候である。戸口からものめずらしげに顔を覗かせる住民が数人いたが、路上まで出ようとする者はいない。右手にあばら家が見えた。その玄関口に女が一人腰を下ろしている。女の両眼は薄汚れた脱脂綿に覆われ、しかも少し血が滲んでいた。何も見えないはずだが、走行音を頼りに通り過ぎるレンジローバーに視線を向けた。

ダニーはアクセルペダルを踏みつづけた。一刻が惜しかった。水たまりを踏みつけるたびに泥水を跳ね上げる。最後の建物の前を通り過ぎると、ダニーはバックミラーに目をやった。三〇メートルほど後方に人影が見えた。道路の真ん中に突っ立っている。胸元にライフルらしきものをぶら下げ、耳に何か押し当てていた。おそらく携帯電話だろう。

また前方に目を戻す。

一〇〇〇時、燃料補給のため停車。すでに凄まじく蒸し暑くなっていた。水浴びでもしたかのように全身が汗だくになった。レンジローバーは泥とほこりにまみれていたが、乗っている四人も同様だった。さらに一時間ほど走ると、密林の面積がしだいに減少してきた。それでも丘陵を登りはじめたレンジローバーの両側には樹木が生い茂っていた。

北西の方角、二キロほど先に位置する小さな集落の中ほどから黒煙が立ち昇っていた。丘を越えてしまうと、視界をさえぎる障害物はなかった。ダニーはすかさずブレーキを踏んだ。走行時間を少々犠牲にしても、偵察する価値はあった。車から降り立ったダニーは、荷物から偵察用《スポッティング》スコープを取り出した。そのスコープを集落に向ける。これといったものは見当たらないが、東へ向かう一本道を確認。オートバイに乗った三人組がその道を東方向へ進んでいるところだ。

「ボコ・ハラムか？」リプリーが尋ねた。

断言はできないが、その可能性が高い。ダニーはそう判断した。

「チクンダまで、あと四五分ほどよ」ケイトリンが言った。「村がボコ・ハラムの拠点になっているとすれば、いずれ抵抗勢力にぶつかることになるわ」

「そうすると、いよいよ手遅れになるかもな」リプリーが端的に指摘した。

「いずれにせよ、目の前の事態に対処するだけだ」ダニーはそう答えたが、リプリーの言うとおりだ。到着の遅れはそのまま救出の遅れにつながる。

道を進むにつれて、両側の樹木は高さを増した。これだと待ち伏せされやすい。その上、カーブに差し掛かるたびに視界をさえぎられることになる。ふたたび車を出して一〇分後、カーブをまがったとたん検問にぶつかった。相手は四人。前の検問で出くわしたナイジェリア軍兵士と同じ迷彩服姿だ。しかし五〇メートル離れていても、政府軍兵士でないことは一目瞭然だった。黒と白のシャマグで顔を包み、これ見よがしに弾帯を上半身に掛けまわしている。まさしくゲリラ兵士のユニバーサル・ユニフォームである。オートバイが四台、すぐそばの路上に横倒しになっている。四名のうち三名がアサルトライフルを携帯。残る一名はＲＰＧ（歩兵携行型ロケット・ランチャー）を手にしていたが、レンジローバーに狙いをつけるまでには至っていない。

ダニーはゆっくり減速した。「こいつらにも鼻薬を嗅がせてみちゃどうだ」トニーが言った。

無理だ。この連中は、腐敗した政府軍兵士とは異なり、賄賂を受け取るようなタイプではない。重武装した民兵で、しかもその武器を使いたくてうずうずしているのだ。ここはできるだけ早く突っ切る必要がある。ダニーは直感的にそう判断した。すでに敵陣に侵入している状態で、仲間に急を知らされたら、数千のボコ・ハラム民兵に追いかけ回されることになる。したがって、選択肢は一つ。

ダニーはその一語を告げた。「交戦《コンタクト》」

トニー、リプリー、ケイトリンの三人はホルスターからハンドガンを引き抜くと、給弾《アップ・ザ・スパウト》してから、膝にそっと載せた。

レンジローバーはじりじりと前進を続けた。ダニーはふと思った。路上で出会った村人の手を切り落としたのもこいつらだろうか。おそらく違うだろう。ここからあそこまではかなりの距離があるからだ。しかし、ああした蛮行を平気でやらかす連中と同類であることは間違いない。だったらその報いを受けるのは当然だろう。

検問までの距離二〇メートル。民兵の一人が進み出ると、片手を上げて停止を命じた。もう一方の手でライフルを握っていたが、前方に向けているだけで、特に狙いはつけていない。いかにも素人くさい持ち方で、あれでは正確な銃撃は無理だ。しかし乱射でも危険なことに変わりはない。ダニーはブレーキを踏んだ。

ダニーはウインドーを下げた。他の三人もそれにならった。

民兵は肩で風を切るような傲然たる物腰で歩み寄ってきた。野獣の歯牙をあしらったネックレスを首にかけている。一〇メートルの距離まで近づいてくると、シャマグの隙間から血走った目が覗いているのが見えた。

ダニーは自分のハンドガンを握りしめた。

「リプリー」ささやくような声で命じる。「RPGを頼む。ケイトリンは左、トニーは右だ」

異論はなかった。

民兵はフェンダーの上部を片手でポンと叩くと、開けっ放しになったウインドーに顔を寄せてきた。何日も汗を洗い落としていない、すえた体臭がプンと鼻を突いた。

相手が口を開くまで待つ気はなかった。ダニーは黙ってシグを持ち上げると、シャマグで覆われた顔面に一発撃ち込んだ。

血しぶきはたちまちシャマグの粗い布地に吸い込まれた。民兵が地面に倒れると同時に、ケイトリン、リプリー、トニーはそれぞれドアを勢いよく開いた。残った民兵たちがわめき声を上げたが、隊員たちはその混乱に乗じて、きっちり自分の役割を果たした。

三発の銃弾はすべて命中した。その銃弾は、民兵がRPGを肩に担ぎ上げようとした瞬間、ほぼ同時に放たれた。三人の民兵は声もなく倒れ伏し、ロケット・ランチャーはむなしく落下音を響かせながら地面に転がった。

ダニーは力まかせにドアを押し開けた。射殺したばかりの死体が邪魔になっていたからだ。外に出ると、その死体の頭にもう一発撃ち込んだ。念のためにとどめを刺しておく必要があった。トニーとリプリーはライフルを手にして散開、さらなる脅威の有無を確認した。

ケイトリンとダニーは、倒したばかりの三人の民兵に駆け寄り、とどめの一発を撃ち込んだ。死体は一瞬ブルッと震えたが、それっきり動かなくなった。銃創から血が流れ出し、早くも死体の周囲に血溜《ちだま》りができた。

ガリガリという音が聞こえた。道路ぎわ、横倒しになった四台のオートバイのすぐそばに、無線機が置いてあった。その無線機から声が聞こえた。ダニーには理解できない言語である。ケイトリンとチラッと視線を交わす。「応答がなければ様子を見に来るわ」ケイトリンは言った。「この死体を隠す？」

「無駄だ」ダニーはそっけなく答えた。「たとえ死体を隠しても、検問が無人になっていることは一目瞭然だろ」無線機を指差す。「この口調、いまにも誰かやって来そうな剣幕だ。できるだけ早くこの道路から離れないと」

二人はレンジローバーのところに駆け戻った。トニーとリプリーはすでに後部座席で待機していた。「あと一〇分走ったら」ダニーは告げた。「車を隠して徒歩に切り替える」

「いますぐ車を捨てるべきだ」トニーは反論した。その声は緊張していた。「道路ぎわの草むらに車を隠して、あとは徒歩でこっそり接近しよう」

ダニーはトニーの案を検討してみた。とにかく時間が切迫していた。一刻も早く目的地に到着し、人質の安否を確認しなくてはならない。できるだけ車を使って距離を稼ぐべきだ。チクンダまでおよそ二五分の行程である。ボコ・ハラムがただちに偵察要員を派遣したとしても、一〇分までは安全な圏内と言える。

「車で一〇分走る」ダニーは告げた。

「おれたちを殺すつもりか」トニーが不満の声を上げた。

「いいから黙ってろ」リプリーがぴしゃりと言った。

ダニーは緊迫した後部座席を無視するとエンジンを再始動させた。そして死体を踏み越えながら検問を通り抜けると、アクセルを目いっぱい踏み込んだ。

数キロほど荒れ果てた土地を走り抜けた。道の両側の木々は軒並《のきな》み切り倒されるか焼き払われて、黒こげになった切り株だけが残っていた。時折、平屋の家屋を見かけた——そのうちコンクリート造りは一軒だけで、残りは土壁にトタン屋根の建物だった。いずれも荒廃して崩れかけており、住人はいなかった。まるで竜巻が通り過ぎた跡のようだ。人影はまったくない。

青空から強烈な陽射《ひざ》しが照りつけてくる。いまのところスコールの気配はなく、減速を余儀なくされる心配はなかった。逆に、陽射しがまぶしくて往生した。三キロほど走ると、また鬱蒼《うっそう》たる密林地帯に戻った。

「一〇分過ぎたぞ」トニーがせかした。「さっさと道路から離れろ」

ダニーはさらに三〇秒ねばった。

左手の木立《こだち》の中にコンクリート造りの建物が一軒だけポツンと立っていた。半ば草葉に埋もれている。おそらく納屋として使われていたものか。かつての用途がなんであれ、レンジローバーの五倍近い奥行きがあった。屋根はところどころ崩れ落ち、壁も一部が内側に傾いていたが、車を隠すにはもってこいの場所だった。ダニーは左方向に急ハンドルを切った。車はその納屋めざしてオフロードをゴトゴト進んだ。リプリーがすかさず飛び降りて、朽ち果てかけた観音《かんのん》開きの木の扉を引き開ける。ダニーは車を乗り入れた。

内部は思ったほどのスペースはなかった。ちょうど中ほどで屋根が崩れ落ちて、その瓦礫が山となって道をふさいでいるのだ。それ以上奥へ進むことはできないが、車一台くらいなら充分収納できた。ヘッドライトに照らされて黒い土とコンクリート片が浮かび上がって見えた。

ダニーはエンジンを切り、全員、車から降り立った。

「静かに」リプリーが押し殺した声で言った。

隊員たちは車のそばでじっと息をひそめた。遠くの方からエンジン音が聞こえてきた。その音が次第に大きくなった。二〇秒後には、まぎれもなくオートバイが排気音を響かせながら納屋の近くを通り過ぎていった。五〇ccのバイクだな。ダニーは貧弱なエンジン音からそう判断した。その数は五台。エンジン音が遠ざかると、隊員たちは戸口ににじり寄った。ちょうど最後の一台が丘の向こうに消えるところが見えた。その距離はおよそ七五メートル。ダニーはライフルを肩に掛けた。

「こういうのを……間一髪って……言うんだろうな」トニーはダニーを振り返った。

「おめえは自殺願望でもあるのか。相棒のスパッドがスティーヴン・ホーキングみたいになって帰ってきたのもうなずけるぜ」

ダニーの中で何かがプッンと切れた。あやうく憤怒にまかせてトニーに襲いかかり、殴り倒すところだった。しかし、その寸前で思いとどまった。ヘリフォードでささやかれている自分の悪口——あのダニーだが……短気で喧嘩早い。時折、カッとなって抑えがきかなくなる。そんなやつに九ミリの銃を持たせるのはどうかと思うが、まあ、仲間の選り好みはできんからな——が脳裏によみがえったお陰だ。

ダニーは自制心を取り戻すと、車の後部に回り込み、荷物を取り出した。

「これからどうする？」リプリーが尋ねた。

ダニーはラゴスで武官からもらった白黒の衛星写真をレンジローバーのボンネットの上に広げた。下端の日付から、三日前に撮影されたことがわかる。戦争の傷跡が生々しく写し出されていた。

チクンダは敷地の端から端までが一キロ足らずの小規模な集落で、密林に取り囲まれ、村の中央を一本道が貫いている。北西地点は黒ずんでおり、ほぼ真っ黒だった。ダニーはその個所を指差すと、人差し指で円を描いた。「ここは火事があったところだ。かなり大規模なもので、いまもくすぶりつづけている」

リプリーは北西地区の四角い物体を指差した。「建物だな。あるいはその残骸か。ラゴスの武官が言っていたように、村の大半が焼き払われている」

「そして村人の大半が殺されたのよ」ケイトリンが言った。

あっちでは悪いことが起きている……。

ダニーは一本道の東側に目を向けた。そこはほぼ無傷だった。大きく開けたスペースがあり、長方形の建物に囲まれている。建物は三棟あり、それぞれ三角形の頂点に立つ格好で、お互いに向き合っていた。縮尺から判断すると、それぞれ横幅二五メートルほどで、奥行きはほぼその半分。その建物群から北へ三〇メートルばかり離れたところ、同じく道の東側に、柵で仕切られた一角があった。その敷地には円形の小屋が三つ並んでいた。

ダニーは三棟の建物のうち、北端のものを「北ブロック」と名付けた。続いて、道にいちばん近くて、オープンスペースの南西に位置する建物を「西ブロック」、そして道からいちばん離れ、密林との境界線に近い三番目の建物を「東ブロック」と呼ぶことにした。「民兵はこの〈北〉〈西〉〈東〉の三ブロックに集中しているものと考えられる」ダニーは説明した。「北のはずれのこの密閉空間にも小屋が三つある。ここは防御しやすいが、逃走経路が見当たらない。民兵がこのような場所に立てこもるとは思えない。異論はあるか？」

反論はなかった。

リプリーは衛星写真をじっと見つめると、チクンダ村周辺の等高線を人差し指でなぞった。「これによると、南東に高台がある。そこから全体が目視できるな」

ダニーはうなずいた。「われわれは道路の東側から接近する」そう告げると時刻をチェックした。一〇三五時。人質がチクンダに到着しているとすれば、すでに一時間半が経過したことになる。ただちに行動を起こす必要があった。

「これより進軍開始。リプリー、おれ、ケイトリン、トニーの順で進む」ダニーは命じた。「できるだけ道路に沿って進む。人影を見かけたら地面に伏せろ」

隊員たちは小走りになり、別々に道路を横切った。一人が横断を始めると、残りの三名が掩護に当たった。全員が道の東側に達すると、道路ぎわから四・五メートル離れて北へ向かった。パトロール隊形を取り、道路と並行しながら、互いに三メートルの間隔を置いて進む。道の両側の緑は比較的濃くて、樹林が切り倒されたエリアは陽射しが地面まで届いていた。ずっと一メートル近い草むらが続いており、格好のカムフラージュになってくれた。

全員、フル装備で武装していた。しかも猛烈に暑い。迷彩服という薄着にもかかわらず大汗をかいていた。ヘリフォードでこんな訓練をくりかえしてきた。ブレコン・ビーコンズの山中行軍で険しい山道を登り降りしていると、例外なく音を上げそうになるものだ。もちろん平地での行軍もある。山中行軍に比べるといくらかマシだ。体調さえよければ何の問題もない。いまはちょうどそんな感じである。草むらを小走りに進む隊員たちの足取りはしっかりしていた。ほとんど足音を立てず、息遣いに乱れはない。草むらを掻き分ける音だけがひどく大きく聞こえた。進軍を始めて五分後、リプリーが「伏せろ」と鋭い声を発した。全員がそろって身を伏せた。顔を地面に押し付けていると、心臓の規則正しい鼓動が伝わってきた。やがて遠くの方から、オートバイのエンジン音が聞こえた。南の方からこちらへ引き返してくる。オートバイの一群はエンジン音をとどろかせながら瞬く間に通り過ぎた。チクンダ村の中心部に戻っていったのだ。別に驚くようなことではない。検問所で仲間の射殺死体を見つけて異変を確認。正体不明ながら敵の侵入を察知したので、あわてて引き返してきたのだ。こちらの存在を知られた以上、不意打ちは難しくなった。

オートバイの音が聞こえなくなると、全員立ち上がって、進軍を再開した。ダニーはケイトリンの横に並んだ。「大丈夫か?」

女兵士の顔にかすかに笑みが浮かんだ。「これが終わったら、こわばったところを揉《も》みほぐしてもらおうかしら」ケイトリンはそう答えると、前を行くリプリーに声をかけた。「ペースを上げて」全員そろって足を速めた。ダニーは思わず顔をしかめた。まったく捉えどころのない女だ。どうやら冷徹な兵士と恋愛上手の両面をあわせ持っているらしい。ダニーの気を引こうとしているのは間違いないが、誘いをかけられるとどうしてもクララと赤ん坊のことを思い出してしまうのだ。困ったことに。

五分後、急な上り坂になった。三〇メートル先に丘の頂上があった。ダニーは同じペースで進み、頂上の五メートル手前で身を伏せた。全員がそれにならった。そして草むらの中を匍匐《ほふく》前進した。頂上に達すると、その向こう側を見下ろした。

チクンダ到着。現在時刻は一一二八時。

ダニーは太陽の位置を確認した。ほぼ真上にあるので、スポッティングスコープを使ってもレンズが陽射しを照り返すことはない。さっそくスコープを村に向けた。村を貫通する一本道は、丘の頂上から五〇〇メートルほど先にあった。その路上に民兵が二名。行き交う車両は皆無だが、それとは別に動きがあった。民兵たちが土嚢《どのう》らしきものを運んできて、道の真ん中に積み上げているのだ。バリケードである。北の方からも数名現われて、土嚢を運んできた。それを、すでに積み上げた土嚢の上に追加すると、最初から路上にいた二人を残して立ち去った。警備要員の二人は土嚢を盾にして武装を固めた。一人はライフル、もう一人はロケット・ランチャーを手にしている。

「南から攻撃されると考えているようだ」リプリーが言った。

「間抜けな連中だ」トニーは吐き捨てるように言った。「何度も道路を行き来しているくせに。どこに目がついてるんだ」

ダニーは黙ったままだった。頭の中で徐々に作戦が固まりつつあった。村の東側に位置する三棟の建物――北ブロック、西ブロック、東ブロック――にスコープを向ける。そこで動きがあった。北ブロックに歩哨《ほしょう》が二名、オープンスペースを動き回る民兵が五名、東ブロックと西ブロックを出入りする民兵が三名。そして車両が一台――ルーフを外したランドローバーらしい――西ブロックから一五メートルほど離れた道路ぎわに停めてあった。

「目標地点で武装要員の動きを確認。敵勢力は、路上の二名を含めて最小でも一二名」ダニーはそう告げると、さらに北側――柵に囲われた三戸の小屋――にスコープを向けた。道路に面した敷地の西側にゲートがあるが、付近に人影はなく、警備要員も配置されていない。「円形の三つの小屋は無人と思われる。武装要員もいない。したがって、北、西、東の三ブロックにポイントを絞る。ここが最重要拠点だ。賭けてもいいが、ターゲット・レッドとターゲット・ブルーはここにいるはずだ」

「いなかったらどうする？」トニーは尋ねた。

ダニーはすかさずスコープを下ろし、トニーを振り返った。「いたらどうする？」

そしてスコープをふたたび目に当てると、さらに三〇秒、監視を続けた。西ブロックから男が現われた。「あいつは何者だ……」ダニーはささやくような声で言った。

「どうした？」リプリーが尋ねた。

ダニーはその男に焦点を合わせた。一目で特徴を捉えた。アフリカ人ではない。

「あそこに中国人がいる」

「こんなナイジェリア奥地で中国人が何してるんだ?」トニーが言った。「まさか中華料理のテイクアウト専門店をオープンさせに来たわけじゃあるまい」

ダニーには答えようがなかった。こうなったら、あの中国人に直接問いただすしかあるまい。何が面白くてナイジェリアくんだりまで流れてきたのかを——もちろん本人が生き残っていればの話だが。

しかし、その前にやるべきことがあった。村に突入して抵抗勢力を排除しなくてはならない。こちらは四名。それに対して敵は、武装民兵が最小でも一二名。

ダニーはスコープを下げると、仲間を振り返った。「さあ、早いとこ片付けよう」

第7章　強襲

五分後、ダニーたちはふたたび動き出した。東へ向かう。道路から離れて、パトロール隊形で進軍——リプリー、ダニー、ケイトリン、トニーの順である。木立を抜けて、反時計回りに進んだ。二〇分かけて村の真東に到達した。その地点から木立越しに、三〇メートル四方のオープンスペースを見渡すことができた。そこに三棟の長方形の建物——北ブロック、西ブロック、東ブロック——が立っている。ちょうど東ブロックに視線をさえぎられる格好になるが、英語ではない言語で話し合う声が聞こえてきた。

ダニー、リプリー、トニーの三人は一〇メートル間隔で散開、木立を盾にして地面に伏せ、給弾したライフルを目の前に置いた。ケイトリンは一人離れ、草むらを掻き分けながらさらに進んだ。その目的は、反時計回りの迂回行動を続けて村の北側に達することである。民兵たちは南側からの攻撃に備えている。その逆を突くのだ。単独行動はリスクを伴うが、陽動作戦のためにはやむを得ない。ケイトリンの七・六二ミリ弾は銃声がいちばん大きい。当然、大騒ぎになる。残りの三人はその混乱に乗じるつもりだ。

地面に伏せたまま二〇分が過ぎた。真昼の太陽に照りつけられて汗だくになっていた。ダニーと東ブロックのあいだに陽炎《かげろう》が立ち昇っているが、オープンスペースに人影はなく、時折大きな声が聞こえるだけだ。ふと中国人のことが気になった。あいつはいったい何者なのか。ボコ・ハラムみたいなイスラム過激派とつるんで何をたくらんでいるのだろう？　その意図がまったく読めない。ダニーは急に不安になってきた。見た目とは裏腹に、この村には何か重大な秘密が隠されているのではないのか。

イヤホンがガリガリと音を立てた。続いてケイトリンの声が聞こえた。「準備完了」

トニーの声。「サプレッサーを忘れずに外したか？」

「ご忠告ありがとう。そんな間抜けじゃないわよ」

ダニーは時刻をチェックした。一一二八時。「予定どおりに始める」

つまり、あと二分したら、ボコ・ハラムは北側からの奇襲に直面することになる。派手に銃声を響かせて、民兵たちを混乱におとしいれるという作戦だ。

ダニーは膝をつくと、キャンバス地の袋に収納されたクレイモア地雷を取り出して肩に掛けた。右手一〇メートル先にいるトニーも同じようにしている。

一一二九時。あと一分。

腕時計の秒針が一一三〇時ジャストを指したとたん、北側からけたたましい破裂音が二回立て続けに聞こえた。その銃声が村中に響きわたると、長方形の建物に囲まれた一角から口々に叫ぶ声が聞こえた。ダニーの耳にトニーのつぶやき声が届いた。

「やるねえ」

一〇秒後、今度は連射音が二度聞こえた。その効果は絶大だった。まるで村全体が北側から猛攻撃されているような印象を与えたからだ。

そして民兵たちは間違いなくそう思い込んだ。

わめき声。言い争う声。民兵たちはあわてふためき、混乱しきっていた――まさにダニーたちの狙いどおりだった。陽動作戦が的中する中、ダニーはじっと聞き耳を立てた。視線がさえぎられているので、耳を頼りに、民兵たちの動きをつかむほかない。叫び声が飛び交う中、民兵たちの大半は建物から離れ、西側、つまり道路へ向かっていた。それでも北ブロックに歩哨が残っているとすれば、人質の監禁場所に間違いあるまい。しかしいまのところ、武装要員は残らず、反撃のために動いているようだ。

ダニーはリプリーとトニーを振り返った。二人ともダニーをじっと見つめて、合図を待っている。ダニーは片手を上げた。「待て」のサインである。

道路側から銃声が聞こえた。AK47から銃弾が単発でくりかえし発射された音である。五秒後、今度はロケット・ランチャーの発射音が聞こえた。その直後に、ロケット弾の炸裂音《さくれつおん》が続いた。

「ケイトリン、大丈夫か？」

無線の返事はなかったが、代わりに三度目の連射音が聞こえた。場所の特定は難しいが、最初の連射のときとは方角がやや異なる。狙いは明らかだった。ケイトリンは自分の役割を心得ていた。これでボコ・ハラムの連中は複数個所から攻撃されていると思い込むだろう。

ダニーは手を振り下ろし、トニーに前進を命じた。戦闘状態に突入したお陰で、トニーはプロらしくきびきびと動き出した。何かと異を唱えていたときとは別人のようだ。いろいろ問題はあるにせよ、トニーがきわめて有能な兵士であることは認めざるを得なかった。

二人は音もなく素早く動いた。リプリーは持ち場を離れず、ライフルで二人を掩護する。ダニーとトニーはいつでも発砲できる構えのまま東ブロックの裏手に近づいた。そして建物から一〇メートルほど離れた地点で立ち止まると、それぞれクレイモア地雷をセットした。二個の地雷の間隔は一〇メートル。この長方形の対人地雷にはC4爆薬六八〇グラムとボールベアリング七〇〇個が詰め込まれており、民兵相手にかなりの威力を発揮するはずだ。底部の二脚を伸ばし、その三分の一を地面に埋め込む。場所は切り株のすぐそばだ。そして〈こちらを敵に向ける〉と刻印された面を間違いなく建物に向けた――いつも思うのだが、こんな指示に頼りきっている兵士がいるとすれば、とうてい一人前とは言えないだろう……。

トニーは草むらのかたわらに地雷をセットした。ほとんど見えないが、たとえ気づかれたとしても、そのとき相手がすでに殺傷圏内まで踏み込んでいれば問題ない。二人はそれぞれの地雷にコード付きの雷管をはめ込むと、その起爆コードを木立の方まで引き伸ばした。村の北側から激しい銃撃音が聞こえた。続けてRPGの発射音が二回。ケイトリンの声がイヤホンから聞こえた。「北東方向に移動」見事な戦術だ。民兵たちは北側に総力を結集しているが、これではいつまで経っても肝心の敵は見つからない。

その一方、村の中央部は警備が手薄になってしまい、こうやって罠《わな》を仕掛けられる始末だ。

三〇秒もしないうちに、起爆コードをたぐり出しながら木立の中まで戻ることができた。起爆コードをさらに五メートル伸ばしてから、二人は地面に伏せた。ダニーは村の方に顔を向けた。そしてコードに接続した小型手持ち起爆装置《クラッカー》を手のそばに置くと、ライフルの銃口を建物に向けた。

「合図したら、撃て」ダニーはブームマイクを使って指示した。

しばらく間があった。銃撃音はやんでいた。戸惑いを隠せない民兵たちのわめき声がダニーのところまで届いた。

「撃て」ダニーは命じた。

二人はセミオートに切り替えて、数回発砲した。弾はいずれも建物の裏壁に命中して、石材の破片が飛び散った。本気で攻撃したわけではなく、混乱した民兵たちをおびき寄せるための号砲だった。

その狙いは見事に的中した。

わめきたてる声がいちだんと大きくなった。しかもその声はこちらに向かっている。ダニーはガヤガヤした複数の声を聞き分けて人数を割り出そうと耳を澄ました。七名程度の集団か。あるいは八名。こいつらを一撃で排除できれば、残りの始末はぐっと楽になる。

そのためには辛抱が必要だ。

四五秒経過。声の集団はさらに近づいた。ひときわ大きな声が耳についた。仲間をまとめようとしているらしい。ガヤガヤという声は村の中央部に達した。何やら命じる大きな声。

ダニーはブームマイクを使って指示した。「来るぞ。待機しろ」

一〇秒後、東ブロックの両端を回り込むようにして民兵が二人姿を現わした。この暑いのに、カーキ色のバンダナを巻きつけた黒のウールの帽子をかぶり、同色の軍服を身につけている。銃を不安そうに握りしめており、三〇メートル近く離れているにもかかわらず、汗だくになった顔が見て取れた。必死の形相《ぎょうそう》で木立に目を向けているが、あれでは、たとえ偽装されていなくてもクレイモア地雷を見つけることは無理だろう。

ダニーから見て左側に立っている民兵が木立に向けて連射したが、狙いが高すぎるので何の影響もない。銃声がやむと、民兵は肩越しに何事か叫んだ。さらに一〇秒ほどして、建物の端から四人現われた。最初の二人と同じ格好だが、一人だけ帽子に赤いバンダナを巻いていた。こいつがリーダーらしい。ダニーはそう睨んだが、その推定は木立を指差しながら大声で命令を発する姿で裏付けられた。

さらに二名が建物の表の方からやって来た。これで計八名。いずれも銃口を木立に向けている。連射の音が立て続けに二回響きわたったが、今回も銃弾はすべて上方にそれたのでダニーたちの身に危険はなかった。反撃される恐れはないと見たらしく、民兵たちが前進を始めた。物腰が急に大胆になった。

建物の表の方からもう一人加わった。

ダニーはライフルを置くと、クレイモア地雷のクラッカーをつかんだ。

「三つ数えるぞ」ダニーは押し殺した声で告げた。これはトニーへの指示であると同時に、残る二人への注意喚起でもあった。

「二……」

民兵たちはやみくもに乱射をくりかえしながら進んできた。

「――……」

民兵の一人がふいに大声を上げた。赤いバンダナを巻いたリーダーである。クレイモア地雷を見つけたのだ。その視線が地雷から伸びる起爆コードに向けられた。コードは木立の奥に引き込まれていた。泡を食ったリーダーは悲鳴まじりの声で命令を発した。撤退か反撃のどちらかだろう。

どちらであろうと関係なかった。民兵たちはすでに殺傷圏内に踏み込んでいたからだ。

「いまだ」ダニーはクラッカーを強く振るようにして雷管を発火させた。トニーも同時に起爆させた。

乾いた炸裂音《さくれつおん》が響きわたり、地面に伏せた身体に震動が伝わってきた。ダニーはすかさず両手で頭をかばった。地雷の破片が木立をすり抜けて飛んでくる恐れがあったからだ。ダニーの位置から爆発の結果を目で確認することはできなかった。

しかし、敵の声を聞けば充分だった。

二個のクレイモア地雷を同時に爆発させれば、サッカーグラウンドに匹敵するエリアに鉄球が飛び散る。爆発直後に聞こえた悲鳴とうめき声は、地雷が狙いどおりの効力を発揮したことを物語っていた。ダニーは顔を上げた。九名の民兵は残らず倒れていた。うち五名はピクリともしない。明らかに即死だ。一人だけ上体を起こしている者がいた——赤いバンダナを巻いたリーダーであった。両手で頭を抱え込んでいるが、その指のあいだから血が噴き出していた。残る三人は脚や腕を押さえて、のたうちまわっている。傷ついた喉の奥から人間のものとは思えないうめき声を絞り出しながら。

ダニーたち三人は素早く草むらから立ち上がった。銃を構えて前進する。木立を駆け抜けて、建物裏の空き地まで達するのに一〇秒とかからなかった。上体を起こしたリーダーの手前一〇メートルのところまで来ると、ダニーはセミオートにしたままのライフルを相手の胸元に向けて一発撃ち込んだ。リーダーはドサッと音を立ててあお向けに倒れ込んだが、その音を聞く暇もなく、残る三人のうちの一人にとどめの一発を撃ち込む。それは一〇時の方角、八メートル離れたところにいた民兵であった。最後の二人は、トニーとリプリーがそれぞれ片付けた。

クレイモア地雷が炸裂して一〇秒あまりで、あたりは死体だらけになった。

ダニーは東ブロックに駆け寄ると、裏壁の右端に背中を押し付けた。トニーは壁の左端に走り寄ると、同じように背中を押し付けた。一方、リプリーは片膝をついて射撃体勢を取り、二人の仲間を掩護した。ダニーは壁の端からそっと顔を覗かせた。

衛星写真で確認した三棟のうち、北ブロックがダニーの視線の先にあった。ターゲット・レッドとターゲット・ブルーが監禁されているとおぼしき場所だ。その推定を裏付けるかのように歩哨二名が張り付いたままだが、二人ともおびえきっていた。

建物中央にある木製の扉を背にして、子どものようにライフルを左右に振り向けているのだ。

標的までの距離四五メートル。ダニーは手前の歩哨に狙いをつけると、アサルトライフルの引き金を絞った。

標的ダウン。

残った歩哨が連射を始めた。ろくに狙いもつけていないが、ダニーは流れ弾を避けるために建物の背後に引っ込んだ。三〇秒後、ふたたび顔を覗かせると、木製の扉が直角に引き開けられていた。歩哨はその扉の背後に身を隠しており、扉の縁からライフルの銃身が突き出ているのが見えた。

ダニーはライフルを構えると、東ブロックの角から踏み出した。そして前進しながら、分厚い木の扉めがけて立て続けに五発撃ち込んだ。徹甲弾が扉を貫き、木片が飛び散った。弾を全身に浴びた歩哨が地面に倒れ込んだ。

ダニーはオープンスペースを見回した。人影はなかった。オートバイが二台、横倒しになっている。敷地の中央にキャンプファイアの跡が残っていた。おそらく前夜に火を焚《た》いたのだろう。それ以外に目ぼしいものは見当たらない。トニーが東ブロックの反対側から現われ、銃を構えたまま、あたりを入念にチェックした。リプリーがダニーの一五メートル後方に現われた。これまたライフルを構えたままだ。

「これで一一名片付けた」ダニーはブームマイクを使って報告した。「少なくともあと一名残っている。ケイトリン、そっちは？」

「北へ向かう道路を監視中」ケイトリンの声がイヤホンから聞こえた。

「そこを動くな。北へ向かう車両は残らず阻止しろ」

「了解」

「これから北ブロックに向かう」ダニーはトニーとリプリーに告げた。「掩護してくれ」

そして建物に駆け寄った。扉は半開きのままだ。血を流して横たわる歩哨の死体が邪魔になって全開することも閉めることもできない。ダニーは銃を構えたまま近づいた。内部の構造はまったくわからない。何があっても対処できるよう気を引き締めた。

戸口の二メートルほど手前まで来ると、たちまちすえた臭気が鼻を突いた。あたりは不気味なほど静まり返っている。高等弁務官と補佐官がここに監禁されているとすれば、驚くほど静かにしていることになる。ダニーは固唾《かたず》を飲みながら死体の一つをまたぐと、扉の陰に身を寄せた。

このまま戸口に踏み込むと格好の標的にされる恐れがあった。みずからカモになることはない。まずは相手の気をそらすことだ。装備ベストから特殊閃光音響手榴弾《フラッシュバン》を取り出す。人質には気の毒だが、命までなくすことはない。フラッシュバンが炸裂すると視覚と聴覚がマヒする。その瞬間に突入するのだ。

ライフル本体に取り付けたシュアファイア製ＬＥＤライトを点灯すると、フラッシュバンのピンを引き抜いた。そのまま腕を伸ばして、中に投げ込む。

二秒ほど間があって、耳をつんざくような炸裂音がとどろいた。

ダニーは身体を反転させて戸口に踏み込んだ。煙が立ち込める薄暗い室内を強烈なＬＥＤライトが照らしだす。銃口を左右に振り向けて、人影を探した。引き金に指を軽く添えながら。

民兵の姿はなかった。ほかに脅威となるようなものも見当たらない。

しかし右手の奥に何かあった。奇妙な形をした物体が転がっているのだ。その判別がつかないうちから胸騒ぎを覚えた。

ダニーはライトを前方に向けながら歩み寄った。やがてその明かりを浴びて正体不明の物体が暗がりの中に浮かび上がった。

ダニーは一〇メートル手前で足を止めた。ようやく正体が判明したのだ。

そのとたん吐き気を覚えた。

第8章　謎の中国人

それは切断された人体だった。

胴体と手足は裸で、汚れたズボン下を身につけているだけだ。その胴体の上に斬り落とされた生首が載っていた。切り裂かれた首筋の腱《けん》がライトに照らされて光った。板張りの床に寝かされた死体の周囲に血溜りができつつあった。明らかに殺されて間もない。

ダニーはさらに五歩進んだ。犠牲者の顔を正面から見ようと首を傾けた。ライトがその顔面を照らし出した。目を大きく見開き、白髪まじりの頭髪は血まみれだったが、顔の特徴は見間違えようがなかった。ラゴスで見せられた高等弁務官の顔写真にそっくりだった。

「ターゲット・レッドの所在を確認」ダニーは無線で報告した。「すでに死亡。斬首されている」

トニーの声が返ってきた。「ターゲット・ブルーは？」

「見当たらない。ターゲット・ブルーは依然行方不明。捜索を続行する。何としても見つけ出すんだ」

しばらく間があったが、すぐまたトニーの声が返ってきた。あわただしく報告する。

「動きがあった！　車のエンジンをかける音がする。逃げ出そうとしている！」

ダニーは死体に背を向けると、北ブロックから駆け出した。トニーとリプリーはすでに東へ走り出していた。西ブロックの前を駆け抜けて道路に向かったのだ。エンジンを吹かしながら急発進する音が聞こえた。

ダニーは西ブロックにさえぎられてトニーとリプリーの姿を見失った。しかし五秒後には追いついた。二人はすでに片膝をついて射撃体勢を取っていた。道路ぎわで一〇メートルの間隔をあけて。さっき高台から目にしたルーフのないランドローバーが、一〇〇メートルほど先に見えた。土嚢を積み上げたバリケードのかたわらをすり抜け、もうもうと土煙を巻き上げながら南へ向かっている。ダニーたちがやって来た道を逆にたどろうとしているわけだ。運転手が何者であれ、逃走時のテクニックを心得ていた。狙い撃ちを阻止すべく、左右に蛇行《だこう》しながら走行しているのだ。

リプリーとトニーは立て続けに数回発砲した。そのうちの三発がシャーシに当たって跳ね返ったが、タイヤには一発も命中しなかった。ランドローバーまでの距離は一三〇メートルに広がった。その上、窪《くぼ》みに入ったのか、車体の下半分が見えなくなった。

「これじゃ狙いようがない！」ダニーは大声で命じた。「リプリー、ケイトリンと合流して、村内をくまなく捜索しろ。トニー、おれについて来い」

ダニーは返事を待つことなく、三棟の建物に囲まれたオープンスペースに駆け戻った。二台のオートバイが横倒しになったまま放置されている。二人はほぼ同時にオートバイのところにたどり着いた。これからどうするか、わざわざ確認するまでもなかった。

おそらくオートバイの持ち主たちはあわてていたのだろう――キーを挿したままだった。ダニーとトニーは安全装置をロックしたライフルを背中に掛け回すと、オートバイの車体を引き起こしてエンジンをかけた。二秒もしないうちに道路へ飛び出した二人は、すぐさまランドローバーを追いかけはじめた。

ダニーはフルスロットルで疾駆《しっく》した。ボコ・ハラムの民兵たちが積み上げた土嚢のバリケードをすれすれでかわしたとき、小石まじりの土ぼこりを巻き上げた。それが顔面に吹きつけてきたが、かまわず南へ向かった。サイドミラーにトニーの姿が映っていた。三メートルほど後方を、ダニーとほぼ一列になる格好で走っている。これだけ間隔をあけておけば、二人まとめて狙撃される恐れはない。ひどいでこぼこ道なので車体が激しく揺れた。レンジローバーだと丈夫なサスペンションと全地形対応タイヤがこうした振動を吸収してくれるのだが。

道の両側の緑がまるで流れているように見える。ダニーは前方に目を凝らしたが、ランドローバーの姿はなかった。こうなったら、全速力でひたすら走るしかない。

道路の起伏がいちだんと激しくなり、オートバイから投げ出されそうになった。しかしダニーはなんとかバランスを取りながら、窪みを飛び越えた。そこから三〇メートルほど上り坂になっていた。そのてっぺんを飛び越えたとたん、オートバイは横滑りした。ダニーはすかさず急ブレーキをかけた。車体が九〇度回転して止まると、トニーも同じように急停止したことが音からわかった。オートバイを横倒しにしたダニーは、すぐさま片膝をつき、射撃体勢を取った。そして全神経を前方に集中させた。

そこから先は直線道路になっている。最初は下り坂で、五〇メートルほど進むと今度は急な上り坂になり、ダニーの位置から一一〇メートルくらい離れたところに、その急坂のてっぺんがあった。そこに人影が見えた。一人が前面に立ち、その後ろにすっぽり隠れるようにしてもう一人立っている。ダニーはライフルのスコープを覗き込んだ。そしてトニーにもわかるよう声に出して説明した。

「中国人の男を確認。ピストルで武装しており、その銃口を正体不明の男の頭に突きつけている」

そのあいだにトニーもすぐ横で射撃体勢を取り、スコープを覗き込んだ。「ターゲット・ブルーか？」

「おそらく」

「あいつを排除するか?」

ダニーは素早く検討した。無風だが、あの中国人は人質の陰にすっぽり隠れているので、この距離から狙撃するのは無理だ。「銃撃は却下」

五秒ほど沈黙が続いた。

「ボスはおまえだからな」トニーがようやく口を開いた。その声にはトゲがあった。

「それならどうする？」

二秒後、いやおうなく決断を迫られることになった。

急坂のてっぺんから銃声がこだましたのだ。それも二度。スコープ越しに銃口から噴き出す炎が見えた。ターゲット・ブルーが地面に倒れた。ダニーの反応は本能的なものだった。すかさずライフルを構えなおすと、中国人を狙って発砲したのだ。耳をつんざくような銃声がとどろいたが、標的が坂の向こう側に身を投じたので銃弾は上方にそれた。

「人質が撃たれた」トニーが大声で報告した。「肩と脚だ。まだ息はありそうだ」

「ただちに救出する！」ダニーも大声で答えた。

そうなると二人とも足留めを食うことになるが、判断としては間違っていない。ターゲット・レッドを失ったいま、ターゲット・ブルーまで死なせるわけにはいかなかった。二人はオートバイに飛び乗った。全速力で坂を下りきると、今度は急坂を上った。人質が倒れている地点の手前一五メートルのところまで来ると、けたたましいエンジン音を圧して痛みを訴える悲鳴が聞こえた。二人は人質のすぐそばで急停止した。ダニーはオートバイを横倒しにすると、人質のかたわらにひざまずいた。ぼさぼさの髪が肩まで伸びて、数日分の無精ひげを生やしている。おまけに顔は泥だらけだ。ブルーのジーンズに薄汚れたチェックのシャツ。その右袖が血まみれの状態で肌に張り付いていたが、右脚の状態はもっとひどかった。ボコ・ハラムの連中にへし折られたのか鼻はひん曲がっている。

「あの中国野郎をとり逃した！」トニーがわめきたてたが、ダニーは人質から目を離さなかった。

「ヒュー・ディーキンか？」ダニーは大声で尋ねた。

人質から返ってきたのは苦しげなうめき声だけだ。

「あの野郎を追いかけよう！」トニーが急《せ》き立てた。

「あなたの名前はヒュー・ディーキンか？」ダニーはくりかえし尋ねた。出血多量だ――意識を失わないよう、しゃべらせる必要がある。

人質はうなずいた。呼吸は不安定で、時折息を詰まらせた。ダニーはシャツを引き裂いて銃創をむき出しにした。重傷だ。肩先から七センチほど下の上腕に直径五センチくらいの傷口があった。弾が抜けた貫通口も似たような大きさである。上腕骨は粉砕骨折している。それより心配なのが脚の状態だった。大腿《だいたい》動脈が切断されているとすれば、出血はたちまち致死量に達するだろう。

「モルヒネを打て！」ダニーは大声で命じた。「ただちに止血処置を施す」

トニーは不満もあらわに道路の先を睨みつけていた。「あの野郎を捕まえようぜ、ブラック！」

「いい加減にしろ！」ダニーは大声で言い返した。「人質の手当てが先だ」すでに両手は血まみれだった。医療パックから止血帯を二枚取り出す。とにかく出血を止めないことには話にならない。脚と上腕の傷口の数センチ上に、それぞれ一枚ずつ止血帯を巻きつけると、きつく締め上げた。その最中にも血が指のあいだからこぼれ落ちた。

一方、トニーはしぶしぶ無線を起動させた。「ターゲット・ブルーを確保。くりかえす、ターゲット・ブルーを確保。リプリー、ケイトリン、そちらの状況を報告せよ。くりかえす、そちらの状況を報告せよ……」


ダニーとトニーの乗ったオートバイが走り去ると、チクンダ村の中央部は不気味なほど静まり返った。リプリーは北ブロック、西ブロック、東ブロックを手際よくチェックしていった。東ブロックは武器庫になっていた――ロケット・ランチャーが四台、棚にずらりと並んだＡＫ47、それに弾薬を詰め込んだ木箱が数個。しかし民兵の姿はなかった。西ブロックは宿泊所になっており、薄っぺらな汚れたマットレスが一〇枚、床に点在していた。マットレスの周囲には、脱ぎ捨てられた衣服が山になっている。そこにも民兵の姿はなかった。そして北ブロック。ここにあるのはターゲット・レッドの死体だけだ。胴の上に生首の載ったグロテスクな光景を目にしていると、口の中に苦いものがこみ上げてきた。こんなところでグズグズしていても時間の無駄だ。まだ村の中に民兵が潜んでいる可能性があった。それを残らず狩り出すのがリプリーの役目である。

注意深く道路に歩み寄っていると、額から流れ落ちた汗が目に入った。西ブロックの物陰から南北に目をやる。熱気のあまり道路の先の方がゆらめいているように見えた。ライフルのスコープに目を当て、北西の焼け跡をチェックする。唯一の動きは飛来した野鳥だった。かつては家屋の一部だった崩れかけの壁にとまって羽を休めている。距離はおよそ二〇〇メートル。

そのときイヤホンからトニーの声が聞こえた。「ターゲット・ブルーを確保。くりかえす、ターゲット・ブルーを確保。リプリー、ケイトリン、そちらの状況を報告せよ。くりかえす、そちらの状況を報告せよ……」

ケイトリンが答えた。「北からチクンダに入るルートを監視中」

リプリーも報告した。「これから塀の中に小屋が三戸並ぶ敷地に向かう」

無線交信は終了した。

リプリーは北に向かった。道路に沿って二五メートルばかり歩くと、小屋を取り囲む塀に突き当たった。ブロック造りの本格的な塀で、高さも五メートル近くある。手がかりになるような突起がまったくないのでよじ登ることはできない。そこで塀に沿って進んだ。四〇メートルほど歩くと、木製の門があった。観音開きの門扉《もんぴ》は高さ三メートルくらいで、両端がブロック塀にしっかり固定されている。見るからに頑丈そうな門扉だが、不思議なことに外側から大型の南京錠で施錠してあった。

リプリーはしばらく頭をひねった。いったいどういうことだ。これほど防御厳重な場所がありながら、どうして北ブロックみたいな侵入されやすい建物に人質を監禁したのだろう？　本来の監禁場所はここだが、処刑するために移動させたのか。あるいは何か重要なものを保管しているのかもしれない。ひょっとしたら、ここも武器庫なのか。とにかく内部を調べる必要があった。

こんな錠なら簡単に壊せる。リプリーは大きめのオレンジサイズの石を拾い上げた。南京錠でロックされた留め具をその石で数回殴りつけた。木片が飛び散り、留め具は変形した。三〇秒もしないうちに、留め具は南京錠をぶら下げたまま抜け落ちた。リプリーはライフルを構えなおすと、門扉を慎重に蹴りつけた。蝶番《ちょうつがい》をきしませながら、門扉が勢いよく開いた。

「北からチクンダに入るルートを監視中」

「これから塀の中に小屋が三戸並ぶ敷地に向かう」

ケイトリンは腹這いになっていた。そこは道路から三〇メートルばかり離れた高台で、草むらが格好のカムフラージュになってくれた。強烈な陽射しが後頭部に降りそそぐ。まるでハンマーで頭をガンガン殴りつけられているみたいだ。ターゲット・レッドの死亡はひどく残念だったが、重傷とはいえ、ターゲット・ブルーが生きて見つかったことを知り、いくらか気を取り直した。とは言うものの、この落とし前をつけさせなくては腹の虫が収まりそうにない。引き金に当てた指がむずむずしていた。ケイトリンの役割はシンプルである。道路を見張り、北から敵の増援がやって来たら仲間に知らせるのだ。

手持ちスコープで道路周辺をあらためてチェックする。ケイトリンは村の焼け跡を真正面に見る位置にいた。そのためどうしても、焼け落ちた家屋の残骸に目が向いた。ボコ・ハラムに襲撃されたとき、村人たちはどんな目に遭わされたのだろう。あの焼け跡から立ち昇る黒煙は実際に目にしていた。女子どもは泣き叫び、家族を守ろうとする男たちはアサルトライフルで容赦なくなぎ倒される。そんな光景を思い浮かべていると、焼け残った家屋の一つがふと目に留まった。といっても、黒くすすけた壁が残っているだけだが。

ケイトリンは思わずハッと息を吸い込んだ。その壁の下に横たわる人影が見えたのだ。死体だ。しかし、どこか変だった。ズームアップしてみる。その死体はあお向けに倒れていた。視界がぶれないよう両手でスコープをしっかり固定したままレンズを覗き込んだ。数秒後、気になった点が判明した。それはナイジェリア人の犠牲者ではなかった。肌が白いのだ。

胸騒ぎを覚えた。あの死体は何者？

ケイトリンは周辺を入念にチェックした。ほかに人影はない。すぐさま無線で連絡を取る。「これから道路を横断して西サイドへ向かう。どうしても確かめたいことがある」

「了解」ダニーの声が返ってきた。

ケイトリンは立ち上がると、謎の死体が横たわる焼け跡に向かって駆け出した。

銃創近くに止血帯を巻きつけ、脚にモルヒネを注射した。いくらか効果があったみたいだが、さほど助けにはならなかった。ターゲット・ブルーはひどい状態だった。上腕の出血が続いているのだ。右手まで流れ落ちた血はすでに乾いており、爪のあいだにまで血がこびりついていた。

「われわれは英軍だ」ダニーはターゲット・ブルーに説明した。「すぐにここから連れ出してやる」そして立ち上がると、トニーに命じた。「車を取って来い。本部に無線連絡して負傷者後送を要請するんだ。おそらくナイジェリア政府の支援が必要になる。そうしないと、とても助からんだろう」

トニーはうなずいたが、しかめ面のままだ。中国人追跡の提案をはねつけられたことをまだ根に持っているらしい。しかし何も言わずに背を向けると、その場から駆け出した。

ダニーはふたたびしゃがんだ。「いいか、よく聞け」重傷の相手に声をかける。「何でもいいから、おれに話してくれ。わかったな？ とにかくしゃべり続けるんだ……」

この状態で意識不明になると、二度と目覚めない可能性が高いからだ……。

「これから道路を横断して西サイドへ向かう。どうしても確かめたいことがある」

「了解」

リプリーは無線交信を聞き流しながら敷地内に踏み込んだ。どんな動きも見落とさないよう全神経を研ぎ澄ませる。理由はわからないが、異様な静けさが気に障った。

目にしたものを瞬時に記憶に刻み込んでゆく。敷地内には石ころやゴミが一つも落ちておらず、何らかの目的があって掃除したかのようだ。衛星写真と高台からの偵察時に確認した円形の小屋は、間近で見ると直径七メートルほどだ。土壁に草葺の屋根、それに木製の扉。この扉も外から施錠されていた。

何の動きもなく、物音もしない。敷地全体がもぬけの殻といった感じだ。しかし、かすかに不快な臭いがした。腐臭だ。

銃床を肩にしっかり当ててライフルを構えなおすと、一番目の小屋に向かった。距離一〇メートル。もはや石ころなど使わず、勢いをつけて蹴り開ける。

この小屋は無人だった。ただ、二時の方向、壁ぎわに白いオーバーオールが山積みになっていた。

外へ出る。ライフルを構えたまま二番目の小屋に向かい、ここも蹴り開ける。

この小屋の中央には木箱が置いてあった。箱の側面に漢字の表記。木の蓋がわきに放置されていた。箱の中は空っぽだった。リプリーは二番目の小屋を後にすると、三番目に向かった。

ケイトリンはアサルトライフルを構えながら、瓦礫の中に足を踏み入れた。焼け跡全体がまだ焦げ臭かった。ナイジェリア人の子ども二人の死体が目につくと気分が悪くなった。二人ともうつ伏せに倒れている。射殺されたのだろうか。それとも焼死か。

わざわざ確かめる気にはなれなかった。子どもの死体を頭から締め出し、本来の目的――白い肌の死体――に神経を集中させる。その死体は一五メートル前方にあった。壁にもたれる格好で道路に顔を向けている。胸に銃創があった。薄地のスポーツジャケットに淡色のズボン。いまでは両方とも血と泥にまみれている。ブロンドの髪を短く刈り込み、ひげをきれいに剃りあげていた。死んで間もない感じだ。少なくとも、あのナイジェリア人の子どもたちよりずっと後だろう。

ケイトリンは不安な面持ちで一五メートルの距離を横切った。すぐ近くまで来ると、ライフルをたすき掛けにしてから、死体の懐に手を差し込んだ。財布は期待できなかった――おそらくボコ・ハラムに強奪されているに違いない。しかし指先に何かが触れた。クレジットカードと同一サイズの物体である。すぐさま引き抜く。それは国際運転免許証だった。

免許証の姓名に目をやる。

ヒュー・ディーキン。

全身から血の気《け》が引いた。顔写真を入念にチェックする。死体の顔とそっくりだった。

ケイトリンはすぐさま無線で連絡した。「ダニー、こちらケイトリン」

「どうした？」

「そちらで確保した人物はターゲット・ブルーじゃないわ」

「何を言ってるんだ？」

「そこにいるのはターゲット・ブルーじゃないのよ。ヒュー・ディーキンならわたしの目の前にいるわ。死体になってね」

ダニーは応急手当をしたばかりの男に目を向けた。地面にあお向けに横たわり、青白い顔を苦痛にゆがめている。モルヒネの注射もあまり効き目がないようだ。一気に疑わしくなってきた相手をじっと見つめる。

その目が右手で留まった。右腕の傷から流れ出している血と右手の血は別物ではないのか。右手の血はすでに乾き、爪のあいだにも乾いた血が詰まっている。

ダニーはハンドガンをゆっくり引き抜いた。そして給弾すると、銃口を男の頭に押し付けた。

「おまえの名は？」

若い男はうつろな目をダニーに向けた。

「おまえの名を教えろ」

若い男は目を閉じると「うるせえ、兵隊野郎」とつぶやいた。

ダニーは銃口を外すと、相手の人相をじっくり検分した。トニーの自宅で見かけた

〈ミラー〉の一面がふいに脳裏によみがえった。

ジハーディ・ジムのファーストショット。

まばらな顎ひげ。折れたように曲がった鉤鼻。

その本人が目の前にいた。

ダニーはおのれの不明を呪った。目先の任務に追われるあまり、全体像への俯瞰《ふかん》を怠っていたのだ。

ダニーはふたたびジハーディ・ジムの額に銃口を押し当てた。いつでも弾をぶち込める構えだ。

「ハッタリはよしな、兵隊野郎」ジハーディ・ジムはささやくような声で言った。激痛に全身を震わせているにもかかわらず、驚くほど挑発的な物腰だった。

「ハッタリじゃない」ダニー・ブラックは不気味なほど静かな口調で告げた。「おれは本気だ。おまえがあの村でしでかした蛮行をこの目で見たからな」

「あの野郎、豚みたいに泣きわめきやがった。いつもなら鎮静剤でおとなしくさせるんだが、今回は打たなかった」

こんな外道はただ殺すだけでは飽き足らない。とことん痛めつけたくなってきた。

ダニーは右手を振り上げると、相手の銃創を殴りつけた。ジハーディ・ジムは全身を痙攣させると、激痛にうめいた。

「その調子だ、兵隊野郎」ジハーディ・ジムは押し殺した声で言った。「さっさと殺しやがれ。だけどな、あの村で起きていることを知ったら、目ん玉を引ん剝くことになるぜ」

「あそこには何もない。みんな死んだ」

ジハーディ・ジムは薄ら笑いを浮かべた。「ほう。で、死因は？」

腐臭がいちだんとひどくなった。リプリーは吐き気を覚えた。この小屋の中には、あきらかに何か不吉なものが存在していた。使い捨てた衣類や空っぽの木箱など及びもつかない何かが。リプリーは扉の前で耳をそばだてた。物音はしない。そこで一気に蹴り開けると、銃を構えて突入した。

たちまち凄まじい悪臭に襲われて身体を二つ折りにした。いまにも嘔吐しそうだったが、何とかこらえると、薄暗い室内に目を凝らし、死体を数えた。

全部で五体。いずれもアフリカ人で、男三名、女二名。一人残らず全裸で、ガリガリに痩せこけている。あお向けに倒れている者と、胎児のように身体を丸めている者がいた。当然動きはない。一一時の方角、壁ぎわに糞便の山。つまり、ここに運び込まれてしばらくは生きていたわけだ。

死因は見当もつかない。栄養失調？　水分不足？　原因はともかく、無残な死に様であることは間違いない。

リプリーが後ずさって小屋を出ようとしたそのとき、思いもかけない動きがあった。身動きしたのは、小屋の右手にあお向けに倒れていた二人の女のうちの一方だった。上体を大きくのけぞらせて、うめき声を上げたのだ。その女はまだ生きていた。

こういう場合、ＳＡＳ隊員は反射的に行動する。モルヒネと抗生物質は常時携帯していた。ひょっとしたら命を救えるかもしれない。リプリーは銃口を下げると女のかたわらにひざまずいた。

そのとたん、致命的なミスを犯したことに気づいた。

暗がりに目が慣れてきた上、すぐそばに近づいたので、死体の状態がはっきりと確認できたのだ。茶色の肌はどす黒い膿疱《のうほう》に覆われていた。かさぶた状になったものもあれば、いまだにじくじくと膿《うみ》が滲み出ているものもあった。死者の顔はいずれも苦《く》悶《もん》にゆがんでいた。おそらく想像を絶する激痛に襲われながら断末魔を迎えたのだろう。鼻と口のまわりに乾いた血がこびりついている。さらに首から下に目をやると、吐《と》瀉物《しゃぶつ》や下痢便が身体のあちこちにべったり張り付いたまま乾いていた。床に敷いてあるむしろにも同じような汚れが残っている。

「これはいったい……」リプリーは絶句した。

一刻も早くここを出る必要があった。

「死因？　どういう意味だ？」ダニーは問いただした。

ジハーディ・ジムはふたたび薄ら笑いを浮かべた。「おい、兵隊野郎、まだ人間モルモットを見つけてねえのかよ？」そう言うと目を閉じた。

「人間モルモット？　いったい何の話だ？」

ジハーディ・ジムは激痛に顔をしかめた。「小屋の中の……死体……」

間があった。

「その死因は？」

ジハーディ・ジムはふたたび目を開けると、ささやくような声で暗唱を始めた。

「わたしはあの者をヘルファイアに叩き込むであろう。そうすればヘルファイアがいかなるものか、そなたたちにもわかるであろう。あれを乗り切れるものはおらず、何もかも烏有に帰すことになる。人々の肌は黒ずむのだ」

「もう一回だけ訊《き》くぞ、クズ野郎。死因は？」

「ペストだよ、兵隊野郎」ジハーディ・ジムは答えた。「ペスト菌」

リプリーが動き出す暇もなく事は起きた。女はふたたび上体をのけぞらせた。しかも目を開けて、リプリーを振り返った。その顔は黒ずんだ膿疱にびっしり覆われていた。女は振り向くと同時に、喉の奥からゴロゴロと異音を響かせた。そしていきなり咳き込んだ。生温かい飛沫《ひまつ》がリプリーの顔面に降りかかった。

「うわっ……」

リプリーはあわてて後方に飛びのいた。女はそれっきり動かなくなった。リプリーは顔に手を触れると、その指先を見つめた。赤っぽい粘液で濡れている。

「なんだ……これは！」

外へよろめき出ると、ふたたび吐き気がこみ上げてきた。今度はこらえることができず、地面に嘔吐した。それから迷彩服の袖で顔を拭った。喀痰《かくたん》状の粘液が袖についた。

顔中、その粘液でべとついていた。

第9章　悪疫

無線からリプリーの張りつめた声が聞こえた。「聞こえるか?」

ダニーはできるだけ冷静に対応した。「どうした?」

「いいか、よく聞いてくれ。あの小屋で、ナイジェリア人の死体をいくつも見つけた。死因は……よくわからないが……なんらかの感染症だろう。一人、死にそこねたのがいて、咳き込んだ拍子に、痰状の粘液をおれの顔に吹きつけやがった」

間があった。

「おまえの現在位置は?」

「塀に囲まれた敷地内だ。外から施錠されていたんで、鍵を壊して入った。てっきり武器庫か何かだと思ったんだが……」

ダニーは立ち上がった。「すぐ行く」

ジハーディ・ジムを見下ろした。こいつを始末するのは後回しだ。しかし、実際のところは、生かしておく必要があった。貴重な情報源だからだ。本人もそれを承知しているから、高をくくってなめた口をきくのだ。

ダニーはやにわに背を向けると、無線連絡した。「トニー、この若いのを置いてゆく。負傷者後送《カジヴァック》は延期だ。こいつを車に乗せて村まで連れて来い。絶対に死なせるなよ」

「どうなってんだ?」

「いいから言われたとおりにしろ」

ダニーはオートバイに飛び乗ると、すぐさまエンジンをかけて、チクンダ村へ引き返した。道路が平坦になると、ケイトリンの姿が見えた。ゆらゆらと陽炎が立ち昇る中、村の北端から道路を駆けもどって来る。距離は見定めにくいが、ダニーからおよそ三〇〇メートル、問題の敷地からはわずか五〇メートルといったところか。ジハーディ・ジムから聞かされた事実を無線で伝えたくなかったが――リプリーはおそらく震え上がるだろう――その相棒にケイトリンを近づけるわけにはいかない……。

ダニーは前かがみになってハンドルを握り、オートバイをすっ飛ばした。でこぼこ道なので車体が激しく上下する。西ブロックを通過したとき、女兵士までまだ五〇メートルの距離があった。その一方、当のケイトリンは敷地の手前一五メートルのところにいた。ダニーは急ブレーキをかけると、耳障りな音を立てて急停車したオートバイをその場に放り出した。エンジンはかけたままだ。

「そこを動くな」ダニーは怒鳴った。「動くんじゃないぞ!」

ケイトリンは立ち止まった。小首を傾げ、戸惑っている様子だ。ダニーは全速力で駆け寄った。そして敷地の手前一〇メートルのところまで来たとき、リプリーが門の外に出てきた。思いつめたような表情を浮かべている。薄汚れた顔全体にピンクがかった染みが残っており、てかてか光っていた。

「何があったか教えろ」ダニーは命じた。

「小屋の中に死体が五つあった。何かに感染したらしい。そのうちの一人がまだ生きていて、咳き込んだ拍子に、おれの顔に痰を飛ばしやがった」リプリーはダニーの表情を読んだ。「おまえ、その正体を知ってるな。教えろ」

ダニーは数歩近づいた。「おそらく平気だ」そう言いながら、さらに一歩踏み出そうとしたとたん、リプリーはハンドガンを引き抜いて、ダニーに向けた。

「それ以上近寄るな。人を子ども扱いするんじゃない。死因はなんだ？」

ダニーはリプリーの目を見ながら言った。「ペスト菌」

リプリーは一瞬目をつむったが、銃口は下げなかった。「そこで待ってろ。中に入ってきたら撃つからな。わかったか？」そう言いながら後ずさった。

「リプリー……」

「もうすぐ父親になるんだろ、ダニー。子どものことを考えろ」

ダニーは思わぬ言葉をぶつけられて立ちすくんだ。子どものことなど考えもしなかった。ケイトリンはそんなダニーを不思議そうに見つめた。「彼の言うとおりよ。

入っちゃいけない。わたしが行かせないわよ」

ダニーは右へ目をやった。レンジローバーが陽炎の中を近づいてくる。距離は五〇〇メートルくらいだ。ジハーディ・ジムがまだ生きていることを祈った。

リプリーがふたたび姿を現わした。白い衣類を両手で抱えている。「別の小屋でこいつを見つけた。防疫服だ。これから自分を隔離する」

「おい……」

「いいからよく聞け、ダニー」リプリーの声が初めて震えた。「ポートンダウン（イングランド南西部にある英国防省応用微生物研究所の通称）に行けば、おそらく特効薬があるだろう……」

リプリーは防疫服を着はじめた。まず両脚を入れ、つぎに左右の腕を通し、最後に頭から白いフードをかぶった。そして無線を使って説明を始めた。「まだ話せるうちに何があったかを教えておく。小屋には男三名、女二名の死体があった。いずれも全裸だ。小屋は外から施錠されていた。この五名はおそらく生体実験に使われたんだろう。身体中に黒ずんだ膿疱があった。吐瀉物と下痢便にまみれていた。漢字表記のある箱があったが、中は空っぽだった」

「生物兵器だな」ダニーはつぶやくように言った。その声はケイトリンにしか聞こえなかった。「ウイルスの毒性を確認していたんだ」

「そのためにこの村を襲ったのね」ケイトリンはショックを隠せない様子でつぶやい

た。「自分たちの本拠地で実験したくないものだから。菌が漏れ出したら、わが身が危うくなるから」

「水が必要だろ」ダニーは大声で呼びかけると、装備ベルトからウォーターボトルを引き抜き、仲間に歩み寄ろうとした。

リプリーは躊躇《ちゅうちょ》しなかった。すぐさま銃を構えなおすと銃口をダニーに向けた。

「放ってよこせ」

ダニーはためらったが、結局相手の言うとおりにした。ウォーターボトルはドサッと音を立てて仲間の足元に転がった。そのとき、視界の片隅にレンジローバーを捉えた。ダニーから二〇メートルほど離れたところに停車したのだ。「医薬品を取ってきてやるよ」ダニーは小声で言った。「抗生物質……抗ウイルス薬……必要な物は何でも。きっとよくなるさ」これでリプリーが元気づいてくれるといいのだが、自分でも説得力があるとは思えなかった。

ダニーはレンジローバーに駆け寄った。ジハーディ・ジムが助手席に乗っていた。ヘッドレストに頭をあずけて、ルーフを見つめている。大股で助手席側に歩み寄ったダニーは、トニーが降り立つのを待たずにドアを勢いよく開けると、ジハーディ・ジムを引きずり出した。そして相手の喉元をつかんで、車体から数歩離れさせると、声を荒げて命じた。「そこでじっとしてろ。少しでも動いたらぶち殺す。おまえが何を知っていようと関係ない」

ダニーは若者を地面に押し倒すと、レンジローバーまで引き返した。

「いったいどうなってんだ？」トニーが問いただした。「リプリーは具合でも悪いのか？　ターゲット・ブルーをどうする？　あの中国人を追いかけなくてもいいのか？」

「とにかくヘリフォードに緊急連絡だ」ダニーはそっけなく答えた。

そして車に乗り込むと、シートの下に取り付けた無線機を使って、本部を呼び出した。

第10章　チョップ・チョップ・スクエア

サウジアラビア　リヤド　アラビア標準時一五〇〇時

中東には二度と足を踏み入れたくないと思っていたのに。ヒューゴー・バッキンガムは胸のうちでぼやいた。駆け出しの頃、リヤドで何年も過ごし、独特のたたずまいを見せるこの街が大好きになった。しかしダニー・ブラックという狂気じみたSAS隊員が同行したシリア任務では何度も命を落としかけた。だから、MI6本部ビルの居心地のいいオフィスを離れるのは気が進まなかった。

英国航空のボーイング747型旅客機が砂漠の王国の領空に入ると、バッキンガムはいやおうなく背負わされた重圧をひしひしと感じた。ファーストクラスのゆったりしたシートに腰掛けながら、外の風景に目をやる。油井《ゆせい》のガスを燃焼させる煙突が林立し、絶え間なく炎を噴き出している。砂漠に点在する集落は、広大な砂丘に比べると驚くほど小さかった。いつの間にかダニー・ブラックのことを考えていた。あのSAS隊員はシリアで一線を踏み越えた。幸いなことに、ブラックを喜んで消してくれる仲間がＣＩＡにいる。それも事故死というかたちで。バッキンガムは「よろしく」と一言伝えればいいだけだ。人の生死を左右できる権力を手にしているかと思うと、じつに気分がよかった。サウジの状況は不明だが、彼には人に先んじる能力があった。人の心を操り、こちらの思いどおりに動かすのだ。そのテクニックにはいささか自信があった。今回の任務もなんとかこなせるだろう。

一般の旅行客として到着したので外交官特権は使えない。バッキンガムは民間人と一緒に入国審査の列に並んだ。伝統的な衣装に身を固めた審査官はパスポートを入念にチェックした上で、ていねいにスタンプを押し、入国を許可してくれた。リヤドの事情は知り尽くしている。サウジ秘密警察――できれば関わりたくない組織――は二四時間もしないうちにバッキンガムの入国を察知するだろう。そうなると、いきなり道ばたで呼び止められることになる。相手はおそらく黒のベンツに乗った役人で、慇《いん》懃《ぎん》な態度で同行を求められる。「世間話」をするために。拒否することは許されないが、すぐさま英国大使館に連絡すれば問題ない。雑談をしているうちに大使館から迎えが来て、その庇護《ひご》下に置かれるからだ。そして次の指示を待つ。

中東の暑さをほとんど忘れかけていたので、サウジの暴力的とも言える気候にはいつもながら驚かされた。エアコンの効いたキング・ハーリド国際空港ターミナルビルを出たとたん顔をしかめた。真夏でないのがせめてもの救いだが、それでも外気にさらされるのは数秒でもごめんだった。幸いなことにエアコン付きタクシーに乗ることができた——車体は薄っすらと砂ぼこりをかぶっていたが——とにかくそのタクシーで街の中心部へ向かった。

リヤドはコントラストの際立った街である。バッキンガムはいつもそう思った。近代的な高層ビル群はこの国の富の象徴だ。しかしそのビルの裾野《すその》には伝統的な家屋が軒を連ねており、モスクが点在する。そうした中でヒジャブやブルカで顔を隠した女性たちの姿を目にすると、ここが厳格な宗教国家であることをあらためて思い知らされる。礼拝を呼びかけるアザーンの声が日に五回響きわたる。アルコール類は禁止されているし、女性が車を運転することは違法行為と見なされる。リヤドは近代と中世が同居した街なのだ。

「アルディーラ地区」バッキンガムは流暢《りゅうちょう》なアラビア語で運転手に命じた。目下の者に命令口調になるのは、ここではごくふつうのことであり、そうした慣わしもリヤド駐在時代に学んだ。元から人を人とも思わないタイプなので、つっけんどんな物言いもごく自然に身に付いた。運転手は入国審査官と同じ白い長衣姿だった。バックミラーに目をやると、その運転手が敵意とまでは行かないものの、いかにも不審そうな視線をこちらに向けてきた。それも二、三度。理由は明白である。アルディーラ地区は外国人が足を踏み入れるような場所ではないのだ。「さっさと車を出せ」バッキンガムは命じた。「日が暮れないうちにな」

いかにも傲岸不遜《ごうがんふそん》な物腰だったが、それは不安の裏返しでもあった。落ち合う場所をバッキンガムの方で決めてよいのなら、間違ってもアルディーラなんか選ばなかっただろう。しかし、彼のあずかり知らぬ複雑怪奇な経路をたどってＭＩ６にもたらされた伝言にはこうあった——アルディーラ広場西側の市場《スーク》のすぐ外に立ち、アフメド・ビン・アリ・アルエッサがコンタクトしてくるのを待て。

タクシーは交通量の多い道を南へ向かった。高層ビル群のかたわらを通り抜け、椰子の並木に縁取られた広い幹線道路を走る。豪勢な高級ホテルや優美なモスクが立ち並ぶ中心部を後にすると、みすぼらしい家屋が軒を並べる地区に入った。アルディーラ地区の外縁部に達すると、バッキンガムは運転手に車を停めさせて料金を支払った。そこから先は歩くことにしたのだ。

あたりは人でごった返していた。スラックスとオープンシャツ姿のバッキンガムはひどく目立った。それも当然で、白い長衣姿の男と黒いブルカ姿の女たちがひしめき合う中で、洋装の人物は彼だけだった。特に関心を示す者はいなかったが——サウジで西洋人はさほどめずらしい存在ではない——それでも顔を伏せるようにして——色とりどりの果物を満載した屋台、ありとあらゆる装身具類を扱う小間物屋、スパイス専門店、昼間だというのに派手なネオンサインをつけっぱなしにしている小型スーパーなど——商店がびっしり立ち並ぶ小路を歩きつづけた。

人の流れに逆らうことなく進む。だいたいの方角はつかんでいたので、五分ぐらいすると、西へ向かうわき道にそれた。予想どおり、合流地点《RV》に指定されたスークの正面に出た。

スークのすぐ外に商店が三軒並んでいた。一軒目は布地を扱う店で、木製カウンター奥の棚に色とりどりの布地が山積みになっている。それとサンダル。無数のサンダルが壁や天井から吊り下げてあり、店内は真新しい革の匂いでむせ返らんばかりだった。二軒目は干魚店で、独特の臭気を放つ干し魚をトロ箱から直接手渡しする格好で販売している。三軒目はデーツ（ナツメヤシの実）専門店で、多種多様なデーツを大かごに入れて売っており、中にはオレンジサイズのものまであった。バッキンガムはこのデーツ店の前に立った。時刻をチェックする。午後四時前。ほぼ時間どおりに到着したわけだ。

さりげなく周囲を見回し、こちらを見ている通行人がいないかどうか、それとなく確かめる。ロンドンオフィスで見せられたアフメド・アルエッサの顔を思い浮かべたが、同じような衣服を身につけた人々が行き交うこの雑踏の中から目当ての人物を特定するのは至難の業だった。上着のポケットから糊《のり》のきいたハンカチを取り出して、額の汗を拭う。

ふいに耳元で声が聞こえた。アラビア語だ。「お客さん、デーツをお求めですか？」

バッキンガムはくるりと振り返った。いやしげな風貌の店主が歯抜けの口をほころばせて笑顔を見せた。バッキンガムは首を横に振ると、そっぽを向いた。

「どれもいい品ですぜ！」店主は押し売りを始めた。

「わたしにかまうな」バッキンガムはアラビア語でぴしゃりと言った。

「お安くしますけど！」

バッキンガムはもう一度振り返った。「わたしにかまうんじゃない！」

店主はムッとした表情を浮かべたが、デーツのかごの後ろに下がると、それっきり黙り込んだ。

バッキンガムはふたたび時刻をチェックしながら、思わず大声を上げてしまったことを悔やんだ。デーツを少しばかり買ってやれば、その後はうるさく声をかけてくることもなかっただろうに。元来こうしたタイプの仕事には不向きなのだ。四時二分になった。嫌な予感がした。もしアフメド・アルエッサが現われなかったらどうする？ そもそも彼のような情報提供者は信用できないものだ。コンタクトできるまでリヤドに留まるよう命じられるだろうか？ バッキンガムはつぶやくような声で悪態をつくと、上着の右袖で額の汗を拭った。早いところ帰国してロンドンの自宅でクラレット（仏ボルドー産の上質な赤ワイン）を味わいたかった。

「ミスター・バッキンガム？」

びっくりして飛び上がりそうになった。左の肩越しに、落ち着いた低い声が聞こえたからだ。バッキンガムはすかさず振り返った。伝統的なアラブ服を身につけた端整な顔立ちの男がわずか五〇センチほど後方に立っていた。浅黒い肌に茶色の目、そして入念に手入れした顎ひげ。男はバッキンガムの顔を直接見ることなく、周辺の状況にさりげなく目を配っていた。

「ミスター・アルエッサ」バッキンガムはそう答えると、アラビア語で正式にあいさつした。「あなたの上に平安を《アッサラーム・アレイコム》」

「あなたにこそ平安を《ワアレイコム・サラーム》」アラブ服の男も正式にあいさつを返した。「堅苦しい礼儀作法はここまでにしましょう、ミスター・バッキンガム。わたしのことはアフメドとお呼びください」

バッキンガムも反射的に「ヒューゴー」と呼んでくれと言いそうになったが、結局思いとどまった。どちらがボスかをこの異邦人にははっきり示しておく必要があったからだ。

「空港から尾行されませんでしたか？」アフメドは尋ねた。

「その心配はご無用」バッキンガムはさも自信ありげに答えたが、じつのところ尾行のことなど考えもしなかった。当然確認もしていない。

「わたしには心配事がたくさんありましてね」アフメドは言った。「こうしてお会いするのも安全上いささか問題があるのです。少し歩きませんか？」

バッキンガムは顎を突き出した。相手の言いなりになるつもりはなかった。「それより話がしたい」

しかしアフメドはすでに歩き出していた。パイロット用のサングラスをかけながら。バッキンガムはその後を追うしかなかった。「もっと落ち着いた場所でお会いできるといいのですが」アフメドは釈明した。「どこで誰が聞き耳を立てているかわかりませんからね。結局こうやって雑踏の中を移動しながら言葉を交わすのが一番安全なのです」

「それなら致し方ない」バッキンガムもしぶしぶ認めた。

「いまどこにいるかご存知ですか？」

バッキンガムはうなずいた。「アルディーラ広場のすぐ西側だ」

「それなら西欧の旅行者がここを何と呼んでいるかもご存知でしょうね？」

バッキンガムはためらいがちに答えた。「もちろん。ぶった切り広場《チョップ・チョップ・スクエア》だろ」

リヤドに長く住んでいるとチョップ・チョップ・スクエアのことは嫌でも耳に入ってくる。ふだんはサウジの首都にある多くの広場と変わらない。壮麗なグランド・モスクと古びたマスマク城塞《じょうさい》に挟まれた一角で、椰子の並木があり、ベンチが並んでいる。定期的に市場が開かれるごくふつうの広場なのだが、まったく別の目的に使われる日もあった。じつは広場の中央に排水溝が一本通っている。ただ、この溝に流れ込むのは雨水ではなく血であった。そう、チョップ・チョップ・スクエアとは公開処刑場の呼び名なのだ。この広場でサウジ王国が死刑を命じた罪人の斬首刑が執行されるのである。リヤドに駐在しているあいだ、この広場はずっと避けていた。公開処刑の光景を思い浮かべただけで気分が悪くなるからだ。

「ミスター・アルエッサ、あそこは御免こうむる。どこかもっと面談にふさわしい場所を……」

「そうおっしゃらずに、ぜひお願いします」アフメドは振り返って言った。真っ黒のサングラスに自分の汗だくの元気のない顔が映っていることにバッキンガムは気づいた。「ご理解していただきたいことがあるのです」

バッキンガムは身震いを抑え込むと、ふたたびハンカチで額の汗を拭いた。「そんなことを言われても、ミスター……」

しかしアフメドはすでに歩き出しており、またもバッキンガムはその後を追いかけるしかなかった。

二分後、角をまがると目の前にチョップ・チョップ・スクエアがあった。凄い混みようで、ざっと見て五百人くらいはいるだろう。そんな大群衆が広場の真ん中を取り囲むように人垣を作っているのだ。その中央には、パトカーが三台停まっていた。空色の何の変哲もないバンに並ぶように。熱気のこもったざわめきが途切れることなく続き、ときおり叫び声が聞こえた。人ごみの頭越しに、後ろ手に縛られて地面にひざまずいている女が見えた。その両わきに薄茶色の制服姿の男がライフルを構えて立っていた。さらに女の数メートル後方、パトカーのすぐそばに、いかつい面構えの男が一人立っている。その男は白のディシュダーシュと赤のチェックの頭巾を身に付け、腰のベルトに鞘《さや》入りの剣をぶら下げていた。

バッキンガムは膝から力が抜けてゆくのを感じた。そして「なんてこった……」とうめくようにつぶやいた。

人垣の後ろにいるあいだ、アフメドとバッキンガムに注意を払う者は一人もいなかった。群衆の視線は例外なく広場の中央に向けられていた。バッキンガムは自分の手足が震えていることに気づいた。

「おい」バッキンガムは言った。「こんなところに来る必要はないだろ……」

「その必要があるのです」アフメドは答えた。

バッキンガムは女が引き据えられている広場中央に視線を戻した。思わず唾を飲み込んだが、魅入られたように女を見つめた。「あの女は何者だ?」

「ホテルのメイドです」アフメドは答えた。「背教の罪に問われました。信仰を棄てることはサウジアラビアでは重罪です。通常の犯罪なら、被害者側が情状酌量を申し出れば減刑されます。しかし背教に被害者はおりません。あのメイドが赦免される可能性はまったくありません」

見るからに胸が悪くなる光景だったが、剣を携帯した男が死刑囚に歩み寄るとますます目が離せなくなった。群衆のあいだから静寂を促すシーという声が聞こえた。処刑人が剣を引き抜くシュッという音が、離れたところに立っているバッキンガムにも届いた。刃渡り一二〇センチほどの剣はかなり細身で、先端がやや湾曲していた。

「あの女に運があれば」アフメドは小声で言った。「一撃で首を打ち落としてもらえます。場数を踏んでいる処刑人なら、それくらいの技量はありますからね」

処刑人はさらに歩を進め、死刑囚のすぐそばに立った。てっきり身もだえしながら泣き叫ぶと思っていた女は、不思議なほど静かだった。もはや逃げ道がないことをわきまえているのだろうか。

突然、群衆の中から叫び声が上がった。数人が振り返ってバッキンガムを見つめた。その中の一人に手首をつかまれたバッキンガムは、前の方に引っ張られた。パニックになりかけていると、あっという間に人々が道を開けた。思わぬ展開にすくみあがり、大声で抗議すべきか、素直に従うべきか決めかねた。結局ぶつぶつ文句を言いながら、相手の手を振りほどこうとむなしい奮闘を続けたが、一〇秒もしないうちに人垣の最前列まで来ていた。バッキンガムの手首をつかんだ男がアラビア語で叫んだ。「異教徒だぞ！　この異教徒を見ろ！」

膝がガクガクしてきた。いったいどうなっている？　このわたしをどうするつもりだ？　ふいに突飛《とっぴ》な考えが頭に浮かんだ。わたしもまた処刑されるのだろうか？

そんな馬鹿な。男はバッキンガムの手首をつかんだまま放さなかった。死刑囚の女が顔を上げた。二人は目を合わせることになった。これほど絶望しきった顔をバッキンガムは見たことがなかった。

その顔合わせも長くは続かなかった。

処刑人は右脚を前に出し、左脚を後ろに引いた。まるでふくらはぎのストレッチみたいだな、とバッキンガムは不謹慎な連想に捉われた。

処刑人の刃《やいば》が女のうなじにそっと触れた。そのとたん、女はグッと身を硬くした。

処刑人が剣を大上段に振りかぶると、鋼の刃が陽射しをきらりと照り返した。その剣を一気に振り下ろす。無理のない流れるような動きだった。バッキンガムはとっさに目をつむったが、間に合わなかった。女の首を骨ごと難なく切り落とす瞬間を目にしてしまったのだ。肉を断ち切る鈍い音も耳に届いた。生首が地面に転げ落ちると同時に、首を失った胴から血が噴き出した。その胴体もドサッと音を立てて横倒しになった。不思議なうなり声が群衆のあいだから漏れた。

　バッキンガムは嘔吐しそうになった。自由に動かせる手を口元に当てて、何とかその吐き気をこらえた。手首をつかんでいた男がようやく手を放してくれた。男は何も言わず、振り返ることもせず、そのまま群衆の中に姿を消した。野次馬たちが次々と立ち去る中、アフメドが歩み寄ってきた。その顔は憂いに沈んでいた。

「斬首された遺骸は、三日間人目に晒《さら》されるそうです」アフメドは広場の中央を平然と見つめながら小声で言った。

　大判の白布で剣を入念に拭っている処刑人の姿を、バッキンガムは視界の隅に捉えた。前かがみになった制服警官が二人がかりで、それぞれ腕と脚をつかんで死体を持ち上げた。三人目の警官は生首を要領よく布に包むと、空色のバンへ向かった。いずれも淡々と職務をこなしていた。処刑の後片付けに興味を示す者はほとんどおらず、人影はたちまちまばらになった。

「ど……どうして、あの男はわたしの手首をつかんだのだろう？」バッキンガムは弱々しい声で尋ねた。まだ胸がドキドキしており、いささか息苦しかった。

「あなたが異教徒だからですよ。罪人が末期に見た顔がイスラム教徒でない場合、昇天の望みがまったくなくなると言い伝えられておりましてね。あなたが人垣の真ん前まで連れて行かれたのはそのためです。あの哀れな女に永遠に救われないことを思い知らせようとしたのです」アフメドは目を伏せるとしばらく口をつぐみ、バッキンガムの息遣いが落ち着くのを待った。「どうしてこんなところにお連れしたか、さぞかしいぶかしく思っていらっしゃるでしょうね」アフメドは話を続けた。「その理由をお教えしましょう。わたしはリヤドに来ると必ずここに足を運び、昔から何も変わっていないことを再確認します」そして悲しみのこもった不思議な笑顔をバッキンガムに向けた。「きっとこう思っていらっしゃるでしょうね……」左右に目をやりながら、慎重に言葉を選んでいるように見えた。「……あなた方の手助けをしているのは金儲けのためであると。それは見当違いです。わたしは誇り高きイスラム教徒ですが、これはどうしたことでしょう？　こんなことは間違っております。わたしは、西欧がサウジや、わが祖国カタールに影響力を及ぼして、かくのごとき残忍な行為をやめさせてほしいのです」バッキンガムを振り返って、その顔をじっと見つめる。「さて、あとは血を洗い流すだけになりました。そろそろ場所を変えましょうか？」

バッキンガムは青い顔で、素直にうなずいた。アフメド・アルエッサが背を向けて歩き出すと、バッキンガムはその後に続いた。アフメドの真意をはかるのは難しかった。情報提供者は自分を特別な人間のように見せたがる。この世界で、それは常識だった。アフメドは自分の行為を正当化したいのだろう。そう考えれば合点《がてん》がゆく。

アフメドはチョップ・チョップ・スクエアから歩いて五分のところにあるカフェに案内してくれた。小規模だが、にぎやかな店である。すぐ近くで女が首を切り落とされたばかりだが、その影響はみじんも感じられなかった。二人は片隅に席を取った。アフメドはコーヒーとデザートを注文した。そしてバッキンガムに向き直ると、真剣な表情で尋ねた。「さて、ミスター・バッキンガム、ご用件は？」

バッキンガムはコーヒーをすすった。まだ手が少し震えており、落ち着くのにやや時間を要した。大きく息を吸い込んでから、すぐさま本題に入った。「カリフについて教えてもらいたい」相手の目の周囲がわずかにこわばったことに気づいた。アフメドは自分のコーヒーをすすると、目の前のテーブルにカップをそっと置いた。

「カリフ制度のことですか？」そう聞き返すと、アフメドはバッキンガムから目をそらした。

「カリフ制度じゃない」バッキンガムの声が少し上ずった。「カリフと称する人物のことだ」

返事はなかった。

「ロンドンでは、そう名乗る人物のことが話題になっている。中東人――おそらくカタール人だと思う。ぜひとも見つけ出したいのだ。あなたの会社は従業員を多数抱えている。いろんな噂が飛び交っているはずだ。ここだけの話、ＩＳＩＳの過激思想にかぶれたり、みずから支援している連中が結構いるんじゃないのかね。あなたの耳のよさを考えると、そうした噂話を聞き逃すはずがない。これまで提供してもらった情報はとても役立ったよ。本件についても、どこかに関係者がいるにちがいない。とにかく、この人物についてできるだけ情報を集めたいのだ」

アフメドは店内を見回した。なかば上の空でカップを持ち上げてコーヒーを飲み干す。そして空のカップをテーブルに戻すと、ようやくバッキンガムに向き直った。

「申し訳ありませんが、何のお話だかわかりません」そう言いながら立ち上がった。「これで失礼します、ミスター・バッキンガム。ほかにも仕事がありますので」

バッキンガムはその腕をつかんだ。アフメドは驚きの色を浮かべた。

バッキンガムはせわしなく瞬きした。まだ公開処刑の衝撃から立ち直っていなかったが、どうにか語気を強めた。「すわってくれ」小声で言った。

アフメド・アルエッサはおとなしく指示に従った。

「つまり、カリフなる人物のことなど聞いたこともないと?」バッキンガムは話を続けた。「残念ながら、まったく信じられないね」

アフメドは怒りの色を浮かべた。「ミスター・バッキンガム、よくもそんな無礼な……」

「こうやって面談した事実を世間に漏らすのは」バッキンガムは相手の発言をさえぎって、脅しをかけた。「いともたやすいことだ」

アフメドは黙り込み、バッキンガムの顔色を窺った。

「事実を直視することだ、アフメド」バッキンガムは言った。「あなたほど英国情報部に好意的なビジネスマンが、このペルシャ湾岸地域にいるかね。それに、あなたの銀行口座に多額の振込みをする主が英国政府《ホワイトホール》だということは簡単に調べがつく。なんなら関係書類をリークしてもいい」

アフメドは複雑な表情を浮かべた。苛立ち。反発。そして恐怖。

「わたしを脅迫するのですか？」

「情理を尽くした説得だと考えてもらいたい」

アフメドはうなだれた。「それは過大な要求というものです」

「どこが過大なのかな」

「もちろんおわかりにならないでしょう」アフメドは語気を荒げた。「カリフのことを何もご存知ないのだから」そう言うと店内を見回した。まるで監視を恐れるかのように。そしてポケットから携帯電話を取り出すとダイヤルした。バッキンガムはアラビア語に堪能なので電話のやり取り――カフェ〈サアド・ハバル〉の前まで至急迎えに来てくれ――が聞き取れた。アフメドは電話を切るとバッキンガムに声をかけた。

「一緒に来てください」

カフェの外に出るとすでに黒のロールスロイスが待っていた。ウインドーにはすべてスモークがかけてある。アラビア人が後部座席のドアを開けて待っており、アフメドはバッキンガムを差し招いた。バッキンガムは不安げに左右を見たが、結局車に乗り込んだ。その隣にアフメドが腰掛けると、車はすぐに動き出した。

運転席と後部座席はガラスで仕切られている。つまり、運転手の存在を気にすることなく話せるわけだ。アフメドはサングラスを外してポケットにしまうと、スモークウインドー越しに外を見た。「カリフについては噂や伝聞の類《たぐい》しか知りません」ひそひそ声で打ち明ける。「しかし、その噂ときたら、さっきチョップ・チョップ・スクエアで目にした処刑よりひどいものでして」

「話を続けろ」

「きわめて残忍な男だと言われており、かつて存在したカリフ制イスラム国家の復興を念じているとか。それも中東のみならずアフリカまで版図に収める。イスラム法《シャリア》によって統治されるカリフ制国家と言えば、すでにお馴染みのものでしょう。タリバン支配下のアフガンを思い起こせばいい。九・一一前のね。おそらくカリフ制国家の理想を掲げながら暴力の限りを尽くしているのが実態でしょう。中東やアフリカで起きるテロ事件の背後にはこのカリフがいると言われています。ただ、ISISやボコ・ハラムの中にも、カリフの素顔を見知った者はほとんどおらず、本名もわかっていません。まったく正体不明なのに、あちこちに強い影響を及ぼしているのです。少なくともそう言われております」

「その男についてもっと情報を集めるにはどうすればいい?」バッキンガムは問いただした。

「わたしの話を聞いてなかったんですか、ミスター・バッキンガム? あの男について情報を提供する者などおりません」アフメドは怒りのこもった目でバッキンガムを睨みつけると、ドアのスイッチをひねった。ガラスの仕切りが下りたが、運転手は前を向いたまま運転に専念していた。

「ムスタファ」アフメドは英語で話しかけた。「こちらの紳士にカリフについて知っていることを教えてあげなさい」

バッキンガムはバックミラーに目をやった。運転手の顔にありありとおびえの色が浮かんだ。返事はなかった。

「ムスタファ?」

「申し訳ありませんが、何のお話かわかりかねます」

アフメドはバッキンガムに意味ありげな視線を向けると、ふたたび運転手に声をかけた。「心配するな、ムスタファ。ここでの話が外に漏れることはない。手間賃として日当を倍額にしてやろう」

ムスタファは不安げに唇をなめた。「申し訳ありませんが、カリフについては何も存じません」

気まずい沈黙が垂れ込める中、ムスタファは不安の色を浮かべながらバックミラーにチラチラと目をやった。

「ご苦労、ムスタファ」アフメドはようやく口を開くと、ガラスの仕切りを上げた。「ムスタファには子どもがいます」アフメドはバッキンガムに説明した。「彼にとって子どもの安全が何より大切なのです。それに彼に聞いたところで何も知りません。カリフに会った者はほとんどおらず、本名も所在もいっさい不明ですからね」一息入れてから続ける。「ひょっとしたら実在していないのかもしれません。世の中を震え上がらせるために、でっちあげられた架空の存在かもしれない。その名を呼べば、カリフが来るとばかりにね。それともカタール政府の高官なのか。あるいは砂漠の放浪者か。とにかく、知っていることはすべてお話ししました」バッキンガムが口を開く前に、アフメドは指を立てた。「これ以上の質問はご容赦ください。これからも協力は惜しみませんが、カリフに関する噂が本当だとすれば、彼についてしゃべったことが露見した場合、狙われるのはわたしではありません。わたしの近親者が標的にされるのです。そんな危険は冒せません。たとえ偉大なる英国情報部の要請であっても」

アフメドはふたたび窓の外に目を向けた。「わたしは明朝カタールに帰ります。その前に片付けなくてはならない仕事がたくさんあります。よろしければ、この車をお使いください。ご希望の場所にお連れしますよ。空港でも英国大使館でも、どこでも。

あえて進言いたしますが、こんなところに長居は無用です。正体不明の謎の男を追いかけて不毛な調査を続けたところで得るものはありません」ポケットからサングラスを取り出すと、ふたたび顔にかけた。「いましがたご覧になったように、日のあるうちから暗いことが起きる場所ですからね」

ＭＩ６長官サー・コリン・セルドンは、一方の手でローレン・ペリエのグラスを持ち、もう一方の手でカナッペの皿を持っていた。時折、カナッペを主食にしているような気がすることがあった。そのカナッペを口に放り込み、シャンパンを一口すると、スパンコールがきらめくドレス姿の女性客に曖昧な笑顔を向けて、延々と続く長話にそつなく相槌を打った。その女性の声はほとんど聞こえなかった。ここはウエストミンスター・ホール（英国会議事堂の一角にある大ホール）の丸天井の下のパーティー会場である。あたりは招待客であふれかえっていた。まだ夕方だというのに、声高に語り合うタキシード姿の男たち。すでに宴たけなわといった様子のこのパーティーは、英国を公式訪問中のフランス大統領を歓迎して開かれた晩餐会《ばんさんかい》だった。ホールの片隅に陣取った弦楽四重奏団がさきほどから艶《つや》やかな音色を響かせているのだが、ざわめきに飲み込まれてほとんど聞き取れなかった。サー・コリンは腕時計に目をやった。あと三〇分我慢すれば、辞去しても非礼にはあたるまい。

長話の相手をしている女性客の肩越しに、見覚えのある顔が目に留まった。スーツをスマートに着こなし、黒髪をきっちり撫で付けている——明らかに情報部の職員だが、どうしても名前が思い出せなかった。その職員はしきりに長官の注意を引こうとしていた。真剣な表情で。

サー・コリン・セルドンは女性客にとっておきの笑顔を見せると、丁重に告げた。

「たいへん申し訳ありませんが、ちょっと失礼させていただきます」

相手の返事を待たずに、そそくさと情報部員のところへ歩み寄る。「緊急連絡か？」声をひそめて問いただす。

「ビクスビーの指示で参りました」情報部員の顔つきから見て、よからぬ知らせに違いない。セルドン長官はどんな知らせでも顔色を変えずに聞き取る修練を積んでいたが、今回はその限界に挑むことになった。最新情報を耳にするうちに吐き気を抑えきれなくなってきたのだ。

「死亡？」情報部員が一息入れると、長官は再度確認した。「二人とも？」

情報部員はうなずいた。

「死因は？」

「補佐官は射殺です、サー・コリン。高等弁務官の方は……」情報部員は人差し指を使って喉元を切るしぐさをしてみせた。

セルドン長官はメガネを外すと、鼻梁をつまんだ。「ケダモノどもめ」ひそひそ声で確認する。「ボコ・ハラムの仕業か?」

「はい、サー・コリン。じつは、まだ続きがあります」

次から次へとろくでもないニュースを口にする情報部員を、セルドンは睨みつけた。一年分の凶報がまとめてやって来たかのようである。英国生まれの民兵がその現場にいただけでなく、それがイラクおよびシリア国境地帯で斬首をくりかえしていたジハーディ・ジムとおぼしき人物であること。悪い知らせはまだまだ続いた。現場付近から生物兵器の痕跡が見つかり、ＳＡＳ隊員の一人がそれに感染したこと。長官は血も凍るような恐怖に襲われた。

「対策は講じたのか?」

「はい、サー・コリン。ポートンダウンの医療班が待機中です。許可をいただければ、今夜中に現地へ派遣します」

「すぐに出発させろ」セルドン長官は命じた。「斬首が録画された形跡は?」

「ありません」情報部員は答えた。「しかし録画されたものと考えるべきです。わざわざ首を斬っておきながら録画しない理由が見当たりませんから。一時間もしないうちに出回るかもしれません。あるいは一か月後か。平均は六日です」

サー・コリン・セルドンは小声で悪態をついた。「この件はメディアには伏せておけ。まず内閣と相談しないと。ナイジェリア政府は知っているのか？」

「いいえ」

「なら、そのままにしておけ。下手に知らせたら、かえって混乱が深まる。さっそく取り掛かれ」

　情報部員は一礼して、その場を後にした。セルドン長官はパーティー会場を見回した。テッサ・ゴーマンの顔を見つけるのにさほど時間は要しなかった。英外相はホールの向かい側で政府高官たちと話をしていた。二人の目が合った。ゴーマン外相はすぐにセルドンの表情を読み取った。重大な用件がないかぎり、思わせぶりな目配せなどしないからだ。英外相は話し相手に断ると、すぐさまＭＩ６長官のところに歩み寄ってきた。

「何かあったの？」

　サー・コリン・セルドンは事実を包み隠さず伝えた。テッサ・ゴーマンは感情がそのまま顔に出るタイプだった。

「その病原体を封じ込める措置は？」ゴーマンは尋ねた。

　セルドンはうなずいた。「ポートンダウンの医療班が現地に向かった。これは私見だが、ボコ・ハラムが自分の国で伝染病を広めたいのなら勝手にやらせておけばいい。しょせんナイジェリア人同士の問題であって、われわれの知ったことではない」

「それはそうね。とにかく、高等弁務官の件をすぐさま首相にお伝えしないと」ゴーマンは言った。

「ちょっと待った」セルドンは外相を押しとどめた。「この問題はきみが思っているよりずっと厄介だぞ」

ゴーマンは眉を吊り上げた。明らかに聞き捨てならないと言いたげな顔つきだが、黙ってセルドンの説明を待った。「いいか、テッサ、よく考えてみろ。この件は誰かに責任を押し付けなくてはおさまらんぞ。だからといってナイジェリア政府のせいにするわけにもいかん。それを言い立てれば、ボコ・ハラムへの軍事行動を求められるからな。そんな度胸は誰にもない。きみだって責任を取らされるのはごめんだろ。わたしだってそうだ。となると、残された選択肢は一つ」

「陸軍？」

セルドン長官はうなずいた。「レジメントの致命的な失態だ。わたしは軍人のことなら熟知している——本気であら探しをすれば、標準作戦手順《SOP》違反の行為などいくらでも見つかる。そこを責めるのがベストだ。世間の注目を集められるからな。徹底的に叩かれるかもしれんが、打たれ強い連中だから問題あるまい」

「ジブラルタルの線を考えているわけ？」ゴーマンは尋ねた。「あの事件では、ＳＡＳ隊員が過剰な暴力を行使したと非難されて刑務所に放り込まれる寸前まで行ったでしょう」

「そのとおりだ。北アイルランドでも、任務中の行動をめぐってレジメント隊員が訴追されたことがある。彼らは裁判を無事乗り切り、お陰でこちらの首もつながった」

英外相はしばらく考え込んだ。「ナイジェリアからできるだけ早く撤収させてちょうだい。彼らが帰国してから、どう扱うか考えましょう。あら、首相がいらしたわ。これで失礼。スピーチの前に、本件をお耳に入れておかないと……」

「ブラヴォー・ナイン・デルタどうぞ、こちらゼロ・アルファ」

無線通信の声は雑音まじりの不明瞭なものだったが、それでも大歓迎だった。ダニーが無線で報告してから四五分経っていた。起きたことを詳しく説明した。高等弁務官とその補佐官の死、ジハーディ・ジムと謎の中国人の存在、そしてもちろん、リプリーの罹患《りかん》についても。相手は無言のままじっと耳を傾け、ダニーが報告を終えると、待機しろと命じたのだ。

「ゼロ・アルファどうぞ」ダニーは応答した。

「ポートンダウンの医療班がそちらに向かった。到着予定時刻《ETA》は〇五〇〇時。ナイジェリア政府に知らせることなく、ひそかに潜入する」

「了解」

「患者の隔離を徹底しろ。意味はわかるな？」

ダニー、トニー、ケイトリンの三人は顔を見合わせた。「了解」ダニーは応答した。

「意味はよく理解している」

「捕虜の容体は？」

ダニーはジハーディ・ジムを振り返った。道路わきに横たわり、全身を震わせている。眼球がくるくる動き、安定しない。青白い顔は汗まみれだった。「よくない」

「尋問できるか？」

「ほとんど意識がない」

「医療班が到着するまで何とか生かしておけ」

「輸送機で撤収するのか？」

「すぐには撤収しない。医療班は到着後ただちに、現地で患者の治療に当たる。そのあいだ警護が必要になる」

「了解」ダニーは少し間を置くと、トニーにチラッと目をやった。「問題の中国人を追跡したいのだが」

「許可できない。現在地を離れてはならない」

「居所を見つけるのはたやすい。道が悪いから、すぐに追いつける」

「許可できない。患者を隔離して、その場を離れるな。くりかえす、その場を離れるな」

ダニーは大きく息を吸って不満を抑え込んだ。「リプリーの家族に現状を教えてもいいか？」

「許可できない。ロンドンから秘密厳守を命じられている。ほかに質問は？」

何もなかった。「ブラヴォー・ナイン・デルタ、通信終了」ダニーがそう告げると交信は途絶えた。

納得できない判断である。ダニーは首をひねった。ロンドンは何を考えているのだろう。生物兵器を手にした狂信者が野放しになっているのに、現場を離れるなと言い張る理由がわからない。

時刻をチェック。一七三二時。捕虜が寝かされている場所にケイトリンが歩み寄った。かたわらに膝をつき、傷の状態を調べだした。トニーがダニーのそばに身を寄せた。「あいつ、逃げ出すかもしれねえ」

ダニーは捕虜にチラッと目をやった。「あれじゃ、どこへも行けないだろう」

「捕虜のことじゃねえ。リプリーのことを言ってるんだ」

「どうしてあいつがそんなことを？　自分で自分を隔離した男だぞ」

「その犠牲的精神は見上げたもんだが、いずれ正常な判断ができなくなるときが来る。じっとして、運命を受け入れるのが嫌になるときがな。いいか、ブラック、誰にもわかりゃしねえよ、リプリーをあの苦しみから解放してやっても。感染を拡大させるような馬鹿をやらかす前に手を打つんだ。おまえが無理なら、おれがやってもいい。とにかく逃げ出さないうちに……」

「そんな心配は無用だ、トニー。リプリーのことは医療班に任せればいい」

トニーは不満げに鼻を鳴らした。「了解」

「それよりずっと心配なことがある」ダニーは言った。これは本当だった。あと一時間もすれば日が暮れるが、これからポートンダウンの医療班が到着するまで一二時間近くあるのだ。そのあいだ、ろくな防御もできないこんな場所で待機しなくてはならない。ボコ・ハラムの民兵がいつ引き返してくるかわからないというのに。

ダニーは仲間を振り返った。「とにかく道路から離れよう」

第11章　スパイ見習い

「いいですか——誰が、何を、どうやって——この三点に絞るのが、対テロ情報収集の秘訣《ひけつ》です」

スパッド・グローヴァーは、MI6本部ビル三階にあるちっぽけなオフィスのドア近くに立っていた。すでに夕方——午後七時近く——で、スパッドは腐りきっていた。デスクに腰掛けているのは浅黒い肌をした小柄な女性職員で、スカーフで頭を包み、ファッショナブルな太縁のメガネをかけ、紺色の洒落《しゃれ》たパンツスーツを身につけている。女性職員の前にはマニラ紙のフォルダーが積み上げてあった。彼女の名はエレノア。今朝初めて顔合わせをしたとき、スパッドはびっくりした。もちろん無地のヒジャブをかぶったイスラム教徒が情報機関で働いていたからだが、目を瞠《みは》った理由はそれだけではない。エレノアは飛びっきりの美人なのだ。当然好き心をそそられた。

正直な話、まず安堵感を覚えた。トニーのかみさんの誘いに乗らず、禁欲を守ったのは正解だった。他にもいろいろと女性関係があったが、すべて終わった話だから問題はない。仲間の女に手を出すな——スパッドは自分にそう言い聞かせてきた。それはもしかすると自分自身への言い訳かもしれない。本当は、上半身に残る生々しい傷跡を見せたくないだけではないのか。かつてなら、さっそく誘惑したに違いないエレノアに甘い言葉一つかけない自分にわれながら驚いたが、それも傷跡への負い目が原因なら納得がゆく。

しかし、しだいに苛立ちがつのってきた。フォルダーの内容を読み上げると、スパッドの存在を思い出したかのように話しかけてくるのだが、まったく気持ちがこもっていない。まるで出来の悪い小学生を相手にする教師みたいな態度なのだ。

「脅威と思われる人物像とは？　そうした脅威を実現させる機会とは？　そしてその実行手段とは？　スパッド、わかるかしら？　説明についていけないのならそう言ってね」

「心配無用。ちゃんと理解してるよ」

「この三点が特定できたら、さらに深く分析します。テロ攻撃を計画している容疑者はいかなる振る舞いを見せるか？　こうした行動のことを〝テロ攻撃前兆指標〟と呼びます。略称はＴＡＰＩ」エレノアは相手を睨みつけた。スパッドがぼんやり中空を眺めていたからだ。「ＴＡＰＩとは何の略称ですか？」すかさず質問をぶつけた。

「棒読みだけしてちゃダメなのかい？」

エレノアはメガネを外すと、上下逆さまにして書類の上に載せてから、スパッドを正面から見据えた。

「スパッド」エレノアは諭《さと》すように言った。「あなたはわたしの護衛兼見習いに任命されました。ですからまず、仕事の進め方を学んでもらいます。そのような態度だと、二人とも不愉快な思いをするだけですよ」

「TAPIは、テロ攻撃前兆指標の略称。これでいいかな。テロリストなら、あんたよりずっと数多く目にしてきたよ。一番わかりやすい指標は、銃を引き抜いて銃口を向けてくることだ。その一番の対策は、テロリストを先に撃ち殺すこと。スパイ学校で教わらなかったのかい？」

「そんな学校はありません」エレノアはつんとした態度で言い返した。

「この仕事の基本は教室で教えてもらったんだろ？」

「ええ。でも、それは……」

「なら、そこがスパイ学校だ。授業をサボるようなタイプには見えねえけどな」

エレノアは憤然とスパッドを睨みつけた。「困った人ね」そう言うと、メガネをかけなおしてから、ふたたび書類を手に取った。スパッドはドア付近から離れようとしなかった。エレノアの言うとおりである。もはやパトロール任務に適さないことが判明すると、上官から後半生の進路を提示された。軍人恩給が満額もらえる名誉除隊、もしくは内勤業務への異動。要するに、書類を右から左へ流すデスクワークである。しかしスパッドにとって、事務職は便所掃除以下の仕事であった。そこで、ＭＩ６の護衛兼見習いに派遣するという苦肉の人事が発令されたのである。実務を学びながら、情報機関の仕事に馴染んでゆき、いずれは一人前の情報部員になるというものだ。

しかし、しょせん建前に過ぎない。実際、ファームでは筋肉だけの男と見られていた。エレノアみたいな情報部員《スプーク》が現場に出向くときにその警護にあたる用心棒だと。かくして栄《は》えあるボディーガードとして勤務初日を迎えたわけだが、予想どおりガッカリさせられた。どんな任務でもいいから現場に出たかった。できればナイジェリアに向かうダニーたちについて行きたかった。体調なら問題ないと自分では思っていたが、時折、発作に襲われることがあった。なに、たいしたことはない——突然めまいを覚えたり、上半身に刺すような痛みが走ったり、何の前触れもなく咳き込んだりするだけのことだ。前回の任務で瀕死の重傷を負ったのだが、その後遺症だった。それがいつまでも尾を引くものだから、とうとうレジメントをお払い箱になったのである。

突っ立ったまま鬱々と物思いにふけるスパッドをよそに、エレノアは書類のチェックを続けた。本人に悪気はないと思うが、あの教科書の棒読みみたいな話し方はいただけない。できればスプークどもを戦争の現場に連れ出したかった。ご自慢の専門知識とやらが通用するかどうか見てみたいものだ。

エレノアが同じ書類を再読しはじめたことに気づいた。「何か興味を引くことでもあるのかい？」スパッドは尋ねた。

「まあね」エレノアはつぶやくような声で答えた。

スパッドはエレノアが何を探しているか知っていた。上層部から通達——自称カリフなる過激主義者に関する情報をくまなく集めろ——が来ていたのだ。そのお陰で担当職員たちは関連情報の収集に追われた。骨の折れる仕事だった。警察や他の情報機関の報告書はいまでこそ電子化されているが、かつてはいちいち手書きで作成されていた。エレノアのデスクに山積みになっているマニラ紙のフォルダーがそれである。

結局スパッドは嫌々ながらこの単調な作業を手伝うことに決めた。読み書きは得意分野ではなかった。

デスクに歩み寄ったスパッドは書類にチラッと目をやった。それは小さな文字がびっしりタイプされた報告書で、白黒の顔写真が添付されていた。写っているのは中東系の男で、入念に手入れした顎ひげの持ち主である。

「これは？」スパッドは尋ねた。

「ウエストミッドランズ警察の調書」

「で？」

エレノアはその書類にざっと目を通した。

「ここにあるファイルはすべて〝カリフ〟関連のものだけど、特に問題のあるものはないわ。カリフはイスラム教の指導者のことで、これは歴史的な事実。歴史について語っただけで引っ張るわけにもいかないでしょう。ここにあるのは、ほとんどすべて大学教授やテレビのコメンテーターといった人たちのファイル。公の場でカリフやカリフ制国家について言及しているけれど、わたしの見るかぎり、不審者は一人もいない。その調書だけがちょっと異色でね。五週間前、バーミンガム郊外のダッドリーで、カリファ・アル・メフラニという名のタクシー運転手がウエストミッドランズ警察に検挙されたの。たいした容疑――たしか無免許営業だったかしら――じゃなかったんだけど、警察官に暴言を吐いたものだから、その場で逮捕されてしまった。その暴言が興味深くてね。現場に居合わせた警察官によると――てめえたちにカリフをけしかけてやる――という趣旨の発言をしているのよ」エレノアは眉をひそめながら、半ば独り言のようにつぶやいた。「でも、有力な手がかりとは言えないわね」

「それがどうした？」スパッドは言った。これならおれでも対処できる。「一号線をすっ飛ばせばバーミンガムまで三時間だ。その野郎に直接真意を問いただせばいいだろ」

早くもドアに向かいかけたスパッドはエレノアに呼び止められた。「お願いだから、そこに座ってちょうだい」

「何か問題でも？」

「いきなり尋問はできないわ。ちゃんと法的な手順を踏まないとね」

スパッドは目をぱちくりさせた。「このクズが悪党の居所を知っているかもしれねえのに、手続きの心配をしてんのか？　断言してもいいが、一〇分もあれば、こいつの口を割ってみせる。向こうの方からベラベラしゃべりだすだろうよ」

「いまは暗黒時代じゃないのよ、スパッド。第一、強制による自白は証拠として採用されないわ。それに直接コンタクトしなくても、いろいろ調べることは可能だし」

「おいおい」スパッドはすかさず反論した。「こいつをよく見ろよ。見るからに怪しい野郎じゃないか」

エレノアはため息をついた。「あなたは初歩的なミスを犯しているわ、スパッド。まず注意される点がそこなの。外見や思い込みで判断してはならない。その見本がわたし。街中でわたしを見かけて、すぐにＭＩ６の職員だとわかる？」

エレノアの言うとおりだった。

「誰でもテロリストの可能性がある。人種とか民族は有効な指標になりえないわ。特定のタイプにだけこだわったら、潜在的な容疑者を多数見逃してしまう恐れがある……」

「わかった、わかった」スパッドは手を振って、相手の小言を封じた。「それもスパイ学校で教わったんだろ。この野郎が航空機を爆破しても、おれは知らないからな」

「まあ」エレノアも負けじと言い返した。「驚異的な妄想力ね。三〇秒もしないうちにタクシー運転手が航空機を爆破するテロリストになってしまうんだから。世界はそんなに単純じゃないわ。テロリストはきわめて偏った考え方の持ち主なのよ、わかる？　そんな連中を打ち負かすためには、彼らの頭の中を覗いてみる必要があるの。そして彼らの視点から世の中を見てみる……」

「あんなクズどもの頭の中を覗くなんてゴメンだね」スパッドは喧嘩腰になっていることを自覚していたが、自制できなかった。「そいつの住所は？」

「わたしが二つ返事でそれを教えると思っているのなら、見当違いもいいところね」

しかしスパッドの表情が暗くなると、エレノアは説明を続けた。「尋問しないと言っているわけじゃないのよ」

「じゃあ、どうしろって言うんだ？」

「まずは下調べ。このカリファ・アル・メフラニに関する記録を残らず調べ上げるの。その結果に基づいて有力容疑者かどうか判定するわけ。肌の色で決め付けるんじゃなくてね」

「そんなことしてたら時間がいくらあっても足りねえぞ」

「大げさねえ。警察本部とＧＣＨＱのデータベースから本人の記録を残らず引き出したら、銀行口座とパスポート申請書類を入念にチェックするの。二、三時間もあればだいたいの人物像はつかめるわ。ほかに名案があったら、教えてちょうだい」エレノアはスパッドを気遣うように微笑んでみせた。「徹夜になっても平気かしら?」

おお、とスパッドは内心声を上げた。おれに粉かけてんのか? 思わず「へっちゃらさ」と答えるところだった。三六時間眠らせてもらえない尋問対処訓練を乗り切った経験もあるし、ジャングルの塹壕《ざんごう》に携帯糧食を抱えてもぐり込み、ビニール袋に糞を溜め込む極限生活を一週間近く続けたことだってある。シリアの秘密警察《ムカバラト》では筆舌に尽くしがたい拷問を昼夜にわたって受けつづけたのだ。ロンドンの暖かいオフィスで夜どおし退屈な書類をめくることぐらい屁《へ》でもなかった。しかし平気だとは言わなかった。なぜか? 問題はスパッドに対する思い込みだ。エレノアの誤解はそう簡単には解けないだろう。じっくり時間をかけて付き合いを深めてゆく必要があった。

「コーヒーを持ってくるわ」エレノアは明るい声で言った。「それから、関連情報を引き出します。楽にしててね、スパッド。世の中の仕組みについて学ぶことが多くて大変だと思うけど」

エレノアはにっこり微笑むと椅子を引いて立ち上がり、オフィスから出て行った。

スパッドはふたたびデスクに歩み寄ると、警察調書の顔写真に目をやった。カリファ・アル・メフラニが睨み返してきた。彼女の言うとおりなのか。おれは見かけで決め付けてしまったのだろうか。

そんなことはない。スパッドは国籍や肌の色を気にかけるタイプではなかった。肌の色が白でも黒でも茶色でも、たとえ紫色でも関係なかった。そんなことに気を取られていたら相手の本性を見損なう。これは長年の経験から学んだ知恵だった。

これだけは言える。おまわりに暴言を浴びせるような男からは、じっくり話を聞く必要がある。そのときが、いまから楽しみだった。

第12章　ポートンダウン医療班

アフリカ標準時二一〇〇時

夜が深まるにつれて空気が重たくなってきた。また雨になりそうだ。

ダニーは腹這いになっていた。場所はチクンダ村を貫く一本道の西側である。医療班の到着予定時刻は〇五〇〇時。まだ八時間もある。通常なら村を離れてどこか別の場所に身を隠す。民兵がやって来る可能性があるからだ。しかしリプリーは動けないし、ダニーもそんな仲間を置き去りにする気はなかった。

ダニーはリプリーが引きこもっている敷地を正面に見る位置にいた。門扉から三〇メートルほど離れた草むらに身を潜めているのだ。ライフルを構えてスコープを覗き込み、門扉周辺をチェックする。ケイトリンは北側に移動して道路を見張っている。トニーは捕虜と一緒に車で待機していた。ジハーディ・ジムは重体だった。多量に出血した上、傷口が炎症を起こしはじめていた。意識はほとんどない。尋問するには手当てが必要だった。意識が朦朧《もうろう》とした相手を問いただしても意味がなかった。だからトニーは村の南側まで捕虜を連れて行き、比較的安全な車内に寝かせた。トニー自身はリアシートを倒して五〇口径の狙撃用ライフルをセットした。バックドアを開け放ち、トランク越しに狙いをつける。こうすれば南から村へ入ろうとする敵をいち早く見つけ、仲間に知らせることができる。むろん必要とあらば対処する。

いまのところ何の動きもなかった。このちっぽけな僻村《へきそん》を誰もが避けているかのようだ。あるいは、いつもこんな風に静かなのか。あるいは怖くて近づけないのかもしれない。

ダニーのイヤホンから声が聞こえた。リプリーだ。まるで別人のようだが、本人に間違いない。その声はか細く、弱々しかったが、不思議に落ち着いていた。「全身が震え……下腹部に痙攣」

この三時間、敷地で動きはなかった。一八〇〇時頃、開けっ放しになった門のところにリプリーが現われた。ダニーはライフルのスコープでじっくり観察した。見るからにひどい状態だった。防疫服のフードを脱いでいるので顔が良く見えた。薄汚れた顔は汗だくで、目は血走り、唇は乾いてひび割れていた。その場に突っ立ち、こちらを向いている。かなりせっぱ詰まった表情を浮かべながら。ダニーの脳裏にトニーの言葉がよみがえった。「あいつ、逃げ出すかもしれねえ……その犠牲的精神は見上げたもんだが、いずれ正常な判断ができなくなるときが来る。じっとして、運命を受け入れるのが嫌になるときがな……」一瞬、トニーの予言が当たったのかもしれないと思い、引き金にかけた指に力が入った。胸が張り裂けそうだった。しかし、そんなことにはならず、リプリーはフードをかぶりなおすと、敷地の奥に消えた。

それから姿を見ていないが、声は聞こえた。時折、無線を使って報告を寄越すのだ。それも、患者を診察する医師のように冷静な口調で。

「目が焼けるように痛む……」

「体温が急上昇した……」

「肺に水が溜まってきた……」

リプリーの意図は明らかである。医療班の到着にそなえて、少しでも役に立とうと病状を逐一知らせているのだ。ダニーはやりきれない気分だった。ここからそう遠くないところに、この生物兵器のことをよく知っている中国人がいるはずなのだ。この悪疫のことは学校で教わった。黒死病はきわめて毒性の強い伝染病で、数百万の命を奪った。危険きわまりないそんな病原体をもてあそぶような極悪人は、すみやかに排除すべきだろう。それなのにこうやって身を隠し、待つことしかできない。

だからひたすら待ちつづけた。

二一四五時、とうとう雨が降り出した。それも土砂降りだ。ダニーはたちまちずぶ濡れになったが、持ち場を離れなかった。二二〇〇時を過ぎた直後、リプリーがふたたび現われた。暗くて雨もひどいので様子を見極めるのは難しかったが、惨憺《さんたん》たる状態であることは見て取れた。リプリーは門の近くでがっくり膝をつくと、両手で頭を抱えた。

無線のイヤホンから声が聞こえた。しゃがれて不明瞭な声だった。「クソを漏らしちまった……」

ダニーは暗然となった。リプリーがよろめきながら敷地の奥に姿を消すと、むらむらと怒りがこみ上げてきた。いますぐ車に駆けつけて、捕虜を引きずり起こし、口を割らせたかった。黒幕が誰なのか知りたかった。しかしヘリフォードから厳命されていた。その場を動くな。リプリーの隔離を徹底しろ。ポートンダウン医療班の到着を待て。

〇五〇〇時までがひどく長く感じられた。ダニーはふと思った。英国有数の軍事科学研究所から要員が送られてくるとすれば、どんな経路をたどるだろう。大枚賭けてもいいが、おそらく大西洋上の空母まで空輸し、そこからステルス仕様の長距離輸送ヘリでナイジェリア領空までやって来るはずだ。リプリーを救えるのは、彼らをおいて他にいなかった。とにかく一刻も早く来てもらいたい。リプリーの容体は急速に悪化しつつあった。

雨が身体の芯にまで染みとおるかのように思われた。そのとき、イヤホンがガリガリと音を立ててケイトリンの声が聞こえた。「北から車両接近」

ダニーはとっさに判断を下した。「そのまま通過させろ。村内で停止した場合は、こちらで対処する」

「了解」

六〇秒後、ヘッドライトのまばゆい光が雨に濡れた路面を照らしだした。距離およそ三〇〇メートル。車は猛スピードで近づいてきた。二〇秒後、セダンタイプのボロ車がダニーの左側を通り抜けていった。道路までの距離は一〇メートルしかないので、ダニーは撥《は》ね上げられた泥水を頭からかぶることになった。しかし車は停止しなかった。ダニーはすぐさま無線連絡した。「車両通過。南へ抜けたら教えろ」

二分後、トニーの声が返ってきた。「車両通過」

チクンダ村はふたたび闇に沈んだ。聞こえるのは激しい雨音だけだ。ダニーは身震いした。体温が低下しているに違いない。しかし、持ち場を離れて雨宿りをすることはできなかった。敷地を監視しなくてはならない。

突然、動きがあった。リプリーのシルエットが門のところに現われたのだ。背を丸め、頭を左右にぐらつかせている。足を引きずりながら前進してきた。

「クソッ」ダニーは押し殺した声で悪態をついた。引き金にかけた指に力が入った。

リプリーは敷地から五メートルほど外に出ていた。ふらふらとあたりを見回している。

リプリーが正常な判断力を失っていることは明らかだった。まともなレジメント隊員があんな無用な動きをするわけがない。

「おまえが無理なら、おれがやってもいい。とにかく逃げ出さないうちに……」

ダニーは立ち上がった。全身から雨水がしたたり落ちた。「リプリー！」大声で呼びかける。

リプリーは立ち止まった。ダニーとの距離は二五メートル。ライフルを構えてスコープを覗き込むと、シュアファイア製ＬＥＤライトを点灯させた。

何てこった。

リプリーは顔をしかめながらライトに向き直った。またフードを脱いでいた。その理由は明白だった。口の周囲にどす黒い汚れがこびりついているのだ。おそらく血痰か吐瀉物だろう。顔中に発疹《ほっしん》が出ていた。胸を押さえ込んでいる。まるで肺が飛び出すのを恐れるかのように。ぶるぶると全身を震わせている。激痛にさいなまれているのは明らかだった。

「医療チームがこちらに向かっている。もうすぐ治療してもらえる……」

ダニーは自分の声が震えていることに気づいた。このペースで症状の悪化が進めば、たとえポートンダウン医療班が到着したとしても手に負えない状態になるのではないか。ダニーはふいに気づいた。リプリーもそれを知っている。無線から弱々しい声が聞こえた。いまにも激しい雨音に掻き消されてしまいそうな、か細い声だった。

「約束してくれ」リプリーはそう言うと、返事を待たずに続けた。「ダニー、おれをこんな目に遭わせたクソ野郎を見つけ出せ……何としても見つけ出せよ」

ダニーはうなずくと、大声で返事をした。「おまえなら絶対に乗り切れる！」しかしリプリーはすでに背を向けていた。そして足をひきずりながら敷地の方へ引き返しはじめたが、門の手前一メートルのところでふいに身体を二つ折りにした。ダニーにも激しく咳き込む音が聞こえた。三〇秒続いた咳がようやくやむと、リプリーは門を抜けて姿を消した。

ダニーは降りしきる雨の中に一人立ち尽くした。リプリーに残された時間はあとどれくらいあるだろう。よくて二、三時間といったところか。ダニーは持ち場に戻ると、ふたたび銃を敷地に向けて孤独な監視任務を続行した。


雨は絶え間なく降りつづけた。そんな中、〇四三八時、暗闇と雨音にまぎれてヘリが到着した。北方向からおよそ一五メートルの距離に近づくまでダニーも気づかなかった。道路の上空二〇メートルのところを黒い機影が横切ってゆく。ライトをすべて消した無灯火飛行である。

ダニーはすぐさま無線連絡した。「ヘリ到着。追って指示があるまでその場で待機」

プレッセルを二回タップする音が続けざまに聞こえた。いまの指示を了解したという返事だ。しかしリプリーから応答はなかった。二二〇〇時から連絡が途絶えたままなのだ。

ダニーは身を起こした。身体のふしぶしが痛んだ。こわばった筋肉をほぐしながら敷地の正門を見つめていると、ヘリコプターが道路の中央に着陸した。ダニーの読みは当たった。鋭角的な外観はまさしくステルスタイプのブラックホークのものであった。レーダー波の反射を最小限に抑える機体設計になっており、回転翼《ローター》も騒音対策を施した特別仕様である。そのローターは着陸しても回転を続けていた。側面扉がようやく開いた——飛行中はステルス性をフルに発揮するため閉め切ることになっている。次々と人影が降り立った。ダニーの監視地点からその数を見極めるのは難しかったが、五名から一〇名のあいだと見当をつけた。重たそうなフライトケースらしき荷物もいくつか運び出された。作業は一分もしないうちに終了した。ヘリコプターはすぐさま離陸した。そして機体を大きく傾けると、音もなく西の方角へ飛び去った。

ダニーはふたたびしゃがみ込むと、降り立った一団の正体を見定めるべくスコープを覗き込んだ。人影は道路ぎわに固まって立っていた。降りしきる雨の中、ようやく焦点が定まった。頭のてっぺんからつま先まで白一色の防疫服姿の要員が四名。その護衛として迷彩服姿の兵士が四名。兵士たちは第一空挺大隊の赤い腕章をつけており、標準装備であるM16アサルトライフルを携帯していた。

それだけ確認できれば充分だった。ダニーは勢いよく立ち上がると、人影に向かって駆け出した。自己紹介をしている暇はなかった。一五メートルほど手前まで達すると、敷地を指差しながら大声で言った。「患者はあそこだ。重体だ。急いでくれ！」

〇五一〇時、空が白みはじめた。ダニーの指示に従って、第一空挺大隊の兵士たちは村の四方に散り、トニーやケイトリンと交替した。彼らの任務は、相手が誰であろうと村への侵入を阻止すること。状況は予断を許さなかった。ボコ・ハラムの民兵がいつ引き返してくるかわからず、民間人が迷い込む可能性もあった。何があっても余人を寄せ付けてはならない。ケイトリンは敷地の塀のそばで射撃体勢を取り、不審な接近者に目を光らせた。トニーは西ブロックの陰に停めたレンジローバーで捕虜を見張っていた。ダニーは敷地正門から二〇メートル離れた地点で、ポートンダウン医療班の活動を見守った。

現地に到着して三〇分。医療班は一秒たりとも無駄にしなかった。防疫服で身を固めた一団が、リプリーのいる敷地に足を踏み入れた。まずテントを設営した。野戦病院とラボを兼ねた仮設の作業場である。

雨はすでにやんでいた。日が昇るにつれて、草むらはもちろん、ダニーのずぶ濡れの迷彩服からも蒸気が立ち昇った。白い防疫服姿のスタッフが正門のところに現われた。手にした荷物を地面に置き、ダニーを手招きする。歩み寄ると荷物の正体がわかった。袋詰めされた殺菌済み防疫服である。ダニーはパックを引き裂いて白い防疫服——ゴム底のブーツまで一体化されている——を引っ張り出すと、濡れた迷彩服の上に着込み、ゴム手袋をはめた。さらに防毒マスクを顔に装着すると小型の酸素タンクを背負った。ものものしい装備で身を固めたダニーは、ようやく敷地への立ち入りを許された。熱く湿った呼気がマスクにこもる。

ポートンダウンの要員と間近で顔を合わせることになった。相手は赤茶けた顎ひげを生やし、メガネをかけた男だった。「ドクター・マイク・フィリップスだ」自己紹介の声はマスクのせいでくぐもって聞こえた。「あの患者はきみの友人かね？」

ダニーはうなずいた。

「よくない知らせがある。ついて来たまえ」

ダニーは男に続いてテントに足を踏み入れた。そのテントは縦一〇メートル、横八メートルの長方形で、折りたたみ式スチール棚がいちばん奥に据え付けられて、棚には医療機器が並んでいた。その横に蓋を開けていないフライトケースが三個置いてあった。そして防疫服姿の医療スタッフ三名がテント中央のストレッチャー式寝台を取り囲んでいた。その寝台に横たわっているのはリプリーだった。

それも変わり果てた姿で。

医療スタッフが衣服を切り取り、リプリーを全裸にした。寝台横のスタンドに架けてある生理食塩水のバッグから、ビニール管が右腕に挿入したカニューレまで伸びていた。リプリーは意識不明の状態で、それがせめてもの慰めだった。両手両足は黒ずんでいた。それ以外の部分は赤い発疹で覆われている。出来物は固まったものもあれば、じくじくと膿が滲み出ているものもあった。唇には血がこびりつき、顔色は蒼白だった。呼吸はしていたが、息を吸ったり吐いたりするたびにゴロゴロと異音が聞こえた。肺が仕事をするのを嫌がっているかのようだ。

「治りますか？」ダニーは尋ねた。

ドクター・フィリップスは首を横に振った。「無理だろう。抗生物質を集中的に投与しているが、これだけ病状が悪化していると効き目はない。質問がある。とても重要な質問だ」

ダニーはうなずいた。

「この患者が感染者に接触した時刻はわかるかね？」

それなら正確に答えることができる。リプリーが報告してきたのは、ダニーとトニーがジハーディ・ジムの身柄を確保したときだ。つまり、昨日の一三〇〇時である。

ダニーはその情報を伝えた。

医療スタッフたちは不安げに顔を見合わせた。「すると感染してからおよそ一七時間ということになる。間違いないね？」

「間違いありません」ダニーは答えた。

ドクター・フィリップスは目の前の患者を見つめた。「ちょっと外を歩こうか」

二人はテントを後にした。「あらためて言うまでもないが、きわめて深刻な事態だ」ドクター・フィリップスは言った。しかしダニーが何も答えないので、質問した。「この悪疫についてどの程度知っているかね？」

ダニーはテントに目をやった。それならあそこで見たばかりだ、と言いたげに。

「いいかね」ドクター・フィリップスは言った。「この疫病はペスト菌によって引き起こされる感染症なので、通常ペストと呼ばれている。大きく分けて——肺ペスト、敗血性ペスト、腺《せん》ペスト——と三種類のペストがある。中でも腺ペストは黒死病という名で知られており、一七世紀に数百万の犠牲者を出した。しかしそれよりずっと恐ろしいのが肺ペストだ」

「リプリーがかかったのは？」

ドクター・フィリップスは曖昧な表情を浮かべた。「その両方だ。あるいは三種類まとめて罹患した可能性がある。ちゃんとしたラボで調べてみるまで何とも言えないが、いずれの症状もペスト菌特有の症例に合致する。ただ一点だけ、異なる特徴がある。通常の潜伏期は二日ないし三日だ。したがって一八時間から二〇時間以内に抗生物質を投与すれば、四〇パーセントから六〇パーセントの確率で命が助かる」

「何が言いたいんですか？」

「病原体の遺伝子構造をいじるのはそんなに難しいことではない」ドクター・フィリップスは言った。「その気になれば、毒性の強いものに変異させることは可能だ。まだ断言はできんが、ここで対処しようとしている病原体はどうもそれらしい。これは通常のペストではない。病原体に手を加え、毒性と致死性をいちだんと強化したものだ」

「しかもそれを兵器化して？」ダニーは確かめた。

「いかなる病原体も兵器化は可能だ。ただ、これがそうなのかと問われても、いまのところ答えようがない。具体的な事例ならいくらでも挙げられるがね。たとえば、ペスト菌の生物兵器は最古の部類に属する。第二次大戦中、日本軍はペスト菌に感染したノミを中国大陸にばら撒いた。アメリカ政府もネイティブ・アメリカンに対して細菌戦を仕掛けているし、冷戦時のソ連はＩＣＢＭ（大陸間弾道ミサイル）に生物兵器を搭載していた。いわゆるならず者国家が生物兵器を保有していることは周知の事実だしね。わたしも政府にくりかえし警告してきた。生物兵器を使ったテロが現実味を帯びてきたとね——なぜなら爆発物を仕掛けるよりずっとたやすく、桁違いの犠牲者を見込めるからだ。しかし呆（あき）れたことに、役人も政治家も耳の痛い提言には見向きもしない」

「このウイルスがばら撒かれたら、どうなるんですか？」

「専門的に言うと、これはウイルスではなく、特殊な病原体……」

「どうなるんですか？」

ドクター・フィリップスは鋭い視線をダニーに向けた。「暗（ダーク）い冬（ウィンター）という言葉を聞いたことは？」

ダニーは首を横に振った。

「これは生物兵器によるテロを想定した模擬演習で、九・一一の三か月前に実施された。シミュレーションは、オクラホマシティで二〇人の市民が天然痘（てんねんとう）に罹患するという設定で始まった。その結果、二週間後には、毎日六〇〇人の新患が予想され、六週間後にはおよそ一〇〇万人の死者が想定される非常事態となった」

「つまり、九・一一なんかより被害が大規模になると？」

「それどころじゃない。ずっと悪質だ。爆発物は高価だし取り扱いも難しいが、生物兵器は値段も安く簡単に……」

「よくわかりました。で、この病原菌の拡散方法は？」

「方法はいろいろあるが、スプレー缶を使って噴霧するのが効果的だ。爆発物に仕込むという手もある。爆発で飛び散った菌が人体に吸引されやすいように変異させてね。

つまり工夫次第でどうにでもなる」ドクター・フィリップスは言った。「困ったことにね」

ダニーはあの中国人のことを思い出した。ためらうことなく仲間に弾を撃ち込んだ男だ。やはり、本部が何と言おうと、あいつを追いかけるべきだった。いまごろどこにいるのか。

ただちに行動を起こすのだ。本部は認めないかもしれないが、現場で判断を下すのは彼らではない。

ダニーはテントを振り返った。「リプリーはどうなりますか？」

「おそらく一時間以内に死亡する。そうなったら、火葬する。他の感染者と一緒に。感染の拡大を防ぐにはこうするしかない。そして暗くなるまで、きみたちとここで待機する。迎えのヘリが来たら、捕虜と一緒に乗り込み、英国での尋問が可能になるよう延命措置を取る」

ダニーは苦々しい思いを噛みしめた。リプリーの悔しそうな声が耳元によみがえった。「ダニー、おれをこんな目に遭わせたクソ野郎を見つけ出せ……」

このポートンダウンの医療スタッフがどれだけ優秀でも、ジハーディ・ジムが英国まで生きて帰れるとは思えない。ロンドンは何をぼやぼやしているのだ。時間は刻一刻と過ぎてゆく。生物兵器の専門家らしきあの中国人がいつ病原菌の散布を始めても不思議はない。ぐずぐずしている暇はなかった。

そのときふと、作戦担当将校の警告を思い出した。ブライズノートンを出発するときこう言われたのだ。「率直に言っておく。おまえは上層部の意向に逆らう傾向がある。上層部はこれを愉快に思っておらん。おまえの言動には絶えず目を光らせている。今回の任務を名誉挽回のチャンスだと思え。しくじるなよ」

ダニーはしばらく迷った末、ドクター・フィリップスに尋ねた。「捕虜の意識を回復させることは可能ですか？」

ドクター・フィリップスは曖昧な表情で肩をすくめた。「アドレナリンを注射すれば効くかも」

「それを二本ください」

ドクター・フィリップスは戸惑いの色を浮かべた。

「あのリプリーには」ダニーは言った。「子どもが二人いるんです。父親があんな目に遭わされたのに、犯人を捜そうともしなかったと言えますか、その子たちに？」

しゃべっているうちに臨月のクララの姿が目に浮かんだ。この数日間で世界観が一変したことをあらためて思い知らされた。作戦担当将校の警告や本部の意向など、もはやどうでもよかった。

ドクター・フィリップスは気の進まない様子だったが、結局ダニーの凝視に根負けした。いったんテントに入ると、殺菌密封された注射器を手にして引き返してきた。「注射は一回に一本」薬剤入りの注射器を受け取ったダニーはうなずくと、そのまま正門に向かって駆け出した。

「おい、待ちたまえ」と呼びとめられて振り返ったダニーに、ドクター・フィリップスはあるものを掲げてみせた。グリーンの吊りひもに金属板がぶら下がっている。それは、兵員認識番号や姓名や血液型が刻印されたリプリーの認識票《パラコード》だった。「殺菌しておいた」ドクター・フィリップスは言った。「それはきみが持っていたまえ。ご遺族に手渡してあげるといい」

ダニーは受け取った認識票に目を近づけた。パラコードに認識票以外のものがぶら下がっていたのだ。それは結婚指輪だった。規則では、こうした私物を任務に持参してはならない。その禁則には合理的な理由があった。捕虜になった場合、尋問の小道具に利用されるからだ。とりわけ結婚指輪などは家族への思いを掻き立て、心を揺さぶるのにもってこいの品だった。しかしリプリーのような家族思いの男にとって、そんな禁則は破るためにあるようなものだった。

ダニーは認識票を握りしめると、ふたたび出口に向かおうとした。

「その防疫服を脱いで置いていきたまえ！」ドクター・フィリップスはまたしても大声で呼びかけた。「それも焼却処分するから！」

ダニーは正門の手前で防疫服を脱ぎ捨てた。そして敷地の外へ出ると、道路に沿って歩きながら無線連絡した。「トニー、いまどこだ？　捕虜はどこだ？」

返事を待つまでもなく、南側からヘッドライトを点灯したレンジローバーが近づいてきた。腹を決めたダニーはその場で車を待ち構えた。

ヘリフォードやロンドンなどクソ食らえ。ダニーは胸のうちでつぶやいた。何としてもあの野郎から情報を聞きだすのだ。

第13章　巻き添え

ダニーはレンジローバーに駆け寄った。車から降り立ったトニーは、すぐさま車体を背にしてライフルを構え、周囲に目を光らせた。ひどく疲れた顔つきだが——ダニーたち全員が四八時間眠っていなかった——一瞬でも気を抜くことはなかった。

「どんな状況だ？」トニーは近づいてきたダニーに尋ねた。

「リプリーはじき旅立つ」ダニーは答えた。「あと一時間くらいの命だ」

トニーとリプリーはいがみ合っていたが、そんなことは関係なかった。行動を伴にしてきた仲間を失うのを知り、トニーは暗い顔になった。

ダニーはウインドー越しにジハーディ・ジムを見つめた。後ろへ倒した助手席に横たわっている。その顔は蠟《ろう》のように白く、呼吸も苦しそうだ。腕と脚に施した止血帯は血まみれの状態で、その血も半ば固まっていた。

「本部は帰国させてから尋問する方針だ」

「そんな馬鹿な」トニーは言った。「とても持たねえ」

「同感だ。おそらくアフリカの問題として幕引きを図りたいんだろう。エボラ熱みたいに。だが、おれはいま知りたい。あの中国人が何者で、何を企てているのか、いまどこにいるのか。こいつを英国まで護送しているあいだ、あの中国人はどこへでも自由に行ける。まずはこいつの口を割らないと」ダニーは注射器を二本掲げてみせた。「アドレナリンだ。この薬で数分稼げる。さっそく取り掛かろう」

トニーは首を振った。「痛めつけても無駄だ」

「ふざけるな、トニー。いつもなら平気で荒っぽいマネをするくせに」

「いいか、おれの言うことをよく聞け、ブラック。こいつの状態を見てみろ。少しでも痛めつけたら、たちまちお陀仏《だぶつ》だぞ。何も聞き出せっこない」

ダニーは重体の捕虜にもう一度目をやった。トニーの言うとおりだ。しかし変わり果てたリプリーの姿が目に焼きついて離れなかった。生きたまま朽ち果てていった、あの凄惨な姿が。「他に手はない!」ダニーは吐き捨てるように言った。「いますぐ尋問する。帰国まで待っていたら死んでしまう」

「だから、おれの言うことを聞けって。他にも手はある」トニーは他聞をはばかるような顔つきになった。「こいつの姓名はすでに判明している。こいつの家族がどこに住んでいるかもな——すべて新聞にでかでかと載ってる」

「ファームが乗り出すとは思えない」ダニーは答えた。なぜならファームは他の事案で手がふさがっているからだ。詳しくは知らないが、そんな感じがした。

「誰がファームに頼めって言った?」トニーは言い返した。「ここに衛星電話があるだろ。じつはロンドンに手助けを頼める知り合いがいる」

「誰だ？」

「それは知らない方がいい」トニーは答えた。「つまり、このおれにちょいと借りのあるやつがいるのよ」そう言いながらダニーに鋭い視線を向ける。「ただし、この件は他言無用だぞ、いいな」

返事をする暇もなくイヤホンから声が聞こえた。ケイトリンだ。「武装した敵が接近」

二人は反射的に地面に伏せた。間一髪のところだった。レンジローバーのシャーシに当たった銃弾が跳ね返って、ダニーのすぐそばに着弾した。「敵の位置は？」無線連絡しながら、内心おのれのうかつさを呪った。

「道路の向かい側。距離五〇メートル。仲間が一人。敵の総数は二名」

ダニーはその方角に目を向けた。道路の西側の焼け野原に動きがあった。

「電話をかけるのなら」トニーは言った。「いましかない。こいつがくたばらないうちにな」

「ちょっと待て」ダニーは道路の向かい側をじっと見つめながら答えた。連絡担当将校の言葉がふたたび脳裏によみがえった。クララと赤ん坊のことも。父親になろうとしているいま、トニーがらみの怪しげな世界に近づきたくはない。最初に見つけた人影から右へ一〇メートルほど離れたところで別の動きがあった。

トニーは肩をすくめた。「あとはおまえ次第だ」そしてトゲを含んだ声でねちねちと話しつづけた。「車の中のあの野郎、臭いはじめたぜ。おそらく傷口が化膿してるんだろう。リプリーも哀れだよな？　ナイスガイぶってたやつがあんな死に様をさらすことになっちまったんだから」

ダニーはもう一度敷地に目を向けた。リプリーの声が耳元によみがえる。「おれをこんな目に遭わせたクソ野郎を見つけ出せ……」

「ケイトリン」ダニーは無線連絡した。「両方とも視界に捉えているな？」

「捕捉中」

「右のやつを始末しろ。両方仕留めるまでその場で待機」

ダニーはライフルをセミオートマティックに切り替えると、腹這いになったまま動きのあった焼け野原に目を凝らした。目の前の敵に集中しながら、車の中で死にかけている捕虜のことを考えた。トニーの言うとおりだ。手荒く尋問したら、たちまち息絶えてしまうだろう。口を割るには梃子が必要だ。

ふいに不安がこみ上げてきた。トニーに「借りがある」という相手はいったい何者なのか。法を踏み外した側にいるとすれば、そんな連中と関わり合いになって無事に済むのか？

深入りしない方が身のためだ。

「その電話をするのは」ダニーは尋ねた。「リプリーのためなのか？」

「そんなことは関係ねえよ、ブラック」トニーは答えた。「とにかくボスはおまえだ。どうするか決めろ」

沈黙。ダニーは怒りを覚えたが、グッとこらえた。

「おれをこんな目に遭わせたクソ野郎を見つけ出せ……」

ダニーはライフルのスコープを覗き込んだまま命じた。「電話しろ」

ロンドン南部　グリニッジ標準時〇六〇〇時

そこは瀟洒《しょうしゃ》な一戸建ての住宅だった。裏庭にはプール。大理石の支柱で縁取られたポーチ。住人は就寝中なので明かりはすべて消えていた。主寝室でシルクのシーツにくるまっているのは男女のカップルだった。女は髪をブロンドに染め、口元の小じわをボトックス（注射一本で顔のしわを取る美顔剤）で消している。男は女より背が低く、ずっと肉付きがよかった。サイドテーブルの携帯電話が振動しだすと、男は不機嫌そうにうなった。そして小声で悪態をつきながら、つかみ上げた携帯電話に応答した。その声には愛想のカケラもなかった。

「どこのどいつだ……」

男はふいに口をつぐむと、思わず上体を起こした。

「おい、トニー、いま何時だと思ってるんだ？　どこからかけてるんだ？　ひでえ雑音だな」男は派手にげっぷを漏らした。雑音のひどさを強調するかのように。

素っ裸の男は、電話相手の声に耳を傾けながらドアのところまで歩いた。真鍮《しんちゅう》製のフックに着物風のドレッシングガウンがぶら下げてあった。小首を傾げて携帯電話を耳元に挟みながらガウンをはおった。

「なんだって？」男はバスルームに入って便座を撥ね上げると、勢いよく放尿を始めた。「よし、わかった。おまえの頼みなら何でも聞いてやるよ。今週中に手下を差し向けよう。どうしたんだ、そいつらにカネでも貸してんのか？」

男は水を流すと寝室へ引き返した。妻はまだ眠っていた。

「えっ？　いますぐ？」無理な注文であることを強調するかのように男は口笛を吹いた。「まあ、二、三時間あれば……」

男は黙って電話に耳を傾けた。

「よかろう」男は小声で答えた。その目が鋭く光った。「ただちに手配する。ただし、これでチャラだぞ、トニー。わかってんな？」男は妻の鏡台のところまで歩いた。アイライナー用のペンシルが台の上に転がっていた。「そいつらの住所は？」そのペンシルを使って鏡に見知らぬ所番地を書き留める。「おい、土産《みやげ》を頼むぜ。そうだな、七・六二ミリの箱詰めなら文句なし。こっちの手間を考えたら、それくらいの謝礼は当然だろう……」

「話がついた」トニーは言った。

ダニーは身じろぎもしなかった。ちょうど敵が立ち上がったところだった。距離七〇メートル。ボコ・ハラムの標準装備――迷彩服、ライフル、ウールの黒い帽子――を身につけた民兵である。スコープの十字線が民兵の胸に重なった。

ケイトリンに無線連絡。「狙撃準備」

返事はなかった。

無言のまま三〇秒経過。

民兵が前進を始めた。距離六〇メートル。

ケイトリンの声。「準備完了」

ダニーはすかさず命じた。「撃て」同時に自分のライフルの引き金を絞った。サプレッサーで押し殺された鈍い銃声が耳元に届いた。その直後、ケイトリンの方角から同じような銃声が聞こえた。スコープに捉えていた民兵がばったり倒れた。

「標的ダウン」ダニーは告げた。

「標的ダウン」ケイトリンも報告してきた。

ダニーはその場でじっとしていた。「で、どうする?」トニーに尋ねた。

「しばらく待つことになる」トニーは答えた。

ロンドン　グリニッジ標準時〇七二八時

ペッカムのイーストウィック・ドライブの住人は、見知らぬ人間があたりをうろつくことに慣れてきた。最初は警察官がやって来て、パキスタン人夫妻が暮らす一三番地の玄関をノックした。この夫婦は善良な人たちで、いつも地元の子どもたちに菓子類を与え、地域の行事にもみずから参加していた。警察官が立ち去ると、何事かと心配した近所の住人がドアをノックした。しかし返事はなかった。

翌日また警察官がやって来て、前日より長居した。数時間後、今度は新聞記者たちがやって来た。報道番組のテレビクルーの姿もあった。結局、近隣の住人は新聞とテレビですべてを知ることになった。それ以来、口にする思いは同じだった。あの心優しいご夫婦の息子さん——たしかに一一歳の愛らしい妹と異なり、いささか変わり者ではあったけれど——がシリアへ渡ってテロリストの一味に加わったなんて信じられない。どうしてそんなことになってしまったんでしょう。近隣住民は、死ぬほど胸を痛めているに違いない両親のことを心底気の毒に思った。

そうした同情はすぐに懸念へと変わった。招かざる来訪者が引きも切らずやって来るようになったからだ。夫妻の住所はネットにアップされていた。だから、はるばるシリアまで出かけて残忍な処刑人ジハーディ・ジムになった若者の実家を一目見ようと訪れる者があとを絶たず、昼夜を問わずやって来ては、窓に石を投げつけたり、前庭を囲む低い塀にスプレーペイントで落書きしたりするのだった。

そんな状況が続いていたので、がっしりした身体つきの見慣れぬ男が二人、ふらりと現われても気に留める住人はいなかった。早起きの子どもたちが自転車に乗って遊んでいたが、チラッと目を向けるだけで、わざわざ声をかけようとはしなかった。大きな花束を手にした二人組の男は、一三番地まで来ると玄関の呼び鈴を鳴らした。

最初は返事がなかった。そこで再度呼び鈴を鳴らした。一分後、玄関扉の向こう側から足音が近づいてきた。そして、か細い男の声が聞こえた。「どなた?」

「花の配達です」花束を持った男が答えた。

間があった。

「送り主は?」疑わしげに問いかける声。

「カードが添付されてますよ」

またしても間があった。そして三個所の錠を外す音が順番に聞こえた。

玄関扉が数センチ開いた。来訪者はその瞬間を見逃さなかった。花束を持っていない男が強引に押し入った。家の主人は叫び声を上げたが、たちまち突き倒された。男たちは屋内に入り込むとすぐに玄関扉を閉めた。そして花束を投げ捨てるとハンドガンを引き抜いた。しかし、そんな必要はなかった。家の主人は縞柄《しまがら》のパジャマのズボンだけを身につけた禿頭《はげあたま》の男で、腕は細く、肋骨《ろっこつ》が浮き出るほど痩せていた。二人組が近づくと、家の主は尻もちをついたまま後ずさった。それでも弱々しい声で「おまえたちは何者だ？　何の用だ？」と問いただしたが、ごついブーツでわき腹を蹴られる結果に終わった。二人組の一方が倒れたままの主人の腕をつかむと廊下の左側の部屋に引きずり込んだ。もう一人の男は階段を駆け上がった。

三分後、男は花柄の寝巻き姿の中年女とパンダ柄のワンジー（子ども用のジャンプスーツ型パジャマ）を身につけた少女を引き連れて二階から降りてきた。二人とも泣いており、突きつけられた銃から目を離すことができなかった。

「全員、床に伏せろ」男は命じた。「うつ伏せになって、両腕を大きく広げるんだ」

すくみ上がった家族全員、言われたとおりにするしかなかった。すすり泣きの声が絶え間なく続いたが、二人組の侵入者は歯牙にもかけなかった。

「いますぐ電話しろ」二人組の一方が命じた。「さっさと用を済ませようぜ」

その相棒がポケットから携帯電話を取り出した。そしてスピーカーに切り替えると、教えられた番号をタップした。

隔離された敷地から刺激臭のある黒煙が立ち昇った。路上に立つダニーはその意味を知っていた。あれは火葬の煙である。ナイジェリア人だけでなくリプリーも火にくべられたのだろうか。そんなことを思い、ダニーは口元をゆがめた。村内は不思議なほど静まり返っていた。迷い込んできたあの二名の民兵が撃ち倒されてから、近づく者はいない。まるでチクンダが呪われた村であることを知っているかのように。

ふいにイヤホンからトニーの声が聞こえた。「衛星電話に着信。すぐ来い」

ダニーは背を返すと車に向かって駆け出した。たどり着くまでに二〇秒を要した。トニーはすでに運転席側のドアを開けており、シートに腰掛けて衛星電話を耳に当てていた。ダニーは助手席側のドアを引き開けた。「連中か？」トニーに問いただす。

トニーはうなずいた。「そうだ」

ダニーは躊躇しなかった。すぐさま殺菌パックからアドレナリン入りの注射器を引き抜いた。そして注射器を口にくわえると、ジハーディ・ジムの無傷の左腕の袖を引き裂いた。露出した肌に注射針を突き立てて、アドレナリンを残らず注入する。

効果はすぐに現われた。蠟《ろう》のような顔色の若者がパチッと目を開けたのだ。そして耳障りな音を立てながら息を吸い込んだ。いまにも起き上がりそうな感じに見えた。そしてダニーは使用済みの注射器を引き抜いて地面に捨てると、シグの銃口を相手の頭に突きつけた。

「よく聞け」ダニーは命じた。

その声を合図に、衛星電話から途切れ途切れに悲鳴が聞こえた。少女の声らしい。おびえて泣きじゃくっている。それから男の声が聞こえた。同じようにおびえているが、取り乱したところはない。「ジェームズ、わたしだ。お父さんだよ。おまえの妹がいま……」

若者はハッと息を飲んだ。血走った目がせわしなく動く。何かを言おうとしているが、声が出ないようだ。

また悲鳴が聞こえた。今度は、ずっと年上の女だ。「その子を放せ！」また男の叫び声。「乱暴はよせ……」

若者の息遣いが激しくなった。今度は何とか声を絞り出した。「やめ……させ……ろ……」

「それができるのは」ダニーは言った。「おまえだけだ。あの中国人は何者だ？　いまどこにいる？」

また苦しそうに息を吸い込む音。目がせわしなく動く。返事はなかった。

ダニーはトニーから衛星電話を奪い取った。「父親を殺せ」大声で命じた。この類のクズは妹なんかより父親にずっと愛着を抱いているものなのだ。

「よせ！」若者はあえぎながら言った。「待て！　待ってくれ！」

「待機しろ！」ダニーは衛星電話で命じた。

ふたたび悲鳴が聞こえたが、それっきり静かになった。

「あの中国人の名は？　五秒以内に答えろ」

「チウ」若者は声を絞り出した。「それしか知らない。ミスター・チウと呼んでいた」

「ここで何をしてたんだ？」

「実験」若者はしゃがれ声で答えた。「ナイジェリア人を実験台にして……兵器の威力を確かめていた……本番に備えて……」

若者の目つきが朦朧となり、やがて目を閉じた。

「本番？　どういう意味だ」ダニーは大声で問いただした。

ダニーはトニーに衛星電話を返すと、うなずいてみせた。トニーはすかさず電話で命じた。「家族を痛めつけろ」

たちまち電話口から悲鳴が響きわたった。若者はぶるぶる震えだした。「あの兵器を実際に使うんだ」どうにか声を絞り出した。

「どんな風に使うんだ？　使い方を教えろ！」

「媒介動物《ベクター》」若者は答えた。「それしか知らない……ベクター……」

「ベクターとはなんだ？」

若者は目を閉じた。そして頭を振って、激痛に顔をしかめた。「父に手を出すな

「……頼むから……」

ふいに若者の声が途絶え、呼吸がひどく浅くなった。ダニーは指二本を頸部に当てた。まだ脈はあるが、かなり弱い。

ダニーは二本目の注射器を取り出した。静脈に注射針を突き立てて、アドレナリンを残らず注入する。若者はたちまち息を吹き返した。

「ベクターとはなんだ？」

「知らない」若者はかすれ声で答えた。「小耳に挟んだだけだ。頼むから父親に手を出すな……」

「チウはどこだ？　おまえを連れて、どこへ行こうとしてた？」

「船」その声はひどく弱かった。ダニーは直感した。こいつはもう駄目だ。

「どこの船だ？　場所は？」若者は全身を痙攣させた。息遣いはリプリーよりひどかった。「場所を教えないと、親父《おやじ》の頭に弾をぶち込むぞ！」

「べ……」若者は一息ついてからつぶやいた。「ベニン……湾」

ようやく手がかりを得た。しかし、まだ聞きたいことがあった。「あの中国人はイスラム過激派からカネをもらって活動してるんだろ？　協力者は誰だ？　誰の指示で動いているんだ？」

若者はまた全身を痙攣させた。唇が青くなっている。

ダニーは顔を近づけた。若者はすでに腐臭を漂わせていた。「これがラストチャンスだ」ダニーは問いただした。「そいつの名を教えろ。さもないと家族が死ぬぞ」

若者はとうとう白目を剝いた。そして全身から力が抜けて、長々と息を吐いた。まさに末期の吐息だった。しかし虫の息になりながら発した言葉があった。ダニーはどうにかそれを聞き取った。

ジハーディ・ジムが白目を剝いたまま息絶えると、電話で指示するトニーの声が聞こえた。「パクられたくなかったら、ちゃんと後始末して証拠は残すな」

ダニーは異を唱えたかった。しかし間違ってもペッカムのタウンハウスで家族三人が殺害された事件との関連を疑われてはならない。おそらく暴徒による一家皆殺しという線で片付けられるだろうが。結局、トニーの冷酷な指示に口を挟むことはなかった。それよりジハーディ・ジムの最後の言葉が気になって仕方なかった。

あいつは「カリフ……」と言い残して絶命したのだ。


（下巻へ続く）

Mystery & Adventure

〈シグマフォース〉シリーズ⓪
ウバールの悪魔　上下
ジェームズ・ロリンズ／桑田 健［訳］

神の怒りで砂にまみれて消えた都市〈ウバール〉。そこには、世界を崩壊させる大いなる力が眠る……。シリーズ原点の物語！

〈シグマフォース〉シリーズ①
マギの聖骨　上下
ジェームズ・ロリンズ／桑田 健［訳］

マギの聖骨――それは〝生命の根源〟を解き明かす唯一の鍵。全米200万部突破の大ヒットシリーズ第一弾。

〈シグマフォース〉シリーズ②
ナチの亡霊　上下
ジェームズ・ロリンズ／桑田 健［訳］

ナチの残党が研究を続ける〈釣鐘〉とは何か？　ダーウィンの聖書に記された〈鍵〉を巡って、闇の勢力が動き出す！

〈シグマフォース〉シリーズ③
ユダの覚醒　上下
ジェームズ・ロリンズ／桑田 健［訳］

マルコ・ポーロが死ぬまで語らなかった謎とは……。〈ユダの菌株〉というウィルスが起こす奇病が、人類を滅ぼす⁉

〈シグマフォース〉シリーズ④
ロマの血脈　上下
ジェームズ・ロリンズ／桑田 健［訳］

「世界は燃えてしまう――」〝最後の神託〟は、破滅か救済か？　人類救済の鍵を握る〈デルポイの巫女たちの末裔〉とは？

TA-KE SHOBO

Mystery & Adventure

〈シグマフォース〉シリーズ⑤
ケルトの封印　上下
ジェームズ・ロリンズ／桑田 健［訳］

癒しか、呪いか？　その封印が解かれし時
——人類は未来への扉を開くのか？　それとも破滅へ一歩を踏み出すのか……。

〈シグマフォース〉シリーズ⑥
ジェファーソンの密約　上下
ジェームズ・ロリンズ／桑田 健［訳］

光と闇のアメリカ建国史——。その歴史の裏に隠された大いなる謎……人類を滅亡させるのは〈呪い〉か、それとも〈科学〉か？

〈シグマフォース〉シリーズ⑦
ギルドの系譜　上下
ジェームズ・ロリンズ／桑田 健［訳］

最大の秘密とされている〈真の血筋〉に、ついに辿り着く〈シグマフォース〉！　組織の黒幕は果たして誰か？

〈シグマフォース〉シリーズ⑧
チンギスの陵墓　上下
ジェームズ・ロリンズ／桑田 健［訳］

〈神の目〉が映し出した人類の未来、そこには崩壊するアメリカの姿が……「真実」とは何か？「現実」とは何か？

〈シグマフォース〉シリーズⓍ
Σ FILES 〈シグマフォース〉機密ファイル
ジェームズ・ロリンズ／桑田 健［訳］

セイチャン、タッカー&ケイン、コワルスキのこれまで明かされなかった物語＋Σをより理解できる〈分析ファイル〉を収録！

13番目の石板 上下
アレックス・ミッチェル／森野そら［訳］

『ギルガメシュ叙事詩』には、隠された〈13番目の書板〉があった。そこに書かれていたのは――〝未来を予知する方程式〟。

チェルノブイリから来た少年 上下
オレスト・ステルマック／箸本すみれ［訳］

その少年は、どこからともなく現れた。見た者も噂に聞いた者もいない。誰ひとり、彼の素姓を知る者はいなかった……。

ロマノフの十字架 上下
ロバート・マセロ／石田 享［訳］

それは、呪いか祝福か――。ロシア帝国第四皇女アナスタシアに託されたラスプーチンの十字架と共に死のウィルスが蘇る！

クリス・ブロンソンの黙示録①
皇帝ネロの密使 上下
ジェームズ・ベッカー／荻野 融［訳］

いま暴かれるキリスト教二千年、禁断の秘密！ 英国警察官クリス・ブロンソンが歴史の闇に埋もれた事件を解き明かす！

クリス・ブロンソンの黙示録②
預言者モーゼの秘宝 上下
ジェームズ・ベッカー／荻野 融［訳］

謎の粘土板に刻まれた三千年前の聖なる伝説とは――英国人刑事、モサド、ギャング・遺物ハンター……聖なる宝物を巡る死闘！

Fantasy

龍のすむ家　小さな龍たちの大冒険

クリス・ダレーシー／三辺律子［訳］

初めて明かされる龍たち誕生の秘密！　グラッフェン&ゲージはなぜ、どのようにして生まれたのか⁉　大人気シリーズ番外篇。

不可解な国のアリッサ　上下

A・G・ハワード／北川由子［訳］

不思議の国のその後のその後——奇妙な世界観で紡がれた、ダークで美しい、もうひとつの『不思議の国のアリス』。

CINDER シンダー　上下

マリッサ・メイヤー／林　啓恵［訳］

全米を代表する娯楽誌&経済誌も絶賛した、心打たれる魅惑的なサイバー&ファンタジー〈シンデレラ〉ストーリー！

Science Fiction

寄港地のない船

ブライアン・オールディス／中村　融［訳］

その船はどこから来て、どこへ向かうのか。もはや知る者は誰もいない。英国SF界を代表する巨匠の幻の傑作、待望の邦訳。

X－ファイル2016　VOL.①～③

クリス・カーター／有澤真庭・平沢　薫［編著］

伝説の超常現象サスペンス復活！　真実は「まだ」そこにある——。モルダー&スカリーの真実の探求が、いま再び始まる！

神火の戦場

SAS部隊ナイジェリア対細菌作戦〔上〕

2017年10月19日　初版第一刷発行

著　者　　クリス・ライアン
訳　者　　石田享
デザイン　小林こうじ(sowhat.inc.)

発行人　　後藤明信
発行所　　株式会社 竹書房
〒102-0072
東京都千代田区飯田橋2-7-3
電話03-3264-1576(代表)
03-3234-6383(編集)
http://www.takeshobo.co.jp
印刷所　　中央精版印刷株式会社

定価はカバーに表示してあります。
乱丁・落丁の場合には竹書房までお問い合わせください。

ISBN978-4-8019-1265-6　C0197
Printed in Japan